文
景

Horizon

社 科 新 知　文 艺 新 潮

我曾是一名饲养员

流浪 东北的日与夜

苍海—— 著

上海人民出版社

目　录

秃毛黑熊

我曾经是一名饲养员，在一家动物园工作，这份工作虽然辛苦，也算个营生。一开始做一些杂活。正常来说，每一个新到动物园的员工都是从饲养孔雀或一些相对温驯的动物开始的。但由于我以前有着丰富的动物饲养经历，进入动物园一段时间后，我就开始管理黑熊展区的工作了。

很多人以为动物园的工作很幸福，能每天跟猛兽们近距离接触，像那些外国视频网站上的人一样，天天抱着大狗熊亲亲密密，一幅人熊和谐的场景，这纯粹是美好的幻想。事实上，动物园里的很多动物，年龄都很大了，它们虽然不怕人，但幼年时期并没有和人有太多的接触。饲养员想跟这些动物亲密接触几乎是不可能的事情，能亲近人的动物还是比较少的。

在动物园的初期，我天天都在工作，每天的工作很简单：早上把黑熊、棕熊们从内舍放到外场，晚上把它们赶进内舍，打扫卫生，清理外场地和内舍，给它们喂食。

熊的食物不像狮虎那样会有大量的肉，为了节约成本，基本不会给熊吃肉。狗熊们每天的食物都是用玉米面夹杂一些当季便宜的蔬菜，偶尔还会有混合少量肉丁做出的窝头。这些窝头吃起来非常扎嗓子，但营养还算丰富，是狗熊们吃得最多的食物。

另外，我每天还会给狗熊们准备各种各样的当季水果，夏天就是西瓜、桃子、香瓜这类的，秋天就是橘子、苹果这类的。冬天就比较惨了，全靠秋天剩下来的土豆、地瓜度日。

很多人可能好奇为什么要给熊吃这么多素食。主要是以前的动物园有一种迷信说法，说熊吃多了肉会变得残忍，凶悍好斗，甚至会萌生出吃人的想法。实际上并不是这样。

熊这种动物在很多人的印象里，爱吃蜂蜜，爱吃甜食。对，熊是爱吃甜食没有错，但这不代表熊不爱吃肉，熊也是食肉目动物啊！一只熊可以靠着啃草活过一个春天，也可以一顿吞食几十斤的生肉，动物园里的黑熊天天吃窝头，吃不到肉。给熊吃肉吃多了，它们会记住肉的味道，日后就不爱吃窝头了。

在我管理黑熊区一个月后，我推着小推车正在给黑熊们喂食，我的同事王富急匆匆跑过来告诉我，动物园接收了一只黑熊，是马戏团退役的，园长让我晚上把这只黑熊收到黑熊区内。听到这个消息，我很开心，因为又能多养一只黑熊了。我便应承王富，告诉园长，我一定照顾好新来的黑熊，说完我推着小车继续给黑熊喂食去了。

到了晚上，我站在动物园门口等待着新黑熊的到来，王富陪在我身边，我俩随意地聊着工作。远方一辆皮卡车缓缓开了过来，后厢里装着一个铁焊的大笼子，我内心一喜，到了！

随着皮卡车进入动物园，我跟王富走在前面，领着皮卡车驶向黑熊区。由于天黑，笼子里的黑熊长什么样我们都没看清，到了黑熊区，我们三人合力把铁笼抬了下来，随后打开内舍的一个单间，把黑熊放了进去。我往内舍里投了几块饼干，便跟王富回家睡觉了。

第二天早上，我跟王富早早起床，去看那只新来的黑熊。刚打开内舍的铁门，王富猛地叫了一声。我赶忙问他怎么了，他指了指铁门里面，我凑过去一看，惊呆了。铁门里的那只动物，浑身上下布满了黑黄色的结痂，身上的毛几乎都要掉光了。最可怕的是，这只动物瘦得都脱相了，脊背上的骨头深深地凸了出来，看起来十分尖锐。有些还未痊愈的暗红色伤口在阳光下闪着诡异的光芒。这只动物，看起来更像是一只长腿的狗，但那粗大的骨架绝不是一只狗能长出来的。

我当时有些蒙，王富站在我身边也在看。

"王富，这是什么玩意儿？"

王富看了我一眼，"这应该是熊吧……"

"哪有这么瘦的熊？"我指了指那只动物。

"怎么不是熊？你看那爪子，狗有那么长的爪子吗？"王富指着那只动物尖锐粗长的爪子说道。我的目光锁定在了那只动物的爪子上，的确，这种爪子基本只有熊才长得出来，狗的爪子不会这么长。

王富突然说："对了，这黑熊怎么来的你知道吗？我也是听园长说的。这只黑熊最早是一个马戏团的黑熊，踩皮球、钻火圈、骑自行车，各种杂技都非常精通。马戏团的收入很高，这只黑熊的日子过得也很滋润，想吃什么吃什么。可惜原马戏团的团长赌博欠了一笔大钱，再也无力经营这个马戏团了，只能把马戏团的动物转让给其他马戏团。新马戏团的驯兽师跟这只黑熊没有什么默契，无论怎么训，这只黑熊都不愿意配合。于是新马戏团就把这只黑熊关在一个小笼子里，每天就给一点点食物。那个笼子黑熊想转身都费劲。黑熊这种动物虽然很皮实，但常年被关在一个连转身都费劲的笼子里，吃也吃不饱，也不能出去活动，自然瘦成这样，浑身都长了藓，那些伤口是黑熊自己抓破的。"

看着这只脱相的黑熊，我突然有点心酸，那一刻我暗暗发誓，我以后一定要好好对待它，一定要让它的病快点好起来。

下午，我趁着空闲的时间，到了我们本地的狗市，狗市里有那种很便宜的刮骨牛肉，三元一斤。这种刮骨肉里有许多牛骨渣子，吃起来有些扎嘴，却很有营养，我准备买回去给黑熊做窝头用。我在狗市里还搞到一只烧鸡，顺道又买了两只冷冻肉食鸡。这种肉食鸡一只足有五六斤，价格却很便宜，不到30元。这些钱都是我的钱啊！但没办法，黑熊得吃点好的。

我打算回去后，用鸡肉混合着牛肉，加上大量蔬菜，少量白面和玉米面，给黑熊蒸一些肉窝头，让它的病早点好起来。回动物园的路上，我又买了两个巨大的老式无糖面包，准备给黑熊吃饱饱，让它开心点。

回到动物园后，我迫不及待钻进了后山的平房，这间平房里面有锅有灶，冬天还能烧炕。我有时就在这里给一些体弱的动物做饭。很快，我就把鸡肉、牛肉剁得碎碎的，混合了白面与玉米面，捏成了一个个团团，放在锅上蒸好后，香味弥漫在整间平房内。

我端着肉窝头和烧鸡，还有那两个面包，兴冲冲地跑向黑熊区，心想，这些食物一定能让它开心一点吧。

到了黑熊区，我走到了它的笼舍内。隔着铁门，我看到它静静地趴着，两只爪子搭在地上，暗黄色的眸子没有一丝生气，眼神里看不出一点痛苦，有的只是虚无，像一个濒死的老人。那是对任何事物都失去了希望的眼神。昨晚扔进去的两片饼干还在地上，它一口都没有吃。

我突然感到一种深深的不安，这是我第一次在动物身上看到这种眼神。动物的本能是什么？是活着。一只野兽，即使被砍断了双腿，它也会用前肢向前爬行。向生而行，是每只野兽的本能，可这只黑熊为什么会这样，一点动物的本能都看不到？

我拿着手里的面包，对黑熊发出声音，试图唤起它的注意力，它却一动不动，没有一点反应，暗黄色的眼睛还是直直地望着地面。我看了看它，又用手敲起了铁门，它还是一动不动，仿佛这天地间任何事物都与它无关。

猛地一瞬间，我突然想起我不是还有一只烧鸡吗？我把烧鸡顺着铁门的缝隙投了进去，刚好落在黑熊嘴旁。我看着黑熊，突然，它的眼睛动了一下，盯着那只烧鸡，鼻子开始抽动，猛地站了起来，眼睛继续死死地盯着那只烧鸡，嘴里发出呼呼的粗气，眼神里透出一股迷惑的神情，仿佛正在端详着一颗奇异的发光宝石。它看着那只烧鸡，像一个小孩子一样，接着小心翼翼地咬了一口，发现是可以吃的东西，它一口撕掉了半只烧鸡，嘎巴嘎巴几口就咽了下去，那速度令我看得心惊。随后它又一口咬住剩余的半只烧鸡，连着骨头，几下全部吞到了肚子里，整个过程不超过15秒。

看着它这种进食速度，我不禁有点心酸，这得饿成什么样子才能吃这么快。我又把两个面包扔了进去，这次黑熊吃得没那么急了。随着它吃东西的节奏，甚至能看到一些黄中带红的液体从它身上的结痂处缓缓流出来。黑熊一边吃，一边粗重地喘着气，它身上那些伤口一定特别疼。我决定等黑熊身上的伤口彻底结痂后，再给它进行进一步的治疗。

接下来的日子里，我每天都给黑熊制作有营养的食物，短短一周，黑熊以肉眼可见的速度胖了起来。背上脊骨凸得也没有那么多了，我以为一切都能渐渐好起来。

一周后，园长突然通知我，让我去外地学习。当时学习的名额很紧张，只能去两个人，领导信任我，给了我这个机会。我本想告诉领导，让王富去养那只黑熊，可王富自己的工作也很多。最后领导把黑熊交给了单位的一个关系户，单位的人都叫他"秃子"。这个关系户平时在我们单位口碑很差，养孔雀，孔雀毛都秃了；养猴子，猴子一个个饿得吱哇乱叫。但这毕竟是领导安排的，我也不好反驳。临走前，我买了80斤廉价鸡肉、20斤牛肉，放在了熊舍后门的酸菜缸里。当时是冬天，肉不会坏，想拿肉直接从缸里拿就好了。我嘱咐秃子每天蒸一次肉窝头，一定要照顾好黑熊，秃子嘴上答应得很痛快。

我又给秃子留了500元，对他说："老哥，一定要好好照顾它，这些钱留着给黑熊买吃的！"

秃子说："兄弟你放心，这也不是公家钱，我肯定当个事办！"

于是我就去培训了。三周后，我回到了动物园，满心期待地跑向黑熊区，想着黑熊每天吃那么多好东西，现在一定变得很健壮了吧。到了内舍，我走到关着黑熊的铁门前一看，黑熊在里面有气无力地趴着，笼子里满是屎尿，黑熊的身上也挂着各种排泄物，食槽里空空如也，它不仅一点没变胖，反而比刚来的时候更瘦了。黑熊看到我，哀号起来。

看到这幅场景，我赶忙把黑熊赶到了外场，随后便去找秃子，找了半天没找到。正巧碰到一个同事，我问他秃子怎么把熊养成那样，他告诉我，我前脚刚走，秃子就把那些肉用袋子装走了，卖给了饭店，这三周他一直给黑熊吃地瓜，而且是生地瓜。听到这儿，我脑袋嗡的一下子，一瞬间一股邪火从心头狠狠地顶了上去，但秃子不在动物园里。

晚上，秃子回到了动物园，我看着他那无所谓的嘴脸，顿时失去了理智，一把抓住他的脖领子，怒吼着问他："我给黑熊买的肉呢？"

秃子有点惊恐地看着我，"当然是喂熊了。"

"那为什么不收拾内舍？里面又是屎又是尿。"我又问他。

秃子眼睛一转，"你养的那只黑熊太能吃了，一天就那样了，我每天都收拾。"

听着他谎话连篇，我狠狠一拳砸在了他那张令人作呕的脸上。他一屁股跌坐在地上，我又一把揪住他，嘶吼着问他："你TM知不知道它生病了，为什么要这么对它？"

秃子突然反问我："你为了一只畜生打我，你是不是疯了？"

听到他这话，我狠狠一脚踹在他肩膀上，转身离开了。走的时候秃子恶狠狠的声音传到我耳内："你等着，这事没完！"我转过身看着秃子，他吓了一跳，不说话了。

跟秃子打了一架后，我回到黑熊区，开始清理笼子。屎尿遍地的笼舍内，食槽已经被黑熊拱翻了，食槽上布满了牙印。想到黑熊饿得直咬食槽，我心中突然有些愧疚，如果不外出学习，就不会发生这些事情。

第二天，我就去当地的农贸市场买了两个草料包，这种草料包一般是用来喂养兔子的，但对于黑熊的病却有奇效。这时，黑熊已经患上了很严重的足炎，对于黑熊来说，最大的病因就是脚掌长期踩在铁笼内，或者是常年踩在水泥地上，缺少土地的摩擦。野外的黑熊每天都踩在松软的土地上，患上足炎的概率非常低。

我把两个大草包扛到熊舍，又用小推车推了四五车松软的黑土，把土均匀地铺在熊舍里，这样黑熊的脚掌就不会接触到水泥地面。我又把草料包里的草均匀地铺在土面上，剩余的一部分干草放到了熊舍的角落里。

晚上我把黑熊赶回内舍，看到黑熊很兴奋的样子，不停地对着干草拱来拱去。拱了一会儿，黑熊看到角落里的干草堆，一下子钻了进去，钻进去后，还用熊掌扒拉了几下干草，把自己没有被完全遮盖住的位置盖住了，结果有一只熊掌却露在了外面。看到黑熊钻进了干草里，我很高兴，等它身上的伤口完全结痂后，每天给黑熊上药清创，即可痊愈。

那段时间，我又认识了一个狐狸养殖户，他家每年生产无数的狐皮，那些狐狸棵子（被扒皮的狐狸）都被放到冷库里，卖也卖不出去，扔在冷库里足有一两年。狐狸肉并不好吃，很难找到买主，我一看那些狐狸棵子肉很多，便买了50只，不仅是给受伤的黑熊吃，其他体弱的动物也能分到一些。

狐狸买到手了，我看着这些狐狸肉，突然有些好奇它们的味道，于是解冻了一些，切了小半只，腌制好后炒了一盘狐狸肉出来，闻起来没什么特殊的。我夹了一块，尝了一口，那个味道真的一言难尽，一股说不出来的怪味，肉还特别僵硬松散，总之非常难吃。我突然有点后悔买这么多，不知道动物们会不会爱吃这种东西。

事实证明，我多虑了。当我把狐狸棵子解冻后扔给黑熊，它一口叼住了狐狸棵子，吃得不亦乐乎。看来动物的口味跟人的确不一样。我顺便给它起了个名字，就叫"黑熊"！

那段时间，我每天早上四点钟起床，先是给动物们铲屎，清理笼舍。做完后，第一时间就去给黑熊做饭。做的饭有两种：一种是普通的窝头，肉比较少，这些普通的窝头是给那些身体强壮没有病的黑熊吃的；另一种就是肉窝头，只给"黑熊"吃。

黑熊一天一天胖了起来，身上的伤口也渐渐愈合了，一切都在向好的方向发展。经过长期的观察，我发现黑熊好像并不怕人，毕竟以前是有过马戏团经历的。我便开始大着胆子，隔着笼子用食物挑逗它。一开始怕它咬我，我就用那种硬纸壳去扒拉它，发现它并没有什么反应，于是我又用里面塞满了卫生纸的手套，装作是手的样子去抚摸它。

没想到，黑熊对手套一点都不抗拒！甚至有点享受的感觉。每次抚摸它，它都舒服得直哼哼！还用大脑袋使劲顶我的手套。看到黑熊这种反应，我突然想试着摸摸它。我用一块面包把黑熊引诱到笼子附近，鼓足了勇气，隔着铁门伸出了手，轻轻地触碰它身上的未结痂处，黑色的皮毛出奇的粗糙。我摸了一下，便赶忙把手缩了回来，生怕它咬我。但黑熊没有任何反应，并不抵触，于是我又伸手轻轻摸了它几下。在我的手停留在它皮毛上的一瞬间，它把脑袋转了过来，盯着我的手。我吓得立刻又缩回了手。毕竟是一只熊，万一咬我，几下就能把我的手咬碎。

但黑熊盯着我的眼光，却很柔和，没有一丝凶恶的感觉。我看着它那黑中透黄的鼻子，大着胆子伸手摸了一下，见它仿佛很享受被抚摸的感觉，我胆子更大了，开始用手触摸它的嘴巴，摸了几下以后，它并没有咬人的意图，而是像一只犀牛一样，不停地用自己的嘴巴拱我的手。我一看黑熊并不排斥我摸它，便更加大胆地去蹭它的鼻子，我蹭得很用力，它的反馈也很激烈，疯狂地用鼻子拱我的手。最后我摸累了，它还在不停地用鼻子拱铁门，看得我直想笑，这哪是熊啊，明明是拱松露的猪（上述行为很危险，请各位不要模仿，熊咬掉人的手只需要几口，撕掉人的胳膊也不是难事）。

经过了很久的食物疗养，黑熊身上的伤口基本上长好了，有些血痂刚掉的时候露出灰红的新肉。我跟王富便准备给黑熊上药，一开始想着直接动手给黑熊上药，考虑到它可能会疼，我们便没有直接上手，而是准备了一根很长的木棍，上面绑了一块可以吸附药膏的皮状物。我们先在皮状物上涂满药膏，再隔着笼子往黑熊的身上涂药。这种方式虽然安全，但十分费药！当时用的药膏是5毛钱一管的红霉素，这个药膏一天要涂抹两次，但由于每次药膏能抹到黑熊身上的量很少，一天要用很多管。

黑熊不仅要用红霉素药膏，还要用一种药水擦拭身体，这样才能达到最好的杀菌效果，但这种药一瓶要10元。我估计这时的黑熊应该是150斤左右，但动物身体的横截面很大，每天都要用掉一瓶药水去涂抹（也是我手笨，浪费了很多）。还有一些其他的用药。一开始给黑熊治病的药钱都是我自己出的，后续走的公家账目，每天大概20元。

突然有一天，王富过来喊我，说副园长让我过去一趟。我当时正在干活，听到王富的话，便赶忙跑到了副园长的办公室。刚进去，副园长一脸阴沉地看着我，"陈，咱们园最近收的那头黑熊怎么样了？"

"挺好的啊，园长，怎么了？"

副园长一拍桌子，冲我吼道："最近听单位里有人反映，你每天要20块钱给那只黑熊买药，但其实每次都没买，20块钱都进你兜里了？"

我一听这话，赶忙说："园长，我哪儿没买药啊？那些药我每天都用，你问问王富，他知道。"

副园长看了看我，"王富？你俩不是一伙的吗？你说你买药了，药瓶子在哪儿呢？"

我刚想解释，想了想，药瓶子用光了，谁还会留着？副园长见我不说话了，恶狠狠地盯着我，"你最近还打自己单位的同事，你是不是疯了？以后再敢打架，看我怎么处理你！明天把最近从单位支的钱都交回来，这次就不追究你了。"说罢便挥挥手，示意我离开。

我落寞地走出了办公室，是谁告的状呢？走到楼下突然看到了秃子，秃子看着我，一脸坏笑地问我："陈，园长请你去吃饭啊？"我突然醒悟过来，原来是秃子告我的黑状。

"秃子，你这么玩有什么意义？我给黑熊治病的药一点都没贪，我还要自己搭钱，到你嘴里就成了我贪污单位的钱了？"

秃子一脸得意，"以后你就给那个死玩意儿治病吧，单位的钱不能让你这么霍霍。"

我看着秃子，一股无名之火顶得我心烦意乱。我一把抓住他，想揍他。秃子看着我，"你打我？打我一个试试，这次你敢打我，看园长怎么整你就完事了。"

听了这话，我松开了手，秃子骂了几句脏话就走了。我看着秃子走远的背影，他手里拎着两大块羊排，那本来是给老虎吃的，又让他偷出去卖钱了。我拿起手机，偷偷录下了秃子的背影和手里的袋子。

第二天早上，我拿着400元，交给了单位的财务。财务大姐问我："怎么了陈，这是什么钱？"我说是给黑熊治病的钱。大姐反问我："那你把这钱拿回来做什么？"

我没说什么，告诉她："姐，下账吧，领导让我交的。"便走了。

从此以后，我给黑熊治病都得自己花钱，每天20元的消费，我一个月的收入并不高，药费就要花掉600元。

我以为很快就能治好黑熊的病，没想到，一天早上，当我到了黑熊内舍的时候，突然发现黑熊非常无力。我往铁门里一看，它居然拉稀了。我赶忙进去清理了一下，先往食盆里扔了一些甜食，然后在里面又搅拌了一些止泻药。黑熊几口吞掉了食物。看到旁边的水枪，我又用水枪给黑熊冲了几下，便把黑熊放到了外场。可是不对啊，我每天都给黑熊喂相同的食物，食材也很新鲜，怎么会拉稀呢？想到这儿，我怀疑是有人进来投毒，便去保卫室查监控。可是又很奇怪，其他的熊都没有拉稀。

到了保卫室，我调出监控，利用快进模式一点一点看，直到凌晨一点，都没有人进入熊舍。可是到了两点，一个熟悉的身影出现在监控里，那人从兜里掏出一包药，塞进一块面包，投进了黑熊的笼舍。

这个熟悉的身影，正是秃子。看到这儿，我禁不住破口大骂，CTMD！这个狗东西，诬告我，还给熊下毒，就因为我打了他一顿，那还不是因为他贪污黑熊的食物？想到这儿，我拿出手机，拍下了秃子下毒的全过程。不过我并没有直接去找他对峙。

之后的日子里，我跟王富依旧每天给黑熊上药、消毒。大概一个月后，黑熊的伤好得差不多了。只不过还有一个巨大的隐患，就是黑熊左掌上的足炎，那厚厚的结痂看起来跟火山石一样。这种足炎的治疗办法，说起来非常简单，就是清创！完全清除掉那些被感染的结痂与烂肉，之后上药包扎，条件好可以打针，这样才能痊愈。黑熊虽然不咬人，但好歹是野兽，不是一只狗，怎么可能乖乖打针，只能麻醉后上药。决定好以后，我联系了单位的兽医早早来到笼舍，王富也到了，兽医拿着吹针，呼的一下，一针头就扎在了黑熊的屁股上。麻醉这个东西，真是门技术活：用药少了，动物中途会醒过来；用药多了，动物会有危险。

黑熊被针头射中的那一瞬间，都没什么反应，还在拱草堆。过了一会儿，黑熊缓缓倒在地上。我们赶忙把黑熊抬到走廊里，兽医便开始给黑熊清创。黑熊的其他三个爪子都没什么事，主要是左前掌结痂太厚。兽医抠了好半天，还好流血不是太多。上了药，包上了纱布，我们便把黑熊抬了回去。事实证明，给大型猛兽包扎是一件没有任何意义的事，黑熊醒来后不超过30秒，就把那条绷带硬生生地扯了下去。

事后我依旧每天在动物园做着重复的工作，每次见到秃子，我们两人从不说话。一天中午，我刚吃完午饭，王富跑来告诉我，秃子把梅花鹿养死了一只，还把鹿茸偷偷给锯掉了。那鹿的鹿茸根本没长多少，切口一看就是人为的。听到这儿，我跑到了园长的办公室，把秃子给黑熊下毒、偷动物园肉拿出去卖钱的视频都给园长看了。园长看到这些视频，气得一下子坐在凳子上，"当初是怎么让这么一个害群之马进来工作的？"我没说什么，转头便离开了。

第二天，秃子一脸阴沉地开始收拾自己的东西，我见他不高兴，过去调侃他："怎么了秃子，要高就了？去哪儿发财啊？"

秃子一声不吭。

"到新单位可别给狗熊下泻药了。"

秃子什么也没说，阴着脸拎着包走了。说来也挺凄凉的，秃子在这个单位工作了将近一年，临走，居然没有一个同事去送送他。

半年后，黑熊的伤已经痊愈。此时的黑熊看起来足有300斤，浑身油光锃亮，往地上一坐，像极了一团黑色肉山，身上的毛也长了出来，不过后背有几处毛囊遭到了永久性损伤，再也长不出毛了。

黑熊每天过得很快乐，跟其他的熊也很处得来，每天吃得饱饱的，曾经的痛苦早已离开了它。有时我也会走进笼舍，轻轻抚摸它那粗糙的皮毛。我俩越来越熟悉，到了后来，我甚至能靠着睡觉的黑熊，在笼舍里静静地看书。想了想，这一切真像做了一场梦。后来王富告诉我，秃子进了监狱，好像是因为赌博的事。

一个秋日的下午，肃静的动物园内，一个小孩指着笼舍里的黑熊问我："叔叔，那只熊身上怎么秃了那么多啊？"

"孩子，它以前受过伤。"我望着黑熊背后几处曾经的伤口，解释说。

"叔叔，那这只黑熊会骑自行车、踩皮球吗？"

"它不会哦。"黑熊哼哧哼哧地正在吃地上的饼干。

"那你们会用皮鞭打熊吗，叔叔？"

"小朋友，我们不会用皮鞭打黑熊的，这里不是马戏团，是动物园哦！"

猴　王

很多人可能认为猴子这种动物，天生萌萌的，很可爱。实际上并不是。据我在动物园工作的经验来看，猴子这种动物，其实是一种非常恐怖的动物，只有极少数的猴子称得上"可爱"二字。我为什么这么说？因为猴子这种动物，其行为以及社会体系，跟人类非常相似。但人类的所作所为，受到法律及人伦的限制，猴子却没有这些约束。

猴子智力高，社会体系复杂，它们之间也会按照一些规则决定平时在种群内的地位。简单来说，可以把猴子理解成是从侧面展现了类似人类的阴暗面的一种动物，它们往往把自身最恶劣的一面毫无保留地暴露得淋漓尽致。

我在动物园工作时，管理猴山的是一位老大姐，为人和蔼，是一个老好人。平时对谁都笑眯眯的，单位里没有人不喜欢她。老大姐做得一手好咸菜，每当秋天快要入冬的时候，她都会做很多牛肉酱、小咸菜送给单位里的同事们。老大姐还经常带一些小零食给同事们吃，反正老大姐在单位里的人缘无敌。

但她这人也有缺点，就是胆子很小。猴子这种动物很野，老大姐很难控制住猴群。我经常能看到她在打扫卫生的时候，一群猴子围着她扒她的裤腿，连抓带挠。老大姐也不忍心真的打这群猴子，每次都是挥舞着扫把，却没有几次真正落在猴子们的身上。

有一天我正在动物园里溜达呢，天刚蒙蒙亮，我路过猴山的时候突然听到了惨叫声。我赶忙跑到猴山那儿，看到老大姐被一只猴子抓住了衣服，它恶狠狠照着老大姐的腿咬了几口。这猴子脸上长着一块巨大的黄斑，奇丑无比。我一看这场景，赶忙冲到猴山后门，打开铁门，从猴子内舍跑到猴山里。猴子们一看我冲进去，呼的一下全散开了，我拎着扫把几下把猴子们全部赶了回去。

回头一看，老大姐已经坐在地上，一脸痛苦，胳膊被猴子抓得满是血印子。猴子这种动物，其实爪子还是很锋利的。当时是夏天，老大姐穿着七分裤，裤子已被咬烂了。刚才倒地的时候好像还摔到了，胳膊动弹不得，我一碰，老大姐痛得不行。看她伤得很重，我赶忙给同事王富打了电话，让他过来。

过了一会儿，王富过来了。我们两人搀扶着老大姐回到休息室，又打电话通知了园长。最后园长开着车，亲自送老大姐去医院。他临走时告诉我，让我照顾几天猴山。我没法拒绝，只能答应了。领导交代的，我哪能不从啊。

当天中午吃饭的时候，我夹着一块鸡肉正在咀嚼，王富跑过来告诉我，老大姐胳膊骨折了——也不能算完全骨折，反正胳膊里掉了点骨头茬子，要在家休息一段时间。

"那猴子怎么办？"一听到这个消息，我有点慌乱，我本身不太喜欢猴子。

"问园长啊！到时候你要太忙，我也可以替你扫笼舍。"王富满嘴是饭，模糊不清地说着。

吃完饭，我只能无奈地到后山我给动物做饭的小屋子里去。猴子这种动物，吃的东西并不金贵，一般都是吃玉米面制作的菜窝头，里面会加入少许咸盐。其余的食物就是一些当季水果，苹果、桃子、柿子、杏之类的。每天就喂一顿，有时也会给猴子加餐一些花生、玉米之类的食物，反正猴子基本上吃不到肉！蒸完窝头，我又去采购那儿拿了一些水果，推着小推车，把食物投入猴山食槽内。

猴子们见到我把食物倒进食槽，几十只猴子呼的一下全部拥了上来，疯狂抢食着窝头与水果。这时我看到一只强壮猴子，嘴里叼着窝头，手里拿着苹果，居然还不满足，还去抢夺其他猴子手里的食物。我看着有点来气，拿起扫把扒拉了那只强壮猴子，猴子猛地一转身冲我龇牙，张牙舞爪地恐吓我。

我抬眼一看，这强壮猴子脸上长着一块巨大的黄斑，不就是那只牛马猴子吗？那天咬了老大姐的就是这只冤种猴。好家伙，跟我来装社会猴来了。我一看这货敢跟我龇牙咧嘴，心想咬了大姐我还没找你算账，今天我非得好好拷打拷打你这泼猴，我治不了老虎狮子，我还治不了你了？我转手提起扫把照着这泼猴就是一扫把。没想到这猴子身手非常灵敏，一下子跳到一边，冲我龇着大嘴露出两颗獠牙。看着这猴子凶恶的样子，那一刻我真想上去一口咬住这只猴子，狠狠地抽它一顿。但我忍住了，理智控制住了我，哪有饲养员无缘无故打动物的。我看着那只恶猴，大喊一声，用手里的大扫把挥舞着恐吓了几下。恶猴好像也看出我怒了，慢悠悠走出了猴舍，后背都不敢对着我，生怕我拎起扫把打它。看着这只恶猴，我心里厌恶得很，却不知道该怎么办。

猴子这种动物，社会体系跟人极其相似。但是这个猴群比较特殊，特殊在没有猴王！因为老猴王被其他的动物园要走了。这只恶猴以前在猴群地位并不高，但我们动物园的猴群，公猴子较少，其他公猴子还未成年。老猴王走后，其他猴子很难对抗这只丑陋的恶猴。唯有一只猴子能与恶猴抗争，名字叫"大黑"。这只猴子脸长得发黑，远了看过去乌黑一片，有点看不清它的五官，故名大黑。

大黑体型壮硕，年龄不大，刚刚六岁，是前任老猴王的心腹，曾经与老猴王走得很近。近朱者赤，大黑虽然没能学到老猴王的强悍格斗技巧，但学到了老猴王的仁慈与宽容。大黑虽然体型壮硕，却从不欺压其他猴子，每天吃饭从不多抢多占，甚至有时还会把食物主动让给猴群内弱小的成员。大黑在猴群里，有两只关系较好的公猴，而恶猴却有五六只关系好的恶猴，平时两伙势力大概是三七开。

但由于大黑的强壮，恶猴也不敢轻易去招惹大黑，两方势力一直处于一个很微妙的平衡。大黑虽然目前处于劣势，但大黑有一个优势，它才刚刚六岁，还未完全成年。一只雄性猴子达到完全成熟的年龄，至少要七岁左右。七岁到十岁是一只公猴最为强横的时期，这个时期的公猴，体力强健。

猴子的成熟分为两种，一种是性成熟，雄性猕猴性成熟一般是在三到五岁之间。而另外一种成熟，则是社会性成熟，这个社会性成熟指的是一只猴子的社交能力，在种群内的话语权、地位等。一只雄性猴子固然理论上三到五岁就性成熟了。但是让一只三到五岁的公猴去跟一只七到十岁的公猴竞争，三到五岁的公猴会吃亏。这个吃亏不仅是在阅历上，还在格斗技巧、拉拢关系上。三到五岁的公猴如何跟一只七到十岁的公猴去竞争？很有难度。想到这儿，我有些落寞。唉，要是大黑能继承前任猴王的王位就好了。

离开猴山，我回到了宿舍。电话声响起，我看了看来电显示，是园长，于是按下了接听键。

"喂，陈啊，老大姐的胳膊伤得挺重的，最近辛苦你伺候下猴山，工作有困难告诉我，我给你解决。"

听到这个消息，我很无奈，但也没办法，只能回他道："好的，园长，放心，我一定照顾好猴子。"

唉，想到要照顾猴子，就有些烦躁，但也没办法，毕竟是单位的工作，也没法推辞。之后，我开始每天给猴群们喂食，清理猴舍。大黑与恶猴还是在明里暗里地争斗，平时双方互不来往，偶尔也会有些小摩擦。

说到这儿，大黑与恶猴的争斗是有原因的。猴群里有一只母猴，这母猴原先是一个耍猴老头养的猴子，老头走南闯北，靠着猴戏挣钱。渐渐地，老头老了，后来去世了，老头的儿子也不能养着猴子，便把母猴送给了我们动物园。母猴来到我们动物园，老大姐给母猴取了个名字，叫"静静"，静静第二年就怀孕了，那时候大黑应该是五岁半。其实一开始静静也没有很喜欢大黑，奈何大黑每天都给静静梳毛，加上大黑本身的沉稳气质，静静慢慢地接受了大黑。静静怀的小猴子就是大黑的宝宝。恶猴一开始也想靠近母猴，但见惯了雄狮的女人，哪会屈身于恶犬？它誓死不让恶猴靠近自己。

我接手猴山的时候，母猴已经生了宝宝，小猴子每天骑在母猴的后背上，乖巧得很。我平时很宠溺静静，每天都会买一些小吃给它。毕竟它生了宝宝，小猴子要吃奶，母猴只有吃得好才能喂好小猴子。一般我都是买一些花生或别的坚果，有时候单位食堂中午包了饺子，也会拿去给静静分享一些。或者打菜打到了大块的排骨、炸鸡腿这类的，都会留着给母猴吃一些。

老大姐受伤后，我一直管理着猴山。有段日子大黑生病了，于是被关到了以前的废弃猩猩室单独治疗。有一天晚上，我刚清理完熊舍，走到猴山，准备去看看猴子们。离猴山大概还有20米，我突然听到了极其吵闹的声音，一群猴子正疯狂地号叫着。我一听这是要打起来，赶忙冲向猴山。当时天已经蒙蒙黑了，我爬到台阶上，看到了这辈子都难以忘记的一幕！

静静被三只猴子按在地上，为首的正是那只恶猴，猴子们不停地撕咬着静静的身体。母猴在地上疯狂地惨叫着，恶猴看着母猴，猛地上去一口咬住了母猴的下体。静静吃痛后用力一蹬，蹬到了恶猴的脸上。恶猴瞬间大怒，开始用手指插静静的眼睛，其余几只猴子有的咬它的腿，有的咬它的脖子。可它却没法反击，因为恶猴试图抢走它怀里的小猴子，它只能紧紧地抱住小猴子，任凭那些猴子撕咬自己。

它痛得一直在惨烈地叫着。小猴子见到这幅场景，也开始疯狂地号叫。恶猴一看静静死也不撒手，居然开始冲静静脑袋上撒尿。静静被一滋，第一反应是用手去盖住脸。没想到恶猴一把抓住了小猴子，扭头就跑。

静静看到小猴子被抢走，如同发疯了一样地吼叫着，试图站起来去把小猴子夺回来。但三只猴子死死地按住了它，还在撕咬它，恶猴看着手里的小猴子，猛地一口咬在了小猴子的脑袋上。

我看到这一幕，再也忍不住了，像疯了一样冲向猴舍的铁门。奈何当时天黑了，看不清铁门的锁，我用了足有30秒才打开猴舍的铁门。三只猴子还在按着静静，此时它身上已经血肉模糊了，顺着昏暗的灯光，我能看到一地的鲜血。气得我头都要炸开了。

我冲向静静，那三只公猴子居然没发现我。那一刻，我用尽了这辈子最大的力气，一脚踢向那三只猴子。砰的一声巨响，一只身体稍瘦的猴子被直勾勾地踢飞了两三米，剩下两只猴子让我啪啪几脚都吓走了。几只猴子被我一顿猛踢，不敢再靠近我。

来不及管躺在地上的静静，我直接奔着手里抓着小猴子的恶猴冲了过去。恶猴看到我冲向它，拎着小猴子开始逃窜，一人一猴，在猴山里疯狂地追逐着。追了一会儿，恶猴把小猴子扔到地上，我一把抱起小猴子。天黑，很难看清小猴子的全貌，但抱起小猴子的时候，那湿滑的触感令我十分不安。

我抱着小猴子走进猴舍，静静一直追在我身后，拽着我的裤腿，找我索要小猴子，一副焦急的表情。我打开台灯，赫然发现手里的小猴子满身都是鲜血，整张脸被咬得血肉模糊，脖子上两个巨大的血洞正在汩汩地渗出暗红色的血液。小猴子流血太多，已经叫不出声音了。看到这一幕，我立马用手死死按住小猴子脖子上的伤口。可那伤口实在是太过严重，不仅有两个血洞，还有严重的撕裂伤。

几十秒的工夫，小猴子就只有出的气没有进的气了。

我刚想打电话给王富，小猴子猛地哀号了起来，几声嘶哑的声音后，小猴子没了气息。看着怀里的小猴子，它的眼珠子还在翻着盯着我，那略带温度的尸体还没冷透，那一刻我的心如同被一把刀捅碎了。一条生命在自己手上一点一点消逝的感觉真的很差。

静静看到我把小猴子放在地上，一把抓起小猴子，跑向了猴山的角落里。我望着猴山里的恶猴，就是它，杀死了小猴子。那一刻我再也抑制不住内心的愤怒，解下了腰间的皮带，看着那只丑陋的恶猴，真想把它一刀一刀砍碎。

我猛地冲过去，想抓住这只恶猴，奈何这只恶猴跑得极快。我一边辱骂着一边追逐，恶猴疯狂地躲避我。一人一猴折腾了足有十分钟，我都没能抓住他。我望着猴山的内舍，决定把恶猴赶进内舍。一番追逐后，恶猴被我堵进了内舍。我紧随其后，进入内舍后，紧紧地关上了门，转身看着那只恶猴，抽出皮带，拎着没有铁头的那一面，疯狂地抽打恶猴，宣泄着内心的愤怒。

恶猴一开始还想反击，可它再强，也不过是一只猴子。渐渐地，恶猴开始抱住脑袋挨打。每抽它一皮带，我都大喊一声CNM，抽了好一会儿，我抽累了，一脚踢走了恶猴。一看，这货居然拉了尿了一地。恶猴见我不打了，还是紧紧地抱住头，用余光看着我。我大喊一声："CNM，还不滚！"恶猴吓得一瘸一拐地挪到了猴舍边缘，不敢再看我一眼。

那一刻，我真想杀死这只恶猴，但理智让我控制住了自己。我毕竟是一名饲养员，恶猴的这种行为也属于猴群内部的行为，我不该干涉。但如果让我眼睁睁看着静静被一群猴子撕咬，小猴子被杀死，对这些视而不见，很抱歉，我做不到。

想起静静还在猴山，我赶忙跑出去看它。昏暗的猴山里，一个浑身颤抖的身体蹲在角落里。顺着灯光，我看到静静浑身发抖，脸上满是屎尿，怀里抱着小猴子。我摸了一下静静的头，它没有任何反应。那一刻我看到它的瞳孔如同一片深渊，眼睛里已看不到任何情感的波动。但它浑身颤抖的频率令人十分不安，这让我很恐惧。我试着从静静怀里抱走小猴子，静静却抱着小猴子一下子跑到了猴山上最高的秋千处。猴山很陡峭，人根本爬不上去，我只能第二天再去找静静。当晚回家后，我做了一个噩梦，梦到自己身处一个布满冰霜的巨大冰箱，冰箱内有一只巨大的手。冰箱内满是污水，这只手不停地把我按入污水中，每次我试图浮起来，那只巨手都会把我死死地按在污水中。呼的一下，梦中的我又换了一个场景。一个小女孩，手里抱着一个破布娃娃，娃娃的颈部有着两个巨大的血洞。头部一阵剧痛，我醒了。

这个噩梦过于恐怖，导致我的头撞到了床板。我揉了揉脑袋，看了看漆黑一片的窗外。想到静静，它现在一定很痛苦吧，现在我迫不及待地只想回到静静那儿，让它不要再抱着小猴子了。此时的天气虽然不热，但也不是什么冬天，小猴子很快就会腐烂，染上病就麻烦了。穿好衣服，我出门了。去动物园的路上，路过一家水果店，我花32元买了一整个哈密瓜，又买了一点草莓。这些水果是给静静买的。

到了动物园，我直奔猴山，路上遇到了王富，我跟王富一起打开了猴山的铁门。看着静静抱着小猴子的身影，我十分难过。我先用手纸擦了擦静静的脸，静静一动不动，抱着小猴子，任由我擦拭它脸上的污秽物。我拿出哈密瓜，试图递给它，静静看了看哈密瓜，一只手抓住了哈密瓜的瓜秧，另一只手却怎么也不肯松开小猴子。正当我以为静静会吃哈密瓜的时候，却没想到，它径直把哈密瓜放在了小猴子尸骸的嘴边。小猴子的尸骸哪儿还会回应？静静疑惑地看了看怀里的小猴子，仿佛是在疑惑小猴子为什么不吃，又一脸期待地把哈密瓜重新递到小猴子的嘴边，可冰冷的尸体又岂会给她回应？看到这一幕，王富哇的一声蹲在地上哭了出来，痛苦的哀号声也让我的胸腔内十分不舒服，一跳一跳的，有些疼痛。

看她还在抱着小猴子，我又拿起一颗草莓，试图给静静，它看着我，接过了草莓。我看着贴在它怀里的尸体，轻声问它："静静，给我抱一下宝宝可以吗？"

它没有任何回应，我抓起哈密瓜，递给它，它看了看哈密瓜，轻轻地咬了一口。我趁机一把抱走了小猴子，它没有任何反应，只是轻轻瞟了我一眼。

小猴子身上的血液已经变黑，凝成了灰色的雾状结痂物。一天的时间，小猴子已经有些轻微腐烂了，那冰冷的触感让我十分不适。

我脱下衣服，包起了小猴子，叮嘱王富一定要看好静静，多给静静喂点好吃的！随后我拿了铁锹去后山挖了一个大坑，埋掉了小猴子。正常情况下动物园里去世的动物都要交给领导处理，但这种小猴子，没有什么实用价值，做不了标本，也不像老虎尸体那么值钱，直接埋掉反而省事了。

这次事件以后，我心中暗暗萌生出一个计划，就是要帮助大黑和静静，从此以后不再受到欺负！但猴群的体系很复杂，不是一天两天就能重组体系的。想到这儿，我突然有些懊恼。如果大黑没生病，恶猴又怎么敢去联合几个手下一起攻击静静？小猴子也不会死，唉。

一段时间后，大黑的皮肤病基本痊愈了，我把大黑放回了猴山，大黑第一时间奔向了静静，可是小猴子再也不会吊在静静的怀里了。大黑有些疑惑，似乎又有一些愤怒，当晚就跟恶猴大战了一场。那一战，大黑方三只猴，对战恶猴那边五只猴，打了足足有十分钟，其间大黑一直死死地盯着恶猴撕咬捶打。恶猴体型不如大黑壮硕，但战斗经验丰富，每次大黑试图抓住恶猴，都被恶猴抽冷子用阴招躲避开来。

　　静静也加入了战争。其实这种战斗母猴一般不会参与，也许是孩子的死去，让静静变得疯狂。那一晚，她疯狂地撕咬捶打着恶猴与恶猴的几只手下，虽然没造成什么实质性的伤害，但最起码敢于战斗了。

　　这场战斗是我第二天在监控里看到的，以平手收场。我其实还是挺高兴的。大黑的打斗能力越来越强，如果好好培养，一定是一个很合格的猴王。相比恶猴，大黑才是真正的王者。

　　从那天开始，我经常从食堂带一些饺子、肉类，喂给大黑与静静。说到这儿，大黑这只猴子，其实还是挺高冷的。我每次想抱它，抱了没一会儿，大黑就自己跳走了。而静静更像是一个臭宝，每次抱着它，它都乖乖揽着我的脖子，跟我贴脸。对此，大黑居然会吃醋，每次我抱静静久了，大黑都会过来紧紧地抓住我的腿，示意让我放下静静。

　　时间长了，猴群内渐渐发生了一些微妙的变化。大黑越来越强壮，而恶猴却依旧是那个熊样。有一只猴子，甚至倒戈到了大黑、静静的团队，恶猴每天阴沉地看着大黑与静静，想上前厮打又不敢，可给它憋屈坏了。

　　在接下来的日子里，大黑、静静团队渐渐占据了一些上风，恶猴反而处于了劣势。现在的大黑越来越强势，静静也越来越沉稳，平时他们一群猴子，都在互相梳理皮毛，占据了猴山内位置最好的几个制高点！（猴子地位越高，站的地方越高。）反观恶猴团队，失去了一名成员后，渐渐地，恶猴团队内部好像也出现了嫌隙！

最终，大战爆发了，谁也不知道那晚究竟发生了什么。第二天我到猴山打扫卫生的时候，只见恶猴满身是血，浑身无力地蹲坐在水池里，平时的几个手下没有伴随着它。大黑、静静站在高处，对恶猴不屑一顾。

恶猴伤得很重，最后被我们带走单独关在一个笼子里养伤，每天都是我给恶猴送饭。看着满身是伤的恶猴，我突然有些感慨，善与恶，有些时候真的说不清。恶猴虽然凌辱欺压其他的猴子，杀死了小猴子，但这何尝又不是一种动物的本能呢？

静静成功当上了猴王后，大黑则成了新一任的猴王。随着时间的推移，静静又怀上了大黑的宝宝。当上王后以后，静静每天胡吃海塞，变成了一只胖胖的母猴子，怀里抱着胖胖的小猴子，被一群猴子疯狂地"扒虱子"（猴子们其实找的不是虱子，而是皮毛分泌的含盐物质，借此补充盐分）。大黑呢，当上猴王不到一年，就已经斑秃了。由于受到大伙的过分爱戴，每天被猴群更加疯狂地"扒虱子"，地中海发型显得大黑愈加成熟。不过也没办法，欲戴王冠，必承其重，连"扒虱子"这点爱戴都受不住，又如何当猴王与王后呢？

静静与大黑赏罚分明，不会去恶意欺压其他猴子。猴群们安定地生活着，一切都结束了。几年后，小猴子也长大了。人都说孩子七分像父母，猴子其实也是这样。小猴子继承了大黑的沉稳强壮，也继承了静静的温柔漂亮，性情像极了它的父母。下一任猴王，非它莫属。

最后给大家讲一下猴群内猴子的不同地位和等级。猴群看似简单，实则体系分明，等级规划得十分严格，每只猴子都有自己的分工。猴群内的地位划分有以下几种：

一、猴王。猴王掌控猴群的一切，理论上来说只有猴王拥有交配权（别的猴子如果偷偷交配被抓住会很惨）。我们动物园前任的老猴王，由于威严仁慈并存，深受猴群爱戴，一群猴子天天围着老猴王"扒虱子"，搞得老猴王年纪还不老，头先斑秃了。

二、猴王的王后。王后一般是猴群内地位最高的母猴，地位仅次于猴王，甚至猴王有时候也要看她的脸色。王后会盯着猴王，猴王去跟哪个猴子妹妹谈恋爱，王后都会记在心里。需要注意的是，猴王后也有统治猴群的权力。各位可能想问，猴王后跟颜值有关系吗？据我看，有一定的关系。一般猴王后长得都眉清目秀的，而且体型一般都偏大！

三、猴王副手。一般来说，野生猴群里除了幼猴，不会拥有雄性猴子。但某些体系过于庞大的猴群，猴王就必须要招募副手。如果没有强力的战将，万一遇到和其他猴群开打的情况就会非常危险。

所以说规模较大的野生猴群，一般猴王都拥有几个副手，副手们的地位按照战斗能力或与猴王的关系排序，老二、老三、老四，甚至能延伸至数十个。需要注意的是，副手并不是战斗力越强地位越高，跟猴王的关系，有时是决定副手地位的重要因素！

副手们五大三粗，平时三三两两游荡在猴群内，也会承担一些管理猴群的责任。吃饭的时候，猴王挑选完毕，就是副手们挑选。

四、普通的猴子。这群猴子没什么可说的，队伍的中坚力量，地位居中。

五、地位低下的猴子。这类猴子过得不算很好，每晚还要站岗，替猴群们担任安保工作，平时吃的食物都是猴群挑剩下的。

六、打临工的猴子。这些猴子本不属于猴群，一般都是一些流浪猴子，实在无家可归，只能暂时加入猴群，负责一些零碎的事情，或站岗，或寻找食物，或当探子。这种"临时工"猴子，一般都是短暂加入猴群暂时谋求生存，很容易被赶出猴群。

需要注意的是，猴群并不是一块铁板，副手们是猴王的最大竞争者。有的猴群，副手们会拉拢其他猴子，甚至拉拢猴王后一起推翻老猴王。猴王如果能撑过这次暴乱，日后的统治会更加坚固，如果被击溃，就只能被赶出猴群。

当然，也有伉俪情深的情况，猴王后宁肯死也要跟自己的丈夫在一起。我曾经出去考察学习，去考察的猴山里的猴子们，集体反抗老猴王。老猴王已经16岁了，处于衰退期，年轻强壮的猴子们怎么会甘心被统治？在一个夜晚，七八只猴子一起围攻老猴王。老猴王虽说战斗经验丰富，但双拳难敌四手，曾经的副手们疯狂地撕咬着老猴王。

猴王后看到自己的丈夫被围攻，上前与猴王一起对抗反叛者。但猴王后毕竟是雌性，怎么打得过那些身强力壮的公猴子？猴王被三四只猴子围攻，而猴王后则被其余几只猴子硬生生咬打致重伤。发生事故后，动物园第一时间把老猴王跟猴王后挪出了猴群。

当时我目睹了大部分的经过，被挪走的猴王与王后在单独的猴山里过着平淡的生活。我觉得这两只猴子挺惨的，于是给饲养员留了500元，给他们买点好吃的水果，便离开了。

半年后，远方传来了故人的消息，当时正值寒冬。猴王与王后离开了。听说前一天还很正常，当晚下了一场大雪，第二天饲养员去喂食的时候，找不到它们的身影。最后，在猴山顶上，找到了猴王与王后的身影。猴王紧紧拥抱着王后，它们侧躺在雪地上，表情十分平静，像是睡着了一样，没有一点痛苦，有的只是从容。

饲养员试图把它们分开，猴王的手臂却抓得很紧，王后也紧紧握着猴王的一只手，看起来一点也不像离开了，像是正在做着一个平和的梦。最后，饲养员没有忍心再分开它们，火化了之后，把它们的骨灰埋在了一棵树下。

胖　狼

　　狼这种动物，在很多人脑海里可能是一种无比凶残的动物。残忍、嗜血、弑杀的词汇伴随着无数民间故事，把这些特性都扣在了狼这种动物身上。事实上的狼，并没有那么可怕。相反，狼可以说是动物园中最安全的一种肉食性动物。相比狮虎的不稳定性，狼反而温驯得像个乖宝宝。

　　大家可以观察下，动物园许多养狼的饲养员都敢只身进入狼的场地，换成狮虎，则很少有人敢近身的。狼这种动物，养熟了跟狗差不多，亲人程度丝毫不下于狗，不过服从度远远低于。这也没办法，狗被驯化了。

　　我以前在动物园，因为养狼的饲养员家里老丈人病重，我就替他代管了两个月的狼群。我们动物园的狼，吃得并不好，但也不差。按日喂养，一天一顿，每只狼一天供应四斤肉。只不过这四斤肉，大部分都是没那么完美的下脚料，比如一些鸡肉、少量牛肉边角料、鸡骨架这些。我开始管理狼群后，第一件事就是想着跟狼群搞好关系，打算喂它们一些好吃的食物，来拉拢这群狼。

当时我们本地流行一种风气，养野猪（杂交），也不知道哪个人起的头，告诉农民养野猪挣钱。老百姓们一开始不信，结果卖野猪苗子的连哄带骗，说得可好听了：买完野猪以后（野猪崽1200元一只），养一年多，出栏后他们包回收，饲料钱还给报销50%，野猪崽的钱还给退回去。大伙一算账，好家伙，比养家猪赚钱多了，于是拼了命地买野猪崽。结果这种杂交野猪吃得又多，长肉又慢，肉还贼难吃，又硬又柴，浑身上下没几两肥肉。最后野猪长大了，农民们去找当初卖给他们猪崽的贩子，却发现人都跑没影了。那年猪肉本身就特别便宜，野猪肉这玩意儿，一点都不好吃，咬起来邦邦硬，量又太大，最后搞得大家只能带着这些野猪肉去狗市贩卖。价格极其便宜，三块钱一斤（半扇连骨头带肉），按这个价格算，跟鸡肉价格差不多了。

我买了两三只野猪，都是半扇半扇的。我们动物园后山有个大雪坑，这些野猪肉都被我藏在雪坑里了。有事没事，就给这群狼砍几块下来，喂它们。这群家伙吃得十分起劲，但吃完了就跑！从不让我摸，见到我像见了鬼一样，我从不能靠近它们十米之内的范围。

这群狼最开始的时候是九只，品种比较杂，有普通的灰狼，还有体型较大的混血狼，有的则是串种狼。基本都有杂交的血统。说到狼群的品种，其实早些年，经常有狗贩子试图找我们来配种，幻想着配出一窝小狗，可以像狼那样强悍。不过这是严重的违纪行为，动物园没人会去做。听说有的小型动物园会收费，用狼给狗配种——当然了，这只是道听途说而已。

后来我就开始强行上手，柿子挑软的捏。当时这群狼里，有一只体型适中，但性格很温和的狼，名字叫"萝莉"。一般的狼眼神都愣乎乎的，萝莉这只狼，眼神却很温柔，平时也很有淑女风范，吃东西很慢。别的狼为了多吃肉都会疯狂地把肉吞到肚子里，随后跑到角落里把肉吐出来，再慢慢咀嚼着吃，而萝莉比较呆萌，只会慢慢地吃，导致它每次吃的肉都很少。

那段时间，我天天给萝莉偷偷喂一些野猪肉，萝莉渐渐地跟我越来越熟，每次我一招手，它都屁颠屁颠跑过来，张着嘴等我扔肉，但绝不肯离我太近，距离控制在大概三四米的样子。我一走过去想摸她，萝莉就立刻屁颠屁颠地跑了。

但再狡猾的狼，也逃不出老猎人的手心。我天天琢磨着怎么能摸萝莉几下。直到一天下午，萝莉只身在场地里跑来跑去，一会儿拱拱地上的草，一会儿又闻闻土。突然萝莉看到了一个易拉罐，是游客扔进来的。它的注意力被易拉罐吸引了，时不时咬两口易拉罐。我看到这一幕，直接从背后绕了过去，一把抱住了萝莉。萝莉吓得立刻想回头咬我，发出汪汪汪的叫声（狼也会汪汪叫，一般是驱逐领地内其他动物才会汪汪叫），转头就要咬我，我赶忙松手跑了。

不知是我这次的鲁莽，还是萝莉发现了我不会伤害它，往后的日子里，这群狼渐渐地开始接受我了，到最后，一群狼全部成了我的好朋友。每次我进入狼内场，大喊一声，呼的一下，一群狼全部奔我而来。狼表达亲热的方式跟狗不太一样，狗是疯狂地舔人，而狼是轻轻地叼咬（不会用力）。

　　有一次，应该是晚上六点多，我进入狼群，一群狼立刻把我包围，开始疯狂地叼咬我，表达着对我的喜爱。结果我摔倒了，一群狼开始疯狂地连舔带咬，我本身怕痒，一群狼给我搞得嗷嗷叫，太痒了！结果让一名遛弯的老大爷看到了，报了警，说我们动物园狼吃人，说一群狼把我咬得嗷嗷叫。最后警察来了，才知道闹了个大乌龙。

　　那段时间，我们动物园里有一只老狼，怀孕了，肚子越来越大，领导让我们单位一个同事去管理这只老狼。这只老狼被单独饲养了，主要是怕其他狼玩耍的时候不慎导致肚子里的小狼受伤。

　　负责管理老狼的饲养员人送外号"鬼见愁"，养什么死什么，养鸵鸟鸵鸟死，养孔雀孔雀死。这小子经常偷动物的食物。当时许多人感觉不妥，毕竟这人不靠谱，但碍于是领导的安排，大家也不能多说什么。我想着，鬼见愁再坏，也不会丧心病狂地去虐待一只怀孕的动物，就把老狼交给了他。当时老狼的伙食是每天八斤肉：三斤牛肉，三斤羊肉，两斤带骨鹿肉，一天喂两顿。

那段时间我确实很忙，每天要打扫卫生，管理各种动物，还得巡视园区，防止老头小孩乱翻墙摔伤了。鬼见愁则天天躲在屋里打扑克玩游戏。

过了一段时间，我算着老狼的预产期快到了，就去找鬼见愁。找不到他的人，我就自己去找老狼了。结果到了地方一看，老狼躺在笼子里，流了一地的羊水。我摸了一下老狼，突然发现，它的脊梁已经瘦得凸了出来，摸起来像是一根干枯的骨头。肚子奇大无比，滚圆滚圆的，浑身上下犹如一棵失去水分的死树根。

我一看都这样了，赶忙去找鬼见愁，这小子正在屋里玩游戏呢。我俩赶到狼舍，他看了看老狼，骂了一句"MD，都三天了，这死玩意儿还不生"，随手打开了狼舍里的酸菜缸，拿出了一块鸡骨架，扔给了老狼。

我看了看酸菜缸里都是冷冻的鸡骨架和鸡肝，一把抓住他，质问他："你是不是又把肉偷去卖钱了？"鬼见愁不说话。

我过去看老狼，它正在地上侧躺着，腆着大肚子在那儿喘气，嘴都闭不上了。我把手伸进它嘴一摸，舌头口腔像一张砂纸一样，失去了正常口腔的光泽，已经毫无水分了。地上的羊水都是一摊一摊的。我一看这是要不行了啊，突然变得十分狂躁，一把抓住鬼见愁的脖领子，我嘶吼着问他："CNMD，你知不知道它老了？"

鬼见愁有点怕了，跟我说："它老了，自己生不出来跟我也没关系啊。"

我说："QNMD，你把它该吃的东西都拿去卖钱了，就你这个熊样还天天信佛上香呢。"鬼见愁不说话了。

我只能报告领导，领导立刻找来了兽医，给老狼做了剖腹产。手术途中，我在外面蹲着，越想越气，于是跑到鬼见愁屋里，把他供奉的一堂子佛像噼里啪啦全打翻了，连着木头台子一道，踩了个稀巴烂。有什么观音、如来。观音是瓷的；如来是铜的，外面镀一层金色，里面是铜的。一共得有十个左右。那些佛，一个个胖乎乎的，威严无比，看似很重，实则都是空心的，一踩就瘪了。还有那种东北本地供奉的保家仙，就是一个木头盒子，里面放着一张红纸，让我扯巴扯巴就给扔了，木头盒子也被我踩得稀烂。鬼见愁跪在地上求我别砸了，可我没有收手，把他的信仰全部砸了个粉碎。

手术结束后，剖出来三只小狼，有一只小狼当场就死了，剩下两只没几天也都死了。那种感觉真的很差。老狼怀孕的时候，我想着一定能生出几只可爱的小狼，只可惜，曾经的期待都化成了泡影，一点不剩。

剖腹产的时候，兽医发现老狼的子宫已经病变得很严重，都有点烂了，问我们要不要摘除，最后园长决定摘除，取掉了老狼的子宫和卵巢。

日后，我跟鬼见愁再无任何来往。这么多年过去了，我一直没想明白一个道理，我做的到底对不对？虽说鬼见愁虐待了老狼，但我为了一只动物，去伤害一个人。我俩究竟谁是善，谁是恶？

之后的日子里，我依旧管理着狼群。直到一天，其他动物园送来了一只狼。这只狼体型巨大，身材壮硕。看到它的第一眼，我都有点害怕，那体型实在是太大了，肌肉上包裹着一层厚厚的脂肪，又壮又胖。胖狼的品种是杂交的，看起来有点灰狼的血统，毛挺厚的，具体是什么品种我也说不清。总之这只狼看起来特别强大！

但后来我发现，这只狼好像是个萌萌。为什么是个萌萌，因为一般厉害的狼，眼神都很坚定。而胖狼虽然身材壮硕，但眼神却贼溜溜的，看起来又傻又怂。第一次把胖狼放到狼区里，它屁颠屁颠跑过去，想跟其他的狼一起玩。狼群看到胖狼想靠近它们，立刻发出慌慌的叫声，想驱逐胖狼，意思是不要靠近，靠近就咬你了。胖狼却不管不顾，直勾勾冲了上去，想跟人家交头接耳。没等跑到跟前，狼群里的老三立刻冲出来，一下子掀翻了胖狼，撕咬了胖狼几下。胖狼吓得嗷嗷大叫，顿时尿了一地。老三压在胖狼身上，胖狼的脚丫子都吓得抖了起来。

看到它们打了起来，我赶忙过去把老三撵走了。倒在地上的胖狼都快被吓晕了，瞳孔都变大了，浑身颤抖，地上的尿撒了一大摊。我把它抬了起来，现在让它们接触的确早了些，狼群不会接纳胖狼。

那天刚好我一个天津的大哥过来找我，我一般都叫他"三哥"。

三哥看到胖狼，问我这狼为什么这么胖。我说它来的时候就这么肥胖。看着我大哥跃跃欲试的样子，我让他摸了几下胖狼。胖狼虽然很强壮，但对人敌意并不大，在以前的动物园，也是别的饲养员抱着长大的，自然不怕人。

三哥一看，这大胖狼能随便摸，又跟胖狼合了几张影，当时就决定给胖狼买点食物。三哥其实是个土豪，在天津有很多生意，直接从皮包里拍出两万元给我，示意我给胖狼买肉。我看了看厚厚的两万元，没敢收，单位有廉洁条款，哪能收外人的钱。最后一顿推拉，三哥决定给我买两万元的肉。那天没有买，第二天三哥回天津了，给我打电话，我俩决定买三头病死的牛，这种牛便宜，又买了两只羊，无数的冷冻全鸡。

晚上，我带着货车，偷偷打开动物园的后门，都不敢开车灯，生怕别人看到！（怕他们偷肉，动物园经常有同事偷肉拿出去卖。）我把三头分割好的牛，还有羊肉、全鸡全部藏在了动物园后山的大雪坑里，临走的时候还在上面铺了一层新雪，生怕别人看出来。

那段时间，我白天打扫卫生，半夜顶着东北的寒风，穿着军大衣，推着我的小车，悄悄跑到雪坑处，拿出几只鸡，一些牛羊肉，用斧子劈成小块，推着小车，去喂养动物们。路过老虎内舍，给体弱的老虎喂几块，路过狮子笼舍，给体弱的狮子吃几块。那一段时间，可以说是我这辈子最幸福的日子，想到动物们正在等着我，内心就特别满足。

后面的日子里，我发现，狼群还是不肯接纳胖狼，吃饭的时候胖狼都会被挤到一边。一群狼在场地里追逐着玩耍，只有胖狼一个，趴在角落里，看着玩耍的狼群还不敢上前。狼群从来没有接纳过胖狼，晚上狼群有睡在外围的狼，专门提防胖狼，哨兵每晚都死死盯着胖狼。

渐渐地，胖狼抑郁了，曾经健硕的身材变得越来越瘦弱。一开始我想给胖狼找一个单独的场地饲养，但狼这种动物，运动量还是挺大的，动物园里没有合适的场地让胖狼居住。发展到最后，胖狼天天自己在场地里绕圈跑，一跑就是几小时。它就绕着整个场地，呈一个正方形不停地跑，跑到筋疲力尽，才去水槽悄悄喝点水，休息一会儿，再绕着场地继续跑，看起来孤单极了。渐渐地，胖狼的尾巴也秃了。但我也没办法，狼群不接受它，我能怎么办呢？

直到有一天，我在狼外场角落处发现了一个坑，胖狼在那儿自己刨坑。看到这个坑，我才意识到事情的严重性。狼这种动物，到了年迈的时候，有些会选择给自己寻找墓地，或是山洞，或是山谷。也有的狼会选择给自己挖一个洞，感觉到自己要死的时候，就会找到这个洞，进去静静躺着，等待死亡的来临。

看到胖狼开始给自己挖墓地了，我做出了一个决定：以后，白天让胖狼在场地里待着；晚上，我用绳子牵着胖狼在动物园里溜圈，睡觉的时候回到后山平房，我带着胖狼一起睡觉。这样它才能早点心情愉快起来，好起来。

当天晚上，收拾完卫生，我就用狗绳牵走了胖狼。为了防止胖狼逃脱，我特意买了个内刺狗项圈，还是超大号的。但狼这种动物，还是超出了我的想象。胖狼暴瘦后，也有70斤左右的体重，力量依旧远超过同体型的狗，在动物园里给我拽得一愣一愣的。最后费了半天劲，我才把胖狼牵到后山的平房里。

到了平房，我第一件事是先把门锁上，生怕这家伙跑出去，一旦跑出去，我肯定是追不回来的。胖狼看着这间陌生的房子，充满了好奇，平时的沮丧也消失得一干二净，开始好奇地嗅着屋子里的物件。

我出门，用棍子捅了捅平房上的锅盖信号器，回到房间，打开电视，电视里正在播放《马大帅》。范德彪和马大帅正在喝酒。我看了看趴在地上的胖狼，给它扔了一根火腿肠。胖狼一口吞掉了火腿肠。我躺在床上看电视，胖狼一下跳上了床，我俩一起看范德彪和马大帅聊天的场景。

看了一会儿，我困了，迷迷糊糊睡着了，醒来的时候天还蒙蒙黑，胖狼在我怀里疯狂地打着呼噜。看了看胖狼略显消瘦的身体，我决定给它加餐，必须让它的身材回到最初的巅峰状态。

之后，我每天喂胖狼两顿，顿顿牛羊肉，还会给胖狼一些骨头，让它锻炼自己的咬合。晚上依旧带着胖狼回小屋，还得给它加餐一顿。这顿加餐是我自费的，吃的肉不是三哥给买的，都是我自己买的鸭肉、牛的内脏，还有一些冷冻狐狸肉，每天都给胖狼吃得五饱六撑。吃饱后，我就带着胖狼满动物园溜圈，大概过了一个半月，胖狼的体型恢复了许多，而且胆子更大了。

狼这种动物其实很聪明，胖狼天天都有小灶吃，而且晚上可以出去遛遛，跟我一起看电视，睡着温暖的热炕，它自己也明白了，我是偏袒于它的。渐渐地，它不再畏惧狼群。白天我喂食的时候，胖狼第一个钻到食槽附近等待着投食。其他狼如果撕咬它，它不再恐惧，而是与之搏斗争夺食物，叼走最大的一块就跑。狼群也奈何不了它。

直到有一天，胖狼和狼群的老二对峙上了，起因是一个易拉罐。一般我会把外场打扫得非常干净，可也有一些游客乱投喂，扔一些香蕉、瓜子什么的给狼吃，平时我们虽劝阻，但人家不听也没办法。其实狼吃一些素食、碳水，没什么坏处，主要是怕游客连着包装一起扔进来，狼误食了塑料可能会有问题。

那天，胖狼捡到了一个易拉罐，不停地用头撞易拉罐，易拉罐在地上滚来滚去。老二看到了易拉罐，想上去抢。可此时的胖狼，已经不是当初的那个小弱鸡了。此时的胖狼，自信心爆表，看到老二想过来抢，立刻龇着牙上去恐吓老二。老二平时也不是吃素的，那是狼王的副手啊。只见嗷的一声，老二与胖狼打成一团。老二死死咬住胖狼的后腿，胖狼死死咬住老二的胸口。两只狼谁也不肯松口，比拼的就是忍受疼痛的能力与耐力。看到这一幕，我赶忙去取水枪。

刚拿到水枪，一看，胖狼已经把老二死死地压在身下，老二发出呜呜的叫声（意思是服了）。胖狼的后腿上正在滴答滴答流着殷红的血液，老二却没流血。看到胖狼受伤了，我赶忙跑进去，看了看老二，胸口没什么事，胖狼后腿却被咬了四个血洞，不深不浅。

当晚我带着胖狼回到后山平房，替它处理了一下伤口。夜幕中，我看到了胖狼的眼神，坚定又有神，与当初躲躲闪闪的眼神截然不同，看来它是真的成长了。狼的眼神，跟狗真不一样。胖狼对人虽然很温驯，但那种眼神的复杂，我从来没在任何一只狗眼睛里看到过。狼的眼神，十分冷静深邃，看起来冷冰冰的，而狗的眼神则温暖许多。

日子有一天没一天地过着，我发现了一件事，胖狼好像谈恋爱了，不，准确地说是单相思。那天我正在喂肉，胖狼叼走一块最大的肉，跑到角落里吃得呼呼作响。萝莉（我在前面提到过的长得很漂亮的那只狼）因为抢不到太多肉，吃光了自己的肉以后，跑到胖狼身边看着胖狼吃。胖狼察觉到身后有狼，恶狠狠地冲后头怒吼，结果回头一看，居然是萝莉，顿时一脸的暴怒变成了不知所措。萝莉小心翼翼地往前挪着，胖狼看到萝莉想吃肉，便往边上靠了一点，萝莉咬住一边肉，它咬住另一边，两只狼共同享用一块肉。吃完了，胖狼不停地追着萝莉屁股后面跑来跑去。看到这一幕，我才明白，表面上温驯可爱的胖狼，居然也有一颗贼心。

胖狼不仅学会了分享食物，还学会了溜须拍马，当舔狼。日后，胖狼很少抢夺大肉，而是大量抢夺细小的肉块，先在食槽附近把这些小肉吃到肚子里，一顿疯狂地进食后，再跑到角落里，萝莉早就在那儿等着了！胖狼把这些肉从胃里吐出来，自己却一口不吃，都留给了萝莉！萝莉吃着这些沾满少许胃酸的肉，胖狼在一旁一脸宠溺地看着萝莉。

渐渐地，萝莉也被胖狼打动了，毕竟胖狼长得也帅，狼也温柔，还很绅士，不像别的年轻公狼，一上来就直勾勾地闻屁股。胖狼每次遇到萝莉，都是先给萝莉舔毛，从不急吼吼地闻屁股。

有一天中午，我看到萝莉躺在地上，一脸享受的表情，胖狼正在舔舐萝莉脑袋附近的皮毛，萝莉舒服得直哼哼。咱说舔毛就舔毛吧，为什么还要互相抱着舔？两只狼侧躺在地上，爪子还搭在对方身上。

看到这一幕，我再也抑制不住内心的嫉妒，试图大喊一声拆散它们俩，但理智很快又占据了我的头脑。唉，让它们恋爱吧。到头来，我居然活得都不如一只狼！

胖狼不仅对萝莉很宠爱，对待其他的弱势狼也很好。之前那只被绝育了的老狼，每次吃饭都抢不上槽子，日常我也会偏袒它一些，半夜偷偷喂它一些食物。狼群里的其他狼，总是欺负老狼，而胖狼却从不欺负老狼。吃饭的时候，有时碰到老狼过来，还会刻意躲避开，似乎是想留给老狼一些食物。老狼跟胖狼的关系也很好。

一晚，我又把胖狼带回了平房。不过这次胖狼没有以前那么开心了，而是焦躁地望着狼群的位置哀号。一开始我还不明白这是什么意思，后来一想，原来这货是想念萝莉了！我只能把胖狼带回去。萝莉一直在外场，看到胖狼，两只狼紧紧贴着身子走了。我这辈子第一次见到如此恶臭的恋爱，走路居然都要贴在一起，真的腻人啊！

随着胖狼地位的提升，它渐渐融入了狼群，地位甚至直逼狼王。平时胖狼占据着最好的乘凉位置，吃饭的时候，甚至会跟狼王发生冲突。胖狼仗着自己身强力壮人缘好，谁也不怕。

那段日子，正好我们动物园的狼数量超标了，领导提议要不要把哪只送走，我说我也不知道啊。最后领导决定把老狼王送到一家新的动物园，我一听，不同意。老狼王在动物园待了一辈子，临老了让它去其他动物园，万一其他动物园的狼身强力壮，欺负老狼王，不让它吃饭，咬它该怎么办？领导一想，我说得也有道理，于是问我，那送走那只被绝育的老狼怎么样？我一听，那更不行了。绝育的老狼都不能生了，也老了，到了新狼群，公狼母狼都不待见它，送走谁也不能送走它啊。

最后磨磨唧唧，一只都没送走。领导有点生气，说："你就直说，一只都不想送走，跟我废这么多话。"我只能低着头不言语。狼是都留下了，但狼群的伙食费却缩减了，毕竟超员了。

狼王的确有点老了，加上胖狼的强势和人缘，渐渐地，胖狼有取代狼王位置的趋势。最后位置的交替，胖狼不是靠着武力抢夺的，而是老狼王自己主动让了出来。胖狼成为狼王以后，并没有去欺压老狼王，相反，老狼王成了狼群的二把手。

胖狼的确是一个很合格的狼王，从不欺负其他狼，很会维持狼群的秩序。谁敢打架，胖狼一定及时赶到，分开它们。而萝莉，则成了新一任的狼后，虽然萝莉现在很年轻，但日后一定能更加强力，成为胖狼的好搭档。

胖狼当上狼王以后，不仅没有变得凶悍，反而对人更加有好感了，从一开始的只有我能随意触摸它，变成了动物园里的人都能摸它。我经常牵着胖狼出去遛弯，动物园里的其他同事们，常常排着队喂胖狼，胖狼一天天吃得满嘴流油，被无数人摸脑袋，都要秃顶了。从此以后，胖狼有了一个新名字"带明星"（大明星），它成了我们动物园的第一"带明星"。

多年后，我回到动物园，看到老态龙钟的胖狼，我一下子钻进了狼舍，紧紧地抱住了它。它还记得我，我俩疯狂地咬着对方的皮毛。

当晚，我又带它去了后山的那间平房，曾经的电视机早已经搬走了，《马大帅》也没得看了。抱着胖狼，我渐渐睡着了。梦中，胖狼奔跑在广阔的山林中，身后跟着萝莉，萝莉屁股后面紧紧地跟着几只肥肥的小狼。

卡车马戏团的兴衰

早些年我在动物园工作，那时候主要工作任务就是饲养一些猛兽，比如豺狼虎豹这些。虽然说动物园都是有分工的，但是当年我们动物园管得不严，经常互相串着养。

后来离开了单位，工作不太好找。一个机遇，让我认识了一家动物展览车（类似流动动物园，还能演马戏）的老板。很多人好奇什么是动物展览车，它就是一辆比较大的卡车，车斗里放着动物们的笼子，狮子、老虎、黑熊都在后车斗里，四处走城市，遇到合适的地方，直接开始演马戏，这时候就成了临时马戏团。

如果没有找到合适的地方，他们就到当地的公园租一个场地，支起大棚，门外写着"内有猛虎""20斤的大老鼠""500斤雄狮"之类的词条，诱惑游客花钱买票进去观赏。

第一次面试的时候，马戏团老板问我是做什么的，我回答他以前是做饲养员的。老板眼睛一亮，追问了我一些细节，我一一回答，老板很满意，让我去找马戏团的团长。

我当时觉得很奇怪，正常马戏团的团长都是老板，这买卖哪有分开干的？团长挣了钱，跟老板怎么分？我想不明白，但也没办法，咱一个打临时工的，好好工作就行了，不该关心的少关心。

第二天，我来到了马戏团，马戏团当时正在表演马戏，几只老虎跟着山羊屁股后头走来走去。马戏团里稀稀拉拉坐着十几个人，一幅冷清的场景。进去后，我坐在角落里看着他们表演。

演完节目后，观众们都散去了，团长一眼看到了我，问我怎么不走。我告诉他："我是刘老板介绍来的，咱们这儿缺什么职位吗？"马戏团团长是个精壮的中年男人，粗壮的手臂都快把衣服撑爆了，他问我："会驯兽吗？"我想了想，回答他："应该不太会，但我以前在动物园工作，养过不少老虎、狮子。"

团长一听我在动物园工作过，立刻对我产生了兴趣，我们聊了好一会儿。团长大手一挥，"兄弟，你就留下吧，先住下，如果能长期干，一个月7500元。先干三个月，看看合不合适，这三个月一个月5000。"听到这个工资，我美得鼻涕泡都出来了。那时候我们本地的油田工人，一个月也就挣3000元左右，我这一下就能赚7500，是他们的一倍都多。

我住在团里后，马戏团每天都出去打广告。早上，我开着小卡车，带着团里的侏儒去发传单，告知附近的群众我们在几号表演。侏儒站在后车厢里，头戴老虎面具，用大喇叭喧闹地宣传着马戏团，四处发传单（不随地乱扔）。

这里，我介绍下我们马戏团的成员：

团长，是一名精壮的中年男人，为人义气，脾气暴躁，但对动物却很好。

大哥，外号叫"大哥"，实际上却是个侏儒，身高一米左右，人比较精明，平时负责搭棚子、干杂活。

老张，是一名驯兽师，对动物比较狠毒，经常鞭打动物。

算上我一共四个人。剩下的就是动物了，一只黑熊、一只狮子、一只老虎、两只山羊，还有两只猴子。

由于暂时不搭棚子表演，团长开始教我驯兽。可能很多人好奇如何驯兽，简单来说，就是打出来的，从小打，天天打，让动物看到鞭子就害怕，这样它们长大了以后，会对鞭子有一种巨大的恐惧。让它们钻火圈、踩皮球或是做其他什么动作，动物们就不敢不做，不做真挨打啊！

据说有些水平极高的驯兽师，从不用鞭子。他们不需要打动物，只需要从小跟动物培养感情，老虎、狮子们就会乖乖地听话。不过这个说法我个人是不太信的。各位想想，老虎、狮子这两种动物，就算听话，但可能每一只都听话吗？这种高超的驯兽师，现实中我从未见过。

团长告诉我："对付狮虎，不能一味地打，这样它们会记恨你。

平时带着点肉，狮虎如果乖乖表演，就给它们奖励，不听话再考虑恐吓，咱们马戏团的两只狮虎都训练得很好，你不用太怕。"看着那冲我咆哮的狮虎，我突然有点畏惧，这要给我一口，下半辈子就可以交代了。狮虎那种压迫力，真的很难用语言形容出来，尤其还是对人龇牙咧嘴的情况下，特别恐怖。

驯兽其实也不难，就是拿着鞭子，喊着动物记住的口号："起！"狮虎就会缓缓从铁凳上站起来。至于跳火圈，跟着马走圈，同样都是经年累月训练的结果。不过我这人真的很不喜欢拿鞭子打动物，马戏团的动物本身吃得就不是太好，还要挨打。

学了几天，团长觉得我基本出师了，就安排三天后马戏表演最后收尾时，狮虎站起来拱爪谢幕这个节目，由我来负责。

那天，马戏团里坐了足足有200多人，团长高兴坏了。其实马戏团的门票并不能赚太多钱，真正暴利的是在马戏团里卖水，卖一些小食品。一瓶水外面进货五毛，马戏团里面卖三元。团长疯狂地卖水，嘴都乐劈叉了。

演完马戏后，到了最后一幕，我负责让狮虎站在铁凳上表演，可我万万没想到，这俩货掉链子了。我喊了一声"起"，狮子一下子趴在那儿翻起肚皮，观众们哈哈大笑。我又喊了一声"起"，老虎这次不仅没起来，还对着我就滋了一泡尿，观众们笑得都要抽了。那一瞬间，我像一个小丑，站在台上不知所措。可看着观众们哈哈大笑，我这人本身笑点就低，我也忍不住了，开始嘎嘎地笑了起来。观众们看我一笑，他们笑得更猛了。那场马戏非常完美，观众们都问我下次什么时候开场，我告诉他们，五天后下一场。许多观众都表示，下次也要来看。

散了场，团长一脸坏笑地看着我，问我什么感受。我说没什么感觉。团长说："你这驯兽技术得加强啊，以后这么搞可不行。"

我细细想了想，问他："团长，为什么要表演马戏呢？"

团长说："当然是为了挣钱啊。"

我又反问他："那观众爱看，算不算好节目呢？"

团长想了想，告诉我："当然算。"

我把内心的想法告诉了团长，我天生不爱打动物，与其让我强学驯兽，倒不如让我当个小丑，专门上台表演出丑。团长想了想，同意了，因为我的确很适合当一个搞笑角色。

从此以后，我不再是一个驯兽师，而是一个小丑，虽然我没有红色的鼻子，头上也没有夸张的假发，可我的的确确变成了一个小丑。我们做的事都是一样的，逗观众开心。面具下的痛苦，不会给任何人看到，只有观众散去，才能展现出自己真实的情绪。

往后的日子里，我负责出糗，团长对我很满意。马戏团的环境很差，我们只能住在帐篷里，时而自己做饭，时而去买一些便宜的下酒菜填饱肚子，说句难听的，我们活得很贱。虽然在台上，我们可以让威猛的狮虎听话，可是台下经常被人欺负，风餐露宿，吃不饱，睡得也不好。各种部门都瞧不起我们，找我们麻烦。但没办法，每天一睁眼，几百元的伙食费就压在脑袋上。受了委屈，被人打掉了牙混着血沫子咽下去，生活还得继续。

那段时间，我绞尽脑汁地想，有什么办法能增加马戏团的营收，突然脑子里萌生出一个念头，我们团里的狮子大黄和黑熊亮亮，它们两个一点都不怕人，尤其是黑熊亮亮，对人一点敌意都没有。我想着，为什么不让它们两个和游客拍照赚钱呢？想到这一点，我立刻去找了团长，团长听了我的想法，马上拍着大腿同意了。

第二天，团长买来了一个相机和很多拍立得胶卷。我们并没有直接让游客来拍照，而是先训练动物。相机按下快门时会有"咔"的一声，我担心这"咔"的一声会惊吓到动物，我们便去演练。事实证明我想多了，大黄和亮亮对相机的快门声没有一点反应。三天后，我们又开了一场马戏。马戏结束后，我立刻站在铁凳子上大喊："游客朋友们，如果有想跟黑熊合照的，请留下稍等。我们帮洗照片，一张30元。"

游客们一听，都很感兴趣，大概留下了20多个游客，大部分都是带着小孩的。一名女观众问我："安全吗？"我说："绝对安全，放心吧。"

随后一个男人跃跃欲试。我对亮亮说"站起来"，亮亮嗖的一下站了起来，一只爪子搭在男人的肩膀上。咔，拍完了照片，男人乐坏了，拿着照片走了。随后游客们都排队拍照，结束后，我查了查，一共收到了近600元。

团长高兴坏了，拿出500元，告诉我："这500块今天都出去买吃的喝的，必须好好喝一顿！"

我看了看手里的500元，问他："团长，这个钱，是不是该给动物们买吃的？没有它们，我们一分钱都赚不到。"

团长一想，也有道理，于是告诉我明天去买点牛肉，给老虎和狮子分了，再买一些鸡肉白面，给黑熊、猴子蒸点大窝头！对了，再买点水果给山羊。我一听团长这么敞亮，立刻美得屁颠屁颠的。团长又拿出300元，告诉我去买五个菜，要硬菜，晚上咱们好好喝点！

随后我拿着钱，去买了五个肉菜，三瓶白酒。当天晚上，我们一群人喝得烂醉，侏儒大哥更是倒在地上睡了一宿。第二天醒来已经是中午了，我去市场买了20斤牛肉。我记得很清楚，牛肉21元一斤。买的时候生怕亏着谁，让老板分成十斤一份，这样才公平。又买了三只整鸡，三斤白面，一些水果。

回去后，我先把牛肉分成两份喂给了狮子和老虎。两个家伙估计好久没吃牛肉了，没过一会儿，十斤肉就被吃得一干二净。随后我蒸了窝头，把动物都喂饱后，就去干活了。

当晚我们训练大黄，可大黄不太愿意被人骑着。我想到了一个办法，就是在铁凳子上再焊上一块高一些的铁板，游客可以坐在铁板上，拍照的时候看上去跟骑着狮子差不多。大黄不用被骑，还能赚钱。第二天，我们就焊了拍照用的凳子。

睡觉前，我听到门外有响声，似乎是黑熊亮亮的叫声，凄惨无比。我走出去借着昏暗的月光，看到老张居然把亮亮绑了起来，正在用那种粗糙的马鞭鞭打着亮亮，一边打一边辱骂着。亮亮痛得在地上疯狂地打滚。我跑过去一把拦住老张，问他为什么要打亮亮。老张不言语，我看了看地上，满地的血沫子，还有一把巨大的钳子。仔细一看，地上还有一颗亮亮的牙齿。我一看这是把亮亮的犬齿给拔了，便质问老张，为何要拔掉亮亮的牙。老张说："这畜生不好好吃饭，还满地乱拱。"

一听这话，我狠狠一拳砸到老张脸上，老张被我一拳掀翻，坐在地上冲我喊，问我是不是疯了。看了看他的嘴脸，我问他："知道不知道咱们能吃得这么饱，靠的都是亮亮合影赚来的。你个狗日的居然还拔它的牙。"老张听到这话，嗷的一声扑过来与我纠缠在一起。我俩厮打了半天，激愤中一个人紧紧地抱住了我。我回头一看，是团长，我只能作罢停手。

团长问我们怎么了，我说老张拔了亮亮的犬齿。团长一听也有点生气了，扒开亮亮的嘴一看，犬齿只剩下三颗了。团长狠狠地训斥了老张一顿，也就拉倒了，还能怎么样呢？

五天后，又是一场马戏。马戏结束后，来拍照的人数越来越多，足足有三四十个。一个男人坐在大黄身上的铁板上，笑得很开心。那一刻，曾经的草原之王，甚至都不如一条狗。一条狗都不会让人骑，何况狮子呢？但也没办法，我们也要活着，没钱就只能吃烂鸡肉、鸡骨头，让人骑着拍照就能吃到牛肉。我自认为，大黄也是愿意吃牛肉的，反正也没真的被人骑到身上，无所谓了。

说到大黄，其实它是一只很高冷的狮子，很少吼叫。团长可以随意地触碰它，但不能触碰大黄的脸，不然大黄会生气，生起气来，团长也不敢拿它怎么样，毕竟是一只狮子。

大黄身材健硕，足有近400斤，看起来巨大无比，鬃毛乌黑乌黑的，只有一点点黄色，这是雄狮最值得炫耀的地方。一般来说，雌狮选择配偶，都会挑选鬃毛颜色偏黑的，它们认为鬃毛越黑的雄狮越有雄性魅力。大黄食量极大，每天十斤的鸡肉与牛肉，根本不够大黄吃的，我也偶尔会给它买一些便宜的肉，让它多吃一些。

那段日子，由于有动物拍照的补贴，动物们吃得也很好。大黄和老虎一天能吃到三斤牛肉，亮亮每天肉窝头、水果管饱，两只猴子跟亮亮吃的一样，就连羊吃草都偶尔能吃到苜蓿草，还经常被喂一些干粮，一个个被养得肥肥胖胖。

我以为马戏团生涯能继续下去，却没想到，一天晚上团长突然召集我们，意思是不干了，分了钱各回各家。我一听这话，问团长为什么不干了？团长告诉我，原来是老板嫉妒我们挣钱多，不让我们干了，要把这些动物弄回老家去开动物展览园。

听到这个消息，我挺闹心的，但也没办法，只能这样了。团长给我们开了工资，当晚我领了工资，去买了肉和水果，给动物们饱饱地吃了一顿。第二天，我们便开着车把动物送回了老板所在的城市，告别后各自回家。

三个月后，我去我们本地的公园，居然发现了一家小型动物园，外面用红纸贴着什么"世界上最大的老鼠""凶猛的东北虎""威猛的雄狮""可爱的猴子""灵活的小熊猫"……说是动物园，其实也就100平方米都不到，用苫布围了一圈，看起来挺破的，门票15元一张。动物园门口坐着一个男人，戴着帽子正在睡觉。我叫醒了他想买票，结果一看，正是马戏团原来的老板！老板看到我，笑了，问我怎么来了。

我说我家就在这个城市啊！聊了一会儿才知道。老板不想做马戏团了，于是来这儿开动物展览，一天能卖个100张票左右，就是1500元的收入。而那么多动物，老板却把伙食费压缩到了100元左右，这样一天能净赚1000多元。

我一听，觉得老板太狠毒了。一只老虎一天吃10斤鸡肉，加上狮子的10斤，这就20斤肉了，这都快100元了，那其他动物呢？伙食费这么低，肯定吃的都是很垃圾的食物。正在思索，老板问我，考虑不考虑来这儿帮他看着动物园，正好他也不懂动物，我以前又是个饲养员，动物交给我，他放心。

我反问他给我多少钱，老板想了想，一个月6000！我立刻答应了。但是又附加了一个条件：一天的伙食费要200，不然他找别人干。看着老板为难的脸色，我知道，有戏。我一言不发，老板想了想，还是拒绝了，我扭头便走。走出没几步，老板在身后无奈地说："回来吧，听你的，毕竟你懂得多。"我又跟老板聊了一会儿，商量好了工作的相关事宜，便走了。

第二天，我一大早就到了动物园。与老板交接后，我走进了苫布内，想看看曾经的老伙计们怎么样了。进去后，眼前的一幕让我震惊了。内场里散发出巨大的恶臭。大黄被关在一个巨大的铁笼内，铁笼虽然空间很大，却满是屎尿。大黄曾经那发量浓厚的鬃毛，脱落了不少，三个月没见，感觉它最少瘦了100斤。亮亮则被关在一个小笼子里，不知道什么时候，亮亮的鼻子中间被钉上了一个鼻环，这种东西亮亮以前从没戴过。戴上鼻环，只要一拽，熊就会疼得要命。我想不明白，马戏团都不给亮亮戴鼻环，为什么一个做动物展览的地方却要给动物戴这种鼻环？我打开铁笼，搞了半天没能摘下亮亮的鼻环。最后我找了旁边卖烤肠的大哥，借了一把钳子，弄了好久，把那该死的鼻环从空隙处拧断了，才给亮亮摘了下来。至于那个鼻环，被我随手扔到了地上，后来被捡破烂的老太太捡走了。

老虎被关在另一个铁笼里，相比大黄，它的样貌没有太多变化。两只猴子浑身上下的毛都快掉光了，还长了很多牛皮癣似的东西。老板为了招揽生意，不知从哪儿另外弄来的小熊猫则很肥胖，被养得膘肥体壮，在笼子里不停地上蹿下跳。至于最惨的，则是那只号称50斤重的海狸鼠，被关在一个和自己身体差不多大的笼子里，转身都没法转。海狸鼠身上满是创伤，笼子里满是发霉的屎尿，食槽里满是腐烂恶臭的剩饭剩菜。看着海狸鼠微闭着双目，我突然有点难受。

这些动物很惨，在这种环境下，活不了几年就都得死了。动物们受到虐待了吗？也许没有，没人打它们，骂它们。可把它们关在铁笼里，永生永世的束缚，还不如被人一刀挑死呢。

我决定今天不营业，先打扫卫生。我开始挨个笼子打扫，把里面的屎尿全部冲洗干净。海狸鼠被关在那个笼子里实在是太惨了，当天我就去定做了一个很大的笼子，花了600多元。我把海狸鼠换进新笼子，海狸鼠看到自己能转身了，开心得吱吱叫了起来。我拿起一块饼干扔给海狸鼠，海狸鼠高高兴兴地啃了起来。我看了看亮亮，把亮亮拽了出来，领着亮亮在内场里溜了儿圈。至于大黄，我是真不敢放出来。亮亮很懂事，毕竟是一只聪明的黑熊，但大黄好歹是头狮子，一旦撒起泼来，十个我也控制不住大黄。

第二天，我便营业了，第一天卖了近2000元的门票。看着这么多钱,我很高兴,可以给动物们加餐了。每天200元,其实卡得也很死,大黄跟老虎一天20斤肉,就要100元左右。黑熊亮亮一天要吃10多斤食物,一般是窝头和水果,还得吃点零食,要50元左右。小熊猫如果正常喂养的话,我们绝对是喂不起的。小熊猫得吃竹子,最好是箭竹。这大东北上哪儿去给它搞竹子?我只能每天去摘一些嫩叶,搭配一些粗纤维的水果、含肉量比较低的狗粮去喂养,一天要20元。两只猴子吃得跟亮亮一样,一天10元左右。

当天来了一个女孩。身量高挑,留着短发,戴着眼镜,看五官绝对是个颜值很高的女孩。但她的神情,总给我一种落寞孤寂的感觉。远远看去,浑身上下都散发着一种清冷的气质。她全程没说过一句话,停留了20分钟后便离开了。

第二天她又来了,我依旧卖给了她门票。第三天,她居然又来了。我有点好奇地问她,为什么天天来。她说她很喜欢动物,这个城市只有这个地方有老虎、狮子。这次她还想买票,我拒绝了,告诉她以后想来直接进去看就可以,不需要花钱。

之后,她隔三岔五地来,有时候还会带一些食物给动物们吃。看到她这种行为,我对她产生了好感。我本来就喜欢动物,她也喜欢,我俩有着共同的爱好。我请她跟我吃晚饭,她没有拒绝也没有答应。到了晚上,我们来到了一家饭馆,点了几个菜,看着她那男性化的打扮,我直勾勾地问了一句:"你抑郁挺严重吧?"我这人对他人有着敏锐的情感洞察力，其实我早就发现了，她应该有很严重的抑郁倾向。她有些不知所措地看着我，答案已经很明显了，她有很严重的抑郁症，具体因为什么我没问。谁还没点痛苦的回忆呢？

我俩聊了一会儿，得知她想找工作，于是我邀请她跟我一起去管理动物园。我一个月6000元，我准备拿出2500作为她的工资，在那个年代，2500的工资绝对不低了。她听到一个月有2500，很爽快地便答应了。

我们开始吃饭，她夹菜的时候，我看到了她左手手腕上密密麻麻布满了刀疤，疤痕大得让人心悸。我一把抓住了她的手，她害怕地往回缩，但还是给我看了。她不仅左手手腕上满是刀疤，右手的手腕上也都是刀疤。看着这些刀疤，我告诉她，以后可不能这样了。以后咱们就是同事了，有事情要告诉我。她点了点头。

第二天，她一早就来了，把内场打扫得干干净净，看到我，一脸期待地问我干净不干净。我看了看，她打扫得的确很干净，甚至到了让人不忍心落脚的地步。我告诉她："你干得非常好，这家动物园，今天是最干净的一天！你的确是个人才！"

听到我这么说，她有些害羞地笑了，怕我看到，还转过头。她回头拿出一盒饭，告诉我是给我带的。我打开看了看，居然还摆成了那种很好看的图案。我嘎嘎地笑了起来，她问我笑什么，我说："我这辈子也没吃过这种爱心早餐啊。"听到这话，她有点不好意思，跑到里面去了。

随后的日子里，她负责打扫卫生，我负责饲养动物、出售门票。可我渐渐发现，她虽然很勤快，却从来都不敢摸一下动物，甚至对动物有着很恐惧的反应。我们虽然已经很熟，但我一直没有过问。

直到有一天晚上，我看到她一个人坐在台阶边。我过去跟她聊天，却发现她哭了。我问怎么了，她也不说话。看着她抽泣的样子，我很心疼，却不知该做些什么。看着她一直在抖动的肩膀，我突然头脑一热，一把抱住了她。她并没有抵抗，把头埋在我胸前，过了一会儿她好了许多。我又问她怎么了。

她告诉我，想起了以前的事。她小时候很喜欢小动物，攒了很久的钱，买了一只小狗，每天都精心照料它，小狗也长得肥肥胖胖的。小狗是她唯一的朋友。学校里，同学们经常撕掉她的书，打她骂她，还有许多男同学使劲掐她，冲她吐口水。只有那只小狗不会欺负她，真的喜欢她。但她的爸爸却很讨厌小狗。有一天，因为她放学回家晚了，她爸爸当着她的面硬生生摔死了小狗。足足摔了四五次，拽着尾巴往地上摔。她想阻止父亲，可那时她才11岁，怎么能挡得住一个成年男人。

小狗被摔得浑身稀软，她抱着小狗跑到外面，看着小狗一点一点没了气息，血沾满了她的双手。从此以后，她便惧怕一切带毛的动物，每次看到带毛的动物，都会想起小狗惨死的那一幕。也许她心中怕的不是动物，而是那个暴戾的父亲。

听她说完这些，我带着她走进了内场。黑熊亮亮在场地里趴着睡觉，我告诉她闭上眼睛，她按照我说的做了。我抓着她的手，看了看那只白皙修长的手，此时正在微微颤抖。我把她的手放到了大黑熊的身上，她浑身剧烈地颤抖起来。我轻声告诉她："不要怕，你摸摸看，亮亮并不会伤害你。"我拉着她的手，在亮亮身上触碰着。

她依然有些怕，不过随着手掠过粗糙的皮毛，她有点高兴地说："摸起来挺硬的，但是很厚，像毯子一样。"我让她睁开眼睛，她照做了。看着沉睡中的亮亮，她突然告诉我："好可爱啊。"看着她喜爱的神情，我明白，她曾经的恐惧，已经消失了，从此以后，她将不再恐惧动物。

我以为日子能渐渐好起来。一天凌晨两点，她突然给我打电话，问我在哪儿。我说在家，她说想跟我聊一会儿。我突然感觉不对劲，她的声音特别虚弱无力。我问她怎么了，她却支支吾吾什么也不说。我觉得不妙，挂断了电话，直接到了她家。

我砸了几下门，没人来开，于是叫来了开锁公司的人，打开门，看到她已经昏迷在床上，床边是一瓶安眠药。是的，她又一次自杀了。我没有迟疑，一把抱起她。到了医院，我嘶吼着问在哪儿洗胃，一名配药师看到这一幕，立刻去通知了护士。护士们推着推车过来，我把她放在推车上，一群人冲向洗胃室，到了地方就开始洗胃。洗胃的时候，我问大夫有危险吗，大夫说她吃得不少，但应该没事，并不是很严重。

洗完胃后，她清醒了一些。输液的时候她睁开了眼睛，有了意识。我看着她，也不忍去指责她。"救救我。"她看着我，说出了那三个字。

从头到尾，我没提过一句关于她自杀的事情。三天后，她出院了。这时我开始教育她，让她承担起责任，不要轻易放弃自己的生命。不仅对不起自己，还对不起我和动物们，既然选择了这份工作，就要负责到底。她点了点头，答应了我。

之后的日子里，我教她怎么给动物喂食，怎么做饭，如何给猴子上药，给海狸鼠磨牙，她都学得很好。那时许多游客买票进去不是为了看动物，而是为了看她几眼，跟她搭讪。也不怪游客们这么做，她的确长得异常艳丽，精致的五官、高冷的气质让许多年轻男人都对她念念不忘。

工作期间，我们也建立起了深厚的友谊，看着她越来越有责任感，脸上的笑容多了起来，我也很开心。我至今还记得，冬天的时候，我带着她去滑了一天的爬犁，她很高兴，回家的路上央我背着她走一段路，我答应了。她的身体很轻，我背着她，生怕地上滑摔倒了。她一路咯咯咯地笑个不停。

半年后，老板告知我们，要把动物送回大动物园，以后要去做别的生意了。听到这个消息，我们两个既高兴又失落，高兴的是动物能回到正常的动物园，过上好的生活；失落的是，也许从今以后我们就不会再在一起工作了。

那天下午，几辆卡车运走了动物们，走前我给它们喂了许多食物。亮亮和两只猴子，吃了许多新鲜的水果。大黄和老虎，一人五斤肉，到了动物园，它们会有更多的食物。小熊猫则吃了一些苜蓿草，这是我托人从大棚里带来的。至于那只肥胖的海狸鼠，动物园不要，太廉价了，只能被我收养了。

送走动物后，我们两个站在空旷的公园里，都沉默了。看着她欲言又止的样子，我笑了，告诉她以后要好好生活。她掏出一个娃娃，递给我。

我们两人准备离开。看着她的身影，我冲她喊道："别忘了我说的话，我们一定要好好活着。"只见那道身影转过身，用力地点了点头。

多年后，我拿出那个娃娃。娃娃是她亲手缝制的，上面有一股淡淡的香气。这么多年过去了，娃娃依旧残存着她身上的气息。我用力地捏着娃娃，突然觉得娃娃中有一块硬物。我打开娃娃背后的拉链，棉絮里赫然藏着一块玉佩。这块玉佩她戴了十多年。我想起她被送进医院那天凌晨的话，她当时告诉我，一个女人如果喜欢一个男人，就要送这个男人一块玉佩，代表的是一生一世在一起，永不分离。看着手里那块玉，我浑身发冷，转瞬间又想了想，突然笑了。只要她快乐，跟谁在一起都可以。我一穷二白，有什么资格呢？那个娃娃被我放进了柜子里收藏至今，那块玉佩我放回了原位。

黑熊亮亮被送到了一家环境很好的动物园，亮亮到了那儿，过得很好，每天吃得饱，还有地方跑。雄狮大黄被送到了另一家动物园，那家动物园的狮群里原本没有一只雄狮。凭着那漂亮的黑色鬃毛，大黄深受母狮的爱戴，成了新一任的狮王。两只猴子跟大黄在同一家动物园，动物园的猴山里没几只猴子，两只猴子过上了养老的生活。小熊猫被送到了国内某家知名动物园，在那儿，天天竹子吃到饱，水果、点心、特制饼干管饱。海狸鼠则跟着我过着平静的生活，我每天喂它一些蔬菜、草料、粮食。一年后，海狸鼠走了。它已经很老了，不过，它并不痛苦。我想，那段跟随我的日子是它最开心的时光。老虎则被送到了一家野生动物园，每天跟一群东北虎住在一起，场地宽阔，吃得好，还有游客投喂，据说在那儿地位还挺高。

而她，早已结婚生子，听说过得挺幸福。至于我，依旧孤身一人。不过每当我想起曾经的那段马戏团往事，心中总是暖暖的。大家都好好活着比什么都重要，不是吗？

老　海

　　早些年，我有一个好兄弟，他的姓氏很特殊，姓海，我一般称呼他为"老海"。那年我刚退伍，啥活不干，四处溜达，那时候我也还没去动物园工作。

　　我与老海最初的相识是在一家驾校，我去办事，看到老海。老海常年健身，身材看上去粗壮极了，两条大胳膊比我的都粗，身高好像比我还高，我就主动凑过去比身高。老海这人很开朗，我俩聊了一会儿，当晚就一起去喝酒了，聊了很多事，我才知道老海在一家动物园工作。听着老海讲述动物园里的动物，我十分感兴趣。直到听老海说，一瓶老虎尿能卖50元，我兴奋了，我说："这么值钱，那为什么不天天接尿呢？"老海瞟了我一眼，"你去接试试。"我想了想，也是，老虎会咬人的。我问他我能不能去动物园帮他干活，顺便看一看动物，老海笑了，说去动物园就是铲屎，有什么意思？我赶忙说没事，我就要去。老海答应了，我们约定下周一起去动物园。

　　下周我兴冲冲找到老海，坐着挎斗摩托车，来到了老海工作的动物园。老海的动物园，是我当时居住的城市里唯一一家动物园，动物不多，但老虎、狮子、熊、猴子这些动物都有，门票只要五元，本地的老头、老太太早上去遛弯，都不收钱。

我随着老海来到虎山，虎山后面是老虎的内舍，一座巨大的平房，打开巨大的铁门，一股强烈刺鼻的臊臭味扑面而来，一瞬间差点没给我熏昏过去。我随着老海走进昏暗的老虎内舍，里面用铁笼隔成了一个又一个单间。每个铁笼都有一扇小门，直通虎山，一群老虎在笼子里直勾勾盯着我。我跟着老海继续往前走。

走廊的尽头，是一只略显肥胖的老虎，老海告诉我这只老虎怀孕了。老虎看到我站在笼子前，一声怒吼扑了上来，咆哮声回荡在平房内，我连忙后退几步。那怒吼声实在是刺耳，能给人很大的威慑力。老海看了看我，告诉我没事，顺手扔了一块鸡肉给那只老虎，胖老虎抱着鸡肉文静地吃了起来，别说，扑向我的时候很凶猛，吃起东西来却很文雅。

"它现在怀孕了，本身就厉害，加上不熟悉你，等以后熟悉了，就不会这样了。"老海解释说。之后他又带我去了长颈鹿馆，如果说老虎馆又臊又臭，那么长颈鹿的那股味道就属于生化武器级别的，没老虎那么臊，恶臭中带着一股浓厚的怪味。老虎内舍的味道顶多是让人窒息，而长颈鹿的味道直辣眼睛，丝毫不夸张地说，眼睛都有点被迷住了，像是有人在空气中切洋葱，我感觉被人掐住了喉咙，赶忙跑了出去。老海也有点受不住，跟我一起出来了。

"妈的，看上去萌萌的，怎么这么臭？"我问老海。老海嘎嘎笑了起来。突然，我俩听到一阵啪啪啪重物锤击的声音，赶忙跑进长颈鹿馆，只见两只长颈鹿打了起来。长颈鹿打架我是第一次见到，不用腿踹，居然用脑袋砸对方的身子。两只长颈鹿互相抡圆了脖子，用力砸向对方的身体。我问老海怎么办，老海也蒙了。两只长颈鹿砸来砸去，最后打了个平手，各自散开了。我俩还没回过神来，两只长颈鹿就吃草去了，丝毫没把刚才打架的事放在心上。

之后我们去给老虎准备食物。动物园里一共有十只老虎，六只公虎，四只雌虎，全部都是东北虎，各个膘肥体壮、油光锃亮。老海一脸兴奋地切着鸡肉，告诉我那只扑我的怀孕母老虎估计还有两个月就能生了。我一听也挺高兴，告诉老海，等老虎生了，一定给我摸摸小老虎。他笑着答应了。

我和老海拿着切好的鸡肉回到虎舍，把老虎们喂饱以后，我俩站在笼子前看着那只母老虎。这时我发现了一点不太对劲的地方，这只母老虎的肚子特别大，大得不正常。正常老虎孕期100天左右，按照老海的说法，这只老虎只怀孕了40天，肚子却这么大。看着母老虎的肚子，不像是怀孕了，那肚子更像是一只灌满了水的气球。看着老海一脸期待的样子，我没敢说什么。可能是我多想了。

之后，我经常去动物园帮老海干活。虽然没工资拿，但总好过自己待着。老海还不时给我点东西。我总是看着那只老虎的肚子默默发呆，总感觉哪里不太对，但又说不出来。渐渐地，老虎的肚子越来越大，却远没以前能吃。这只老虎一开始一天要吃10斤鸡肉、5斤牛肉、3斤羊肉，一天足足18斤肉。而现在，一天吃10斤肉都显得有些力不从心。

我问老海："它会不会是生病了？看它的肚子好大，一点都不正常。"老海嘴上说它不会生病，就是单纯显怀，可神情明显慌了。我们找来了兽医，但动物园的兽医是个半吊子，折腾了半天也没看出什么，最后通知了园长。

园长带人去一家私立医院借来了一个很小的B超机器，用麻醉枪麻醉了老虎，拍了好几张片子，最后判定是腹水。一听是腹水，我跟老海有点蒙了。那个年代，人得了腹水都很难治好，何况一只老虎呢？兽医说了半天，一会儿猛兽不好用药打针，一会儿腹水治愈率低。我问他小老虎怎么样，兽医说还好，看起来还比较正常。说了一顿套话，就是不说怎么能治好。老海问他到底啥意思，兽医不说话了，趁老海不注意溜了。

老海看了看我，问我刚才那兽医说那些什么意思。我告诉他："兽医说那话就是让等死呢。"老海呆住了，我俩都不说话了。沉默了一会儿，老海轻轻说了句："先给它治病吧，万一治好了呢。"

第二天，我们四处寻找兽医，询问治疗的办法。那个年代，网吧都是极少见的，大部分能上网的地方都是电脑室，也还没有百度，我们连在百度搜索的机会都没有。我们像两只没头苍蝇，跑遍了整座城市，最后遇到了一名老兽医。老兽医告诉我们，想治疗腹水，得给老虎打利尿消炎的药。老兽医是个热心的人，一分钱不要。我们带着老兽医去了动物园。老兽医看了看那只老虎，告诉我们绝对不能抽它肚子里的水，不抽还好，一抽很容易死。老海抓住老兽医的胳膊，问他能不能治好老虎的病。老兽医摇了摇头，说这种病一般是猫才会得，他没见过老虎得这种病，不太清楚老虎能不能好。不过老虎体型那么大，比猫硬朗多了。先给它打针吃药，万一好了呢？

我们一听有治好的希望，立刻高兴了起来。老海让我带老兽医吃饭，他去买药。老兽医摆了摆手，谢绝了吃饭。我把老兽医送上倒骑驴，给了车夫五元，便回到了动物园。

当天下午，我跟老海买齐了老虎治病所需的药，还有一些口服药，需要掺在肉里喂给老虎。手动打针是不可能的，只能用一种吹针，用力一吹，针头扎在老虎身上，针管里的药就会慢慢打入老虎的身体。等老虎睡着后，再用棍子把地上的针头夹出来。吃药的话，就把药磨成粉，拌在肉里，老虎自然就会吃了。

给老虎打针的时候，老海一脸兴奋地问我："兄弟，咱们能治好它吧？"我当时也很有信心，告诉老海："我们日后给它吃好的，它是大老虎，那么强壮，肯定能好起来的！"

我们信心满满，每天都给老虎准时喂药，准时打针。因为它生病了，我们不再给它吃冷冻鸡肉，而是顿顿吃牛肉、牛的内脏和一些羊排骨。这笔钱，老海请示过园长，是园长特意给批下来的。

虽然我们悉心照料，但是看不出老虎的肚子在变小。我跟老海只能互相安慰，是肚子里的小老虎长大了。老虎的食量并没有减少，我们很开心，认为这是好转的迹象。可老虎的活动量却越来越少，平日里甚至都懒得动，肚子大得都能拖地了。它偶尔走动一会儿，我甚至都能听到它肚皮里的水撞得咣咣直响。老海也发觉了，问我怎么办，我也不知道，我们只能每天依旧给它吃药打针，并没有放弃它。那时我每天都要早起，趁着早市刚开门，去挑一些最新鲜的虾，买上两斤，提前预备好冰块保鲜，到了动物园，一个一个扒给老虎吃。我天真地以为，它是一只大老虎，它很强壮，只要它吃很多好东西，它就会好起来。可它并没有好起来，而是肚子越来越大。渐渐地，它以肉眼可见的速度变得消瘦，肚皮也越来越大，行走都已经费力。那肚子里的水汲取着它自身的血肉，像一条咝咝吐着芯子的毒蛇，蚕食着它的骨血。

我又想着，会不会是它心情不好，才导致病越来越重？我跑去玩具店，买了一辆四驱车，还有一条塑料跑道。我把跑道安装到了它的虎舍里，每天都要放四驱车跑一会儿。老虎很乖，从来不去咬跑道，而是好奇地盯着跑来跑去的四驱车。看它很喜欢这个玩具，我开心极了，又买了好多电池，每天都要跑几个小时给它看。

那段日子，我跟老海开始找偏方，因为正常的打针吃药已经不能抑制住它的病情。听说本地有一个老中医，是神医，无论什么病，三副汤药下去，都能好。我跟老海也是昏了头，打听到了老中医的住址，买了两瓶酒、一条烟前去拜访。

老中医住在一片繁华的别墅区，我们在门口被保安盘查了半天，最后押了身份证才进去。走出去没几步，就听到保安在背后骂："TMD，什么玩意儿都能往我们小区里钻。"

我转身破口大骂，老海拦住了我，示意先去找医生。老中医家是一栋巨大的别墅，周围种满了花草，我们两人悄悄地走近，一名身穿白衣的老头询问我们是谁，得知我们是求医的，把我们带了进去。

进屋后，老头问我们给谁看病。我俩愣了一下，告诉他给老虎看病，老头有点蒙了。听我们讲了前因后果，老头想了半天，给我们开了药方。他是个好人，只收了我们十元，并表示可以给我们煎药，我们拒绝了。

临走的时候，老头让我们去找一种新鲜的草药，切成碎末混在肉里给老虎吃。草药的名字我已记不清，他告诉我们，附近的某个小区大规模种植这种草药作为观赏植物。之后我跟老海去了那个小区，询问了物业，给了一些钱以后，去割了很多草药。

回到动物园后第一件事，就是给老虎煎药、喂草药。中药煎好了以后，没想到老虎一点都不喝。我们只能把中药熬得很浓，兑在水里给它喝。草药切成碎末，混着肉，它也吃了不少。之后，我们天天都给老虎喂药。中药它不爱喝，我们就不煎了。

过了大概半个月，老虎的肚子越来越大，背上脊椎瘦得深深凸起，身上的肉已经不剩多少。巨大的创痛让它已经无法站起来行走，只能趴在那儿呆呆望着前方，眼神中平静却又带着一丝疲惫。以前它一天能吃20斤肉，有时甚至30斤。而现在，一天吃5斤肉都已显得费力。它连咀嚼食物都十分吃力，我只能把肉剁成肉泥喂它吃。

这时，它已经虚弱得连转头的力气都没有了。我们每天给它打针，都可以直勾勾地走进去，直接打就行，它已经不会咬人了。这段时间，它已经熟悉了我。我经常走进笼子，轻轻抚摸着它的肚子，希望它能好受一点，老虎也会偶尔舔舐一下我的手，表示善意。

其实，到了这一步，我跟老海心里都清楚，它已经没有治好的希望了，但本能驱使着我们，不能放弃。可这种眼见一条生命在手里一点一点流逝，做什么却又都是徒劳的感觉真的让人恐惧。

到了最后，它已经不能蹲着，只能侧着肚子在地上躺着。我跟老海这时候想着，实在不行就安乐死吧。我们找到了园长，希望园长能答应。可园长很为难，说这种事得上面批准，不然是违纪。我们只能作罢。

园长没有错，可是老虎很痛苦，只能腆着大肚子等死。好吧，那就等死。过了几天，老虎已经不能自己进食，但它依然不肯放弃吃饭，哪怕疼得嗷嗷叫也要吃东西，这就是野兽的生存本能。一个人如果被砍断了半截身子，多半会眼睛一闭，直接等死。而动物却不会，动物哪怕被砍断了身子，肠子流了一地，也会努力向前爬行，它们只想活下去。我跟老海只能每天把肉打成稀泥，兑着水用针管打进老虎食道。这些都是徒劳的，但我们不能不管它。

有一天，老海回家睡觉，让我看着老虎，我就去看着它，突然它惨叫了几声，浓厚的恶臭味从它的嘴里散发出来，那是一种死亡的气味，腐朽陈旧。它还没死，不过它已经开始由内而外腐烂了。

我以为它是哪里不舒服，赶忙跑进去帮它挪了挪身子，抚摸着它巨大无比的肚子。我轻声告诉它，不要怕，很快就会好了。看着它虚无空洞的眼神，我拿出了四驱车，打开了开关，四驱车在跑道里转来转去。它转过头，看着四驱车，我摸了摸它的脑袋，告诉它我要睡一会儿。

这段日子，我跟老海轮流看顾它，基本睡不了多久。我坐在铁笼边缘就睡着了。醒来后，四驱车已经没电了。我站起来想看看老虎在做什么，却发现它倒在角落里，一动也不动，那姿势很奇怪。其实我心里已经知道它死了，可我不信，跑过去摸了它几下，没有一点反应。它不动了，将近两个月的折磨，一切的付出、期待都没了，它死了，带着肚子里的小老虎死了。我却没有一点难过，反而有一种莫名的解脱感，这样它就不用受苦了。

我把老虎翻了过来。我第一次见到它时，它看起来足有300多斤重。现在的它除了一个大肚子，身上已经没有一点肉，像一根干枯的树枝。我很轻松地就把它翻了过来。老虎的嘴边，正在缓缓冒出一种黑黄色的液体，恶臭无比。我赶忙把它嘴角边的腥臭黄水擦干净，不能让老海看到他所珍惜的动物死后居然变成了这样。它在我心里也是只好老虎，我不忍心它死后变成这番样子。

我拿起毛巾，擦拭着它的嘴角，可是那黑黄色的液体像是流不尽一样，腥臭味布满了虎舍。我疯狂地擦拭，怎么也擦不干净。过了一会儿，老海回来了，呆呆地看着这一幕。我看了看他，什么也没说，找了两张床单，把它包裹了起来。

我们两人坐在角落里，昏暗的虎舍，我们甚至都看不清对方的脸庞。听到一声轻微的抽泣声。我问老海："你哭了？"死一样的寂静。我开始莫名地骂了起来，为的是不让老海听到我的哭声。老海一言不发，我渐渐地也骂不动了。

突然我忍不住了，两个月的心酸一下呼号了出来，黑暗中的老海也开始痛哭。哭了一会儿后，我们抱起了它的尸体，带到了冷库。由于长期的疾病折磨，它已经没有了被制作成标本的条件。最后，它的尸体被放入冷库保存。我们把那辆它最喜欢的四驱车埋在了一棵树下。我挖的坑很深，不希望它被打扰。

老海经历过这件事，早已经心如死灰。长久的折磨，对小老虎的期待，都化成了一汪泡影，让他变得十分呆滞，经常在那儿出神。两个月后，老海辞掉了动物园的工作，他不想再接受生离死别。

老海住在一处巨大的臭水沟附近，那片有一个废弃的菜市场，那天我们两人在废弃的菜市场里溜达，看到一群小孩，围着一个小铁笼子不停地叽叽喳喳。我们过去一看，有一个小孩拿着电棍，正在疯狂电击着兔子，兔子痛得发出了吱吱的叫声。

我们问小孩，为什么要电兔子，小孩们不说话了。老海看了看兔子，掏出20元买走了那只兔子。小孩拎着那根电棍开开心心地跑了，剩下那只被电得瑟瑟发抖的兔子，我们把兔子带回了老海家里，老海当时住在一家洗车行。

这只兔子很可爱，胖胖的，很乖，一叫它的名字，就会屁颠屁颠向人跑来。我经常带一些苜蓿草跟其他鲜草，给兔子解馋。兔子养了一个月，变得又肥又胖，却没想到，一天晚上，兔子自己打开了笼子，黑夜中掉进了洗车行的水池里。第二天早上老海才发现被淹死的兔子。老海很平静，没有一点悲伤和沮丧。

过了一段时间，我们本地一家事业单位公开考试。老海当年是学霸，他去参加考试，没想到一举成了考生的前三名，直接进了单位当了会计。当年单位的环境很差，经常有各种熟人找老海报销旅宿费，明明住了三天旅馆，非得开张五天的发票。老海为人忠厚正直，岂能让他们这样做？遇到虚报发票的，老海一律回绝。可当时虚报点钱、贪单位一点小便宜，属于普遍的行为。大家都占单位便宜，老海却偏不，这时的老海成了大家的眼中钉，整个单位一起排挤他。我至今也没想明白，为什么人可以变得不懂好坏，老海做错了什么，难道按公办事不对吗？怎么规规矩矩的老海反倒成了恶人，一群占公家便宜的人可以道貌岸然地指责一个好人？

老海天天被单位的人排挤，受不住这种折辱。有一天，老海他们单位的大队长找到了他，示意他不适合做会计这个干部岗，应该去当工人。老海没有说什么，同意了领导的安排。

这领导长得肥头大耳，一脸油腻相。那时单位招了一群刚毕业的大学生，都是年轻女孩，这领导天天跟年轻女孩眉来眼去的。后来领导冒犯了一个戴着眼镜的文静女孩。据老海说，领导找那个女孩去谈事，强行要抱那个女孩，女孩害怕，跑了出去，把这事告诉了老海。老海当场冲进领导办公室，两人争吵起来。领导先是打了老海几拳，老海没反抗，之后领导继续打人，老海再也忍耐不住，上去一顿拳脚把领导打得满脸是血，手掌都被打骨折了。领导当场报警。

警察来了，看是事业单位，想着能不能调解下，没想到领导拒绝一切调解，并表示这个大队长不干了也得把老海送进去。于是，老海先是被拘留收押，最后被关进了看守所，等待定罪。

老海的父母都是老知识分子，是早年上过大学的文化人，书香门第出了这种事情，怎么能忍得了？自己儿子是打人了，可是那领导就全然无罪吗？在老海被收进看守所以后，老海的妈妈每天都去看守所门前以泪洗面，跪在看守所门口喊冤。

我天天都去看守所门口找她。那天又看到了她，我赶忙跑上去说："阿姨，我们回去了。老海的事不大，就算被判也就是个三四年，出来一样混得好，没事的。"

老太太看了看我，问我："小陈，你跟老海认识那么久，他是什么人你清楚吧，你说这事怪他吗？"

我赶忙说："不怪他，阿姨。"

老太太腿扭了，我只能背着她。大冬天路上滑得很，我小心翼翼地走着，刺骨的风吹着我。老海妈妈问我冷不冷，不行的话她还是自己走吧，我说："没事阿姨，背着你我心里踏实。"

我背着老太太，慢慢地走着，到了路口，我们打了一辆倒骑驴回了老海家里。老海爸爸是一名老师，平时不爱笑，但为人正直，跟老海一模一样。看到我背着老太太回家，他赶忙把老太太扶到屋里。

老海爸爸一脸歉意地看着我。老海妈妈一瘸一拐地又从屋里走了出来，从冰箱里拿出几盘剩菜炒了下，让我吃了饭。

临走的时候，老太太叮嘱我："孩子，你比老海脾气更差，日后要记得收敛自己的脾气，不然迟早会吃亏的。"

我赶忙说："阿姨，我听你的。"

我便回家了。当晚睡得正沉，电话响了，一看是老海爸爸打来的。接通后，老海爸爸焦急地告诉我："孩子，你来一趟，你阿姨吃药了，在医院呢。"听到这个消息，我猛地冲下楼。

到了医院二楼，正看到老海爸爸和医生。医生小心翼翼地说道："患者吃得实在是太多了，而且送来也晚了。"

老海爸爸已经蒙了，问道："那人呢？"

医生指了指里面，我们便进去了。老海妈妈躺在床上，一动不动，脸色惨白，心率监听器的声音滴滴响着。我偷偷问医生："老太太现在怎么样了？"

医生问我是谁，我说自己是老太太儿子的兄弟。他悄悄地告诉我："应该快了，没办法了。吃得实在是太多了，内脏都不行了，先透析吧，考虑下输血，一会儿就去血站。你身体好，去献点血，互助一点回来。"我赶忙答应了。

天亮，我去了医生说的地方，听他意思是我献多少血，就能换回多少跟老海妈妈同样血型的血。我献了600cc，看着冰冷的抽血针管里面的血液，我突然觉得有些疲惫。铁窗密布的走廊，毫无感情的护士，这一切都让我感到恐惧。

献完后，我找他们要血浆，他们却说要等明天。我一听要明天，顿时火冒三丈，刚才怎么说的，搞了半天都在骗我？那一刻我脑海里浮现出无限的场景。不如把这一切彻底毁灭了，既然骗我，谁也别想好！一瞬间，老海妈妈的脸庞出现在了我眼前，劝道："孩子，你要收敛下自己的脾气。"那一刻我像泄了气的皮球，顺着冰冷的走廊，我跑回医院，找到了院长。虽然我有求于院长，但依旧不肯放低姿态，后背挺得笔直。听我讲述了经过，院长打了个电话，没到两小时，血就送到了。那一刻，我明白了一些道理，有些事情本来就是不公平的。

老海的妈妈还是没能撑过去，第三天便死了。我跟老海爸爸站在病房里（那医院没有ICU）看着遗体，老海爸爸什么也没说，只是脸有些扭曲。当晚，我看见老海爸爸一个人坐在医院厕所的地上，默默吸着烟。我想过去，却又不敢。

六天后，老海妈妈葬在了城外的墓区，墓地是花了6000元买的。风水先生是个好人，抓了一只公鸡，把公鸡在墓前晃了一圈，便放生了。这寓意着来世的自由。

事后，我回到了自己家，平均一周去看一次老海的爸爸。一天下午，我去老海家敲门，敲了半天也没人开，我有点奇怪，这个点他爸爸应该在家啊。我掏出了钥匙——老海爸爸早给我配了钥匙，打开门，家里异常寂静。看着紧闭的卧室门，我突然有点不祥的预感，一把推开了门。只见老海爸爸穿着一身中山装，打扮得整整齐齐，躺在他妻子当初吃药的那张床上一动不动。

我慌了，赶忙上去一把抱起老海的爸爸，却发现他的身体异常冰冷。那不是正常人的温度，而是死人的温度，冰冷的触感让我十分恐惧，我打了120。过了15分钟，120到了，救护人员看了看老海的爸爸，遗憾地说了句，人已经没了。我问救护人员，能不能直接拉到火葬场，他们说不能，要去医院开个死亡证明。于是我们抬着老海的爸爸到了医院，医生检查了一下，诊断是脑出血量太大了，压迫血管神经导致的死亡。

我通知了老海的家人，老海爸爸的大哥与我一起主持了丧事。老海爸妈留下的一些金银首饰、存折、房产证这类贵重物品都提前被老海爸爸用一块小红布包起来收好了。我想到老头穿着一身中山装躺在床上，他也许早就预感到了自己的死期。那些财产我是不可能过手的，全部交给了老海爸爸的大哥，那是个厚道人。

想着早点帮老海出来，我决定去找老海打的那个领导争取谅解书。到了他家，他一脸不屑地看着我，告诉我："拿15万出来，我就签谅解书。"

我想了想，回答他："可以。"

认识老海前，我有一套93平方米的楼房，800多一平方米买的。裸房买下来不到8万，算上装修，一共13万左右。现在老海爸妈的钱我没资格动，我准备卖了这房子，先把钱给交过去，等老海日后出来了，再提这事。

最后房子被我卖了九万，装修了也没用，人家还得扒。我拿着九万去了城中村，我不想租房子，找了一间废弃的平房。这房子破得超乎了我的想象，玻璃全碎了，屋里透着一股发霉的味道，流浪猫狗都跑到这里拉屎尿尿。看着破旧的屋子，我束手无策，只能先这样了。我找了许多纸壳，把破碎的窗户都糊上了，又清扫了一遍屋子。没有床，我找来了许多旧的被褥，铺在地上当床，枕头暂时用一个空气罐代替。当时已经是冬天了，屋子要烧炕才能热起来。可是这屋通风不好，一烧炕就冒黑烟，呛得慌，弄得我不敢烧太大，只能烧一点点。屋子里还是很冷，估计在零度以下。

那段时间，我天天吃两元一挂的挂面，配上一点大酱，抽两元一包的蝙蝠烟，喝三毛一袋的老虎牌白酒。每天吃最劣质的食物，白天去送水，晚上去网吧干杂活，就为了挣点钱凑15万，这让我变得越来越暴躁。

快要过年的时候，我看到别人家都团团圆圆，而我一个人在这冰冷的窟窿里像一条野狗一样，听着外面的鞭炮声，空气中弥漫着一股火药的气味，让我感觉愈来愈孤独。我想着，不如死了吧，反正老虎也死了，老海的爸妈也死了，我也去死。我掏出了那瓶准备好的药，一口就倒嘴里，混着白酒顺了下去。躺在地上等死吧。我甚至能感受到药和白酒产生了反应，咕嘟咕嘟冒着泡。突然一瞬间，我脑海中浮现出老海妈妈的面孔。不对，我不能死，我要等老海出来，告诉他发生的一切。现在我死了，就是对不起他，我不能逃避这一切，我要像那只老虎一样，哪怕快死了也要疯狂地进食，活下去。

我哀号着站了起来，一脚踹开门，骑着自行车冲向医院。骑到半路，我嘶吼着，意识已有些模糊，无数次滑倒在马路上。每次摔倒，我都以极快的速度站起来，骑着自行车继续冲向医院。那一刻，我已不像一个人，而是像一只老鼠、一条野狗，一个想活下去的生命居然会那么疯狂。

一路上，我不停地吼叫，为的是让自己不要昏过去。终于到了医院，我站在大厅，大喊："我吃错了药，在哪儿洗胃？"一名穿着白大褂的女医生看到我，一把抓起我，一路小跑，到了洗胃室，粗大的塑料管顺着我的嘴直通胃底，冰冷的液体冲洗着我的胃。我有点困，女医生不停地摇晃我，不让我睡着。我看了她一眼，问了句："我会死吗？"女医生没有回应我，渐渐地，我睡了过去。

醒来后，我发现自己在病床上，手上挂着输液管，窗外一片漆黑。我看了看四下无人，偷偷拔掉了输液管，把身份证藏在枕头下，趁着夜幕跑掉了。

一个月后，我的一个亲戚借了我3万元。我凑齐了15万，得到了老海领导的谅解书。老海也被判了，扣去在看守所的日子，刑期一年多。日后，我做着一些维持生计的生活，偶尔去老海家看一看。他的家依旧整洁，只是少了一些东西。

老海出狱那天，我去接他，去晚了，下午四点才到监狱。他的亲戚一个都没来，随着铁门一声巨响，眼前站着一个消瘦的男人。我一看不是老海，便继续去一旁等待。哪知这消瘦的男人冲我喊道："陈？"我仔细一看，原来消瘦的男人就是老海，他瘦得都脱相了。我走上前接过老海的包，二人无言，突然老海问我："陈，我爸妈走得痛苦吗？"

我没说话，看了看远方的天空，冬天的下午四点，天已经蒙蒙黑了。天上又下起了暴雪。冷风咆哮着，撕扯着我的脸，铁门发出咯咯的怪叫声。暴雪仿佛要埋葬这世间的罪恶。太冷了。这个冬天太久了，就像守候了几万年那样久，久得让人精疲力竭。

黑夜很快就要来临，带来漫长的死寂与虚无。

小　月

　　早些年，我家住在一座破旧的工厂附近，附近还有一个破旧的菜市场。菜市场后面有一家造纸厂，一年四季排放着恶臭的污水，污水顺着一条水沟流向一条更大的臭水沟。这条巨大的水沟足有两公里长，属于臭名昭著的恶臭之源，附近小区的污水都排向这条水沟，几公里内都能闻到那强烈的恶臭味。菜市场一年四季开着，各种堆积的烂肉、废菜叶、河蚌的壳子散落一地，散发出腐败的味道，与那条臭水沟的气味融合在一起。

　　那天我正在菜市场里蹲着，无聊地用石头砸着河蚌壳，腐败干枯的蚌壳被石头轻轻一砸就瘪了。突然，耳边传来很轻微的喧闹声。我往附近看了看，并没有什么人，便继续砸河蚌壳，可那喧闹打骂声又传了过来。我开始寻找声音的来源，找了半天，在破旧的工厂附近，喧闹声越来越大。

　　这工厂已经废弃了一些年头了，平时是一些小流氓、小地痞的斗殴地点，他们都在这个地方约架。闻着腐朽的气息，我走了进去。

只见工厂里，一群穿着校服的女孩，大概有六七个，点着烟正在那儿骂骂咧咧，地上坐着一个女孩。

这群看起来比较社会的女孩，正在用脚踹坐在地上的瘦小女孩，有的还在打她耳光。一群人轮流上去打瘦弱女孩的脸，瘦弱女孩想挡住脸，却被一个人抓住手，又是一顿耳光打得啪啪直响。接着另一个人抓住瘦弱女孩的头发，掏出一把剪子，一剪子就剪掉了女孩的一大缕头发。瘦弱女孩坐在地上，捂着自己的脸，没发出一点声音，安静得可怕。

这时我大喊了一声："CNM，都干啥呢？"那六七名女孩呆呆看着我，明显是被我吓到了。这很正常，一群中学小混混，见到我这个成年人，自然会害怕。况且说句最不好听的，我以前也是街溜子出身。

我走过去问她们："你们哪个学校的？是不是××中的？"她们几个都不说话。我看着她们几个的嘴脸，想起了动物园里的猴子。有些猴子欺负弱小的猴子，就跟她们一模一样。那一刻，我忍住了打她们的冲动，我一个大人，总不能打小孩，何况还是女孩。看着她们手里的香烟还有剪子，我抢走了剪子，骂了几句。那几个施暴的女孩有些害怕，看她们手足无措的样子，我也没管她们，她们便走了。

我回头看了看，挨打的那个女孩正坐在地上，我本以为她会哭一场，却没想到她一点反应都没有。地上满是散落的书本和头发，有些书都被撕碎了，女孩正在一点一点捡起那些碎片。透过她的刘海，我看到了她的表情，没有一丝恐惧之类的表现，似乎早已经习惯了被殴打。这种平静让我感到十分恐惧，如果她哭，她喊叫，我都不会如此不安……

我蹲下帮她捡了起来，被撕烂的书一页一页散在地上。看了看这些书，我有些无奈，被撕坏成这样，以后还怎么用啊。地上的几缕头发也被我捡了起来，一并放进了女孩的书包里。瘦弱的女孩看了我一眼，淡淡说了声"谢谢"。

我问她："那群人经常打你吗？"

女孩告诉我："偶尔。"

平时学校里很多人欺负她，那群人没地方撒气的时候就会打她一顿。今天上体育课的时候，她们几个就说晚上要打她。放学后一群人领着她来到了这儿，就开始虐待她。仅仅是因为那几个女孩被老师说了一顿，几个人没地方出气，就要打她。说到这儿，女孩卷起了袖子，露出胳膊上几个珍珠大小的烫伤痕迹。我问她是不是烟烫的，她告诉我是那群人烫的，夏天的时候就烫过她，用创可贴包上后怎么也不见好，最后都烂了，养了好一阵才好。

听到这儿，我沉默了。我俩收拾完地上的书本后，女孩有些落寞地自言自语着："回去不一定能粘好了……"

我看了看这个女孩，有些心疼。"想哭就哭吧。"我告诉她不必憋着。

她却反问我："为什么要哭？"

这一刻我才发现，她出奇的瘦，肤色偏黑，面色发青，看起来有些营养不良。我问她吃饭没，她说还没有，于是我邀请她跟我去附近吃饭。她想了想，并没有说话。我看她有些犹豫，一顿劝说，她有点动摇了。我感觉她有点怕我，便告诉她："你不用怕。"

女孩终于同意了，我们穿过工厂，来到了一家比萨店。店名我现在依旧记得清清楚楚：街角比萨。进了店里，我点了一份虾仁比萨，一份牛肉比萨。价格我至今还记得，虾仁的8元，牛肉的21元。本以为这种比萨会很小，端上来以后，没想到比普通比萨要大上许多，是我这辈子见过的最大的比萨。我吃了几口，巨难吃。比萨饼底巨厚无比，没什么味道，上面洒满了虾仁，吃起来像死面大饼。

最后还是都吃掉了，因为挺贵的。女孩很瘦，食量却异常惊人。那个巨大的死面牛肉比萨全被她吃光了。我问她吃饱没，她说差不多了。我一听，差不多是没吃饱啊，又给她点了一份牛排，25元，我还记得很清楚。

牛排端上来后，女孩咬了一口便不吃了，说要拿回去给她奶奶吃。我告诉她不用，吃掉即可，一会儿再打包一份。她有些犹豫，最后还是吃了。其间我们聊了一会儿，我得知了她的名字，就叫她

"小月"吧。小月爸妈常年在沈阳打工，每个月给家里邮几百块，很少回家，一年就回来一趟。说到她的父母，她似乎有些不安的样子。

看她不想说了，我用塑料袋打包了牛排。我告诉她："我得去你家一趟，有些事要跟你家长说。"这次小月没有拒绝，直接带着我往她家走。穿过了破旧的市场，前面有几十个蜂箱，有一户养蜂人近期在这儿落脚。一群蜜蜂在天上飞来飞去，撞得人脸噗噗直响。

我有点烦躁，问她："这玩意蜇人不？"

她说："没事的，不会蜇人，只要你不去逗弄它们，蜜蜂不会攻击人的。"

穿过蜂群，来到了小月家，是一栋很破旧的平房，左右还有两间厢房，同样十分破旧。院子很小，却很整洁。我俩进了屋里，炕上坐着一个老太太。我向老太太问好，想把小月被欺凌的事告知她，却发现这名老人眼神呆滞，说话颠三倒四，还一直冲我嘿嘿笑。

小月告诉我，她奶奶老年痴呆了，现在跟小孩差不多。听到这儿，我突然觉得小月被欺负太正常了。爸妈常年不回家，奶奶又腿脚不便，还有老年痴呆。谁替她出头？难道让这老太太坐着轮椅去给她伸张正义吗？

想到这儿，我越来越生气，告诉小月："一会儿跟我去一趟学校，必须把这事解决了。"小月忙说不用了，去了的话，回头那群人还会继续找她麻烦。我这次没有听她的，强行拉着她去了学校。途中我告诉她："学校要是问我是谁,你就说我是你爸爸的兄弟,是你二叔、三叔啥的。"

到了学校,学校的政教正好在保安室里抽烟,我俩走了进去。我指着小月脸上的伤、胳膊上的烫伤,拿出书包里被剪掉的头发,还有那些被撕得破烂的书,问政教怎么处理。政教当时暴怒,拍着桌子说:"必须严肃处理,这帮害群之马必须严肃处理。"他掏出手机,就开始联系那几个人的家长。过了一会儿,家长们来了。这政教又对人家笑眯眯的,谁也不得罪。

我跟几个家长商量解决事宜。我指了指小月的伤,告诉他们:"我不找你们多要。你们几个家长,一共给我掏3000块,谁多出谁少出我不管。"大部分家长都同意了,还连连向我道歉。

其中一个戴着眼镜的中年男人,一脸不服气的样子,听我说完,他说:"凭啥给钱?我家孩子也没打几下。"说到这儿,他还对小月指指画画,扒拉来扒拉去的,什么"小骚货""不学好"这类词都蹦出来了。

我一看,我还在这儿呢,这老王八就敢动手,还乱骂人,我上去照着他脖子就是一个大脖溜子。很多人可能好奇什么叫"大脖溜子",简单来说就是用手掌抽他脖子,俗称"大脖溜子"。一巴掌下去,我清清楚楚看到男人的脖子红了。我骂道:"你个老牲口,岁数挺大,乱摸啥?打你一巴掌,不要你的钱了,滚!"

男人脸都红了，看着我，不敢上前。我看他那模样贼想笑，又照着他屁股给了他一脚。这男人终于忍不住了，扑上来想打我。我一把抓住他的眼镜向远处扔了过去。其间政教一直试图阻止我们，却连连被我推开。男人被扔了眼镜后，捡起一块石头想砸我，被我轻松躲开了。男人一看追不上我，也打不过我，气愤地报警了。

过了一会儿来了两个民警，看了看我们，询问了经过。我全部实话实说了。民警说："你们这属于打架斗殴，私了的话我们帮你们调解下，不行的话就带回去，有可能都拘留。"

那男人一听要拘留，忙说不行，他是有班对班的（铁饭碗）。我一听有铁饭碗，我还惯着他吗？立马拉着他，要跟他回警局，这小子说啥也不去。

我跟民警说了小月的事，两位警察看了看小月的伤，也有些生气，不过不好说什么过火的话，毕竟是警察，只能帮忙出面调解。这时小月蹦出来说了一句，她胳膊上的伤都是中年男人的孩子烫的。

我一听，马上抓住他，更坚持回警局解决，跟他走法律途径。眼镜男不同意，开始跟我说软话，意思是赔钱。我让他赔8000元，眼镜男说8000元实在太多了。我想了想，说："6000块。"

眼镜男还是嫌多。我说："6000块定死了，一分不能少，不行咱俩就回警局，等出来后，我天天去你单位找你领导，你看我告不告你就完事了。"

眼镜男只能同意赔6000元，说："第二天给你送过来。"

我说："你快闭嘴，现在立刻带我去取钱。"

眼镜男有点生气了，说："我还能骗你吗？我也是有单位的人。"

我告诉他："你别给我整那些没用的，现在就领我去拿钱。"

碍于害怕去警局，眼镜男同意了。我们去提款机提了6000元，小月就站在一旁，呆呆看着那6000元，一句话没说。剩下的3000元，由于那个年代没有微信付款，人们随身带的现金一般都不多，几个家长当天只凑了1000元，后来又把剩下的2000元凑齐交给了我。那天，我叫来了小月。我俩蹲在废弃的菜市场里，我开玩笑地问她："这9000块我都拿去买烟抽了，一分都不给你啦？"

小月呆呆说了一句："好。"她直愣愣地盯着地面，突然用一种近乎恳求的语气问我："那能不能买两个比萨给我，我想给我奶奶吃一张比萨饼……"

听到她这么说，我很难过。我本意只是逗逗她，没想到她真的同意了。她已经很可怜了，我怎么能开这种玩笑呢？那一刻，我为自己的没心没肺感到羞愧……

看着她平静的样子，我告诉她："钱是你的，比萨饼我也会给你买。以后，你好好学习，不要做恶事，没有任何人能欺负你。"小月看着我，有些感激地说："谢谢你，你比他们好多了。我以前的老师跟你一样，也是个好人！"听到她这么说，我有些恍惚，我是个好人吗？也许吧……

我带着她找到了一家银行，办了一张卡，把9000元存了进去，我自己又添了1000元，凑了个10000元整数。我又另外拿出300元交给小月，连同银行卡一起给了她。我叮嘱她省着点花，别丢了。

过后，我准备送她回家。路过菜市场，看到那成堆的河蚌壳，我捡起一块石头砸了一下，噗嗤一声，干枯的河蚌壳冒出了青烟，传出淡淡的腐败味道。

小月在旁边突然问了我一句："是不是有的人生来就是多余的？"

我问她："怎么了？"

小月说："不知道为什么，学校里很多同学都欺负我？我也没做错什么。"

我没有回答她这个问题。这时那堆河蚌壳子里突然爬出来一只胖胖的仓鼠，是一只灰色的三线仓鼠。她看着这只仓鼠，眼中有些喜爱。我一把抓住了那只仓鼠，放进一个破纸壳里，告诉小月："仓鼠是你的了。"随后我又在附近一家宠物店买了一个很大的仓鼠笼，一只水壶，一些粮食、木屑，交给了她。

回去的路上，我告诉她："一定要好好照顾仓鼠，你不是多余的，她们做错了事与你无关。你好好上学，以后有事就来找我。"

听到这儿，小月点了点头，不过有些担心地说："她们以后还会找我麻烦的。"

我没说话，看着她担心的模样，我会有办法的……当天，我给了小月一部诺基亚手机，手机卡里有200元话费。那部诺基亚手机，是我2003年左右买的，当初花了四五千，在当年绝对属于土豪手机。虽然现在有些落伍，但依旧霸气。她看着这部手机，很喜欢，告诉我在她学校，只有有钱的小孩家里才有。

　　我说："你平时带着，如果在学校遇到麻烦，给我打电话就行。"我教会了小月如何打电话、拍照、发短信，刚想离开，小月怯生生看着我，告诉我那群女生想把她介绍给一个校外的小地痞，那个小地痞也经常去学校找她。我让小月说得详细点，她告诉了我来龙去脉。原来那个小流氓19岁了，还一直在学校附近混，各种收小弟。那几个欺负小月的女孩跟那个小流氓挺熟悉，于是准备拿小月送人情。小月说得支支吾吾。

　　我听了一会儿，跟她说："你就直说，那群欺负你的同学强迫你跟小流氓谈恋爱呗？"

　　小月有些不好意思，点了点头。"她们还让我这周去宾馆……"

　　我没有说什么。小月有点担忧地看着我，问我怎么办。"那个流氓据说很厉害，砍过不少人，要不我躲着点他得了，别招惹他。"

　　听到这话，我笑了，问小月："她们强迫你几号去宾馆？"她告诉我是16号，听到这儿，我内心一股阴火顶了上来，却没有发作，让小月16号准时去。

16号当天，小月领我去了那家宾馆附近。我看了看，周围人很多，但唯有一个男人很显眼。这人穿着紧身裤，露着破烂的文身，一股杀马特的气息。小月指了指他。我一看，就是这货没跑了，走过去一把锁住这人，拎着就往人少的地方走。我拽着他走到一片绿化带附近，一脚把他踹进绿化带里，捡起一根门钩子（商户用来拉卷帘门的），往死了抽这货。

　　这货长得一副社会人的样子，却㞞得很，被我打得连连哀号。看着小流氓的那副嘴脸，我真想把他撕碎扔进河里，可我却不能，毕竟是法制社会。打了一会儿，我停手了，问他认识不认识我，小流氓说不认识，我拿起门钩子假装要继续打他，小流氓一顿求饶。

　　他叫得十分凄惨，我问他："这次认识我了吗？"小流氓赶忙说："认识了。"我扶起了他，给他扔了200元，告诉他："以后好好干点事，别不要个狗脸天天去学校门口收保护费。再让我抓住一次我就不是用门钩子打了。"小流氓连连点头。为了避免他狗急跳墙，我也不能过于苛责他，又说了些好话安慰他，表示以后有事可以来找我。

　　后续，我给哥们四龙打了个电话。我这哥们是个小地痞，我问他认识不认识小月中学附近的小流氓，他告诉我："认识好多呢。"

　　我说："给我找几个好使的。"他一口答应了。

　　当晚，我先去了一家烧烤店，给小月打电话让她过来。小月来了以后，我俩先吃上了。过了一会儿，走来几个文身女孩，也就十六七岁，一看就是撤学（辍学）的小孩。

我问她们是不是四龙介绍来的，她们说是。我让她们坐下，简单说了几句，告知了她们小月被欺负的事，她们几个都表示没问题，在学校附近都很好使，以后没人会欺负她。

看着她们几个信心满满的样子，我又问了一句："到底好使不好使，不好使我找别人。别以为我解决不了，我只是不能去找中学生麻烦罢了。"

几个文身女孩赶忙告诉我："哥，肯定好使。"

听到这儿我笑了，扔给她们500元，让她们以后保护着小月。"另外，不要打架，有事用嘴说就行，不要什么都靠暴力，我就说一遍，不许打人，和平解决问题。"

几个女孩答应了。我让小月跟她们说几句话，小月还有点害羞，不好意思。事后我告诉小月："要跟她们好好相处，放心吧。"

我不仅找了这几个女孩，还找了几个文龙画虎的大汉，都是我哥们，我们天天去学校接送小月。从心理上来说，这叫摆个牌面，让人意识到小月不是好欺负的。

很多人可能以为，我找的那几个大汉都是坏人，其实不是的。一个是我哥们，是个厨子，一身文身，却胆小得要命，贼怕他女朋友。另一个是我弟弟，文了两条过肩龙，看起来很像过肩带鱼，很讲义气，从不欺负人，是个厚道人，而且很聪明。一群大汉看起来凶恶得很，像是一群恶狼。只有我知道，其实他们只是一群披着狼皮的水豚。

之后的日子里，再也没人欺负小月了。那几个辍学后混社会的女孩在学校附近确实非常管用，加上我天天接送小月上学放学，那些打过小月的女孩都怕了，纷纷找小月道歉，生怕小月找那几个校外女孩报复她们。

其实很多家长都不明白，校园暴力这种东西，靠着孩子自己和学校很难解决。小孩有他们自己的一套社会体系，跟成年人不同。说得难听点，小孩的社会体系有点类似猴群的那种体系，部分孩子有些轻微程度的崇尚暴力。不信各位可以看看，学校内所谓的扛把子老大，都是认识社会人、爱打架的那群小孩。所以，我选择了最直接的方式，把小月和几个社会女孩联系到一起，自然没人敢欺负她了。

我叮嘱小月平时要好好学习，等暑假了最好出去勤工俭学。要说小月家穷到吃不上饭是夸张了，但是她家基本不吃肉这是真的。平时就做点米饭，买点很便宜的青菜炒一下，偶尔吃一顿肉，小月基本都夹给奶奶了。我有时也会买几块肉送给她，一次两三斤。

看她长得又瘦又小，我找到了就在我家楼下开快餐店的一个哥们，他店里一般卖些炒饭盖饭家常菜啥的，我跟他商量以后让小月去吃饭，饭钱算我的。他很爽快地同意了，也不肯收钱，但我还是先给了他1000元，日后不够再补。

不过，小月这孩子平时很少去那儿吃饭，去的话也只吃一些西红柿盖饭，很少要肉吃。我哥们有时给她炒个小肉菜，小小一碗，小月也不肯白吃，还会帮着收拾桌子、刷碗。

其实我帮小月也是有私心的。我这辈子有一件事情比较后悔，就是没能好好学习。我在小月身上能看到一丝自己小时候的影子，我也从心底里希望她能好好学习，把自己没能达成的愿望，寄托在了小月的身上。想了想，我也挺自私的。

那段时间，我托人找了教育局的一个人，弄了一套中学教材。中学教材很难买到，一般损坏了只能复印。当我把新书本拿给小月的时候，她高兴得不得了，对那些书本爱不释手。她拿到新书的样子很开心，像酒鬼见到酒、财迷捡到钱，我也挺高兴，她的确是个学习的材料。

那段时间，我想着如果有机会可以给小月申请一个贫困户，她家那种条件，虽然爹妈都在打工，但基本不回家。贫困户的具体政策我也不太清楚，就记得那时贫困户上大学不用交学费，初中、高中免学杂费。

我找到了小月住的那个城中村的村长，还有小月的邻居，我们三人一起去了民政局。结果民政局说不符合条件，不给办贫困户。我当时有点生气，哪儿不符合条件？小月她家乱七八糟的啥都没有，把整个家变卖了都卖不出3000元，这不属于贫困户？

最后磨唧磨唧，村长再一顿游说，民政局那边又去人到小月家看了好几趟，过了好久才申请上了贫困户。从此以后，小月上学免了学杂费，开销小了很多，这是好事。

放了暑假，小月想找一份工作，我想着不如让她去我一个朋友的奶茶店打工。我那朋友是个女孩，一个人开了家很大的奶茶店。最后定下了小月在奶茶店一天工作七个小时，一个月1300元，在那个年代属于不低的工资了，我记得那时的饭店服务员一个月才900元加瓶盖提成（卖一瓶啤酒，提成一部分）。

一天，我去奶茶店的时候，特意戴了个口罩，头上弄了顶帽子，点了一杯奶茶。小月没发现是我。我喝了两口，告诉她奶茶里有虫子，让她给个解决办法，小月有点慌了，赶忙说怎么可能。

我一看她当真了，赶紧把帽子摘下来，她一看是我就笑了。我朋友也在店里，有点生气，指责我一天没个正形，就会吓唬小孩。小月忙说："不怪他，他闹着玩呢。"

我们聊了一会儿，这时我看到她放在一边的课本，拿起来开始检查她的学业。我问了鸡兔同笼、池子放水等问题，小月解答得非常快，我很满意，看来她的确是个学习的材料。

下班后，我请小月吃饭，我们又回到了那家街角比萨店，小月说这家挺好吃的。我俩进去后一人点了两份牛排，吃得呱呱作响。

小月看起来很开心，突然她问我，小时候有没有同学欺负过我。我没回答她，告诉她别多想，曾经的事都过去了，日后好好生活才是最重要的。

"那只仓鼠怎么样了？"我突然想起那只仓鼠。

小月笑眯眯地说："可肥了现在。一会儿去我家看看吧。"我同意了。

我们穿过了菜市场回到小月家，顺路买了两斤水果。到了她家，小月的奶奶正在院子里晒太阳，她看到我，冲我笑了笑。长时间的接触，老太太也认识我了。

小月给老太太洗了个苹果，进屋把仓鼠笼拿了出来。那只仓鼠正在笼子里睡觉，半个身子都埋在了木屑里，看起来十分安心。小月告诉我，仓鼠天天都睡觉，晚上的时候很活跃，在跑轮上跑个不停。

我突然觉得，可以写一篇关于仓鼠习性的作文，于是我给小月讲了许多仓鼠的知识。她拿着笔，一直在记录我说的，最后写了一篇足足900字的作文，全是关于仓鼠的习性。开学后她把这篇作文交给了老师。老师觉得这篇作文很好，要拿去比赛，我让小月告诉老师，这篇作文不算她独自完成的，属于缝合出来的，最后也没去比赛。

小月拿到在奶茶店打工的第一个月工资时，开心得不行，打电话告诉我，要找我和村长吃饭。我们便去了，看着小月兴奋的样子，我直接拿出了课本，又开始考她学业上的问题，她都能答得出来。

席间谈到小月的父母，村长一脸不快，说宝子（小月他爹）就是个街溜子，一天就是喝酒。早些年收完地，好不容易把苞米卖了钱就去屯子里的场子赌钱，不用多久，三五天全部输光，纯纯盲流子一个。我示意村长别乱说，小孩还在旁边呢。村长看了看小月，尴尬地笑了笑。

其实我也觉得小月的父母不是啥靠谱的人，就说小月她爸，那老太太一个人都痴呆了，腿脚又不好，让小月天天照顾老太太，还怎么顾得上学习？往家里邮的钱也少得可怜，都是糊弄一下就完事了。那点钱只够两个人饿不死，吃点肉都难，生活费全靠老太太的低保。不过话说回来，小月倒是挺靠谱的，天天照顾老太太，学习也很认真，从不抱怨，是个懂事的小孩。

吃完饭后，我跟村长把小月送回了家。我在菜市场徘徊了一会儿，看到地面上的一片落叶。其实静下心来看看这一辈子，到底是为了什么？纵使得到了财富地位，最后不还是如同这叶子一样凋零坠落？想到这儿我突然有些落寞，但想起小月便又很开心，她学习挺好的，以后应该能考上一个不错的大学。

我坐在一块大石头上静静地思考着，突然看到附近来了一排挖掘机，正在清理那片臭水沟。抽水机不停地往外抽着污水，挖掘机在铲土。我上前询问，挖掘机司机告诉我，这块地方要改造了，造纸厂已经被拆除了，日后这块地方会被投资上几个亿，搞成一片人工湖。人工湖吗……这片臭水沟这些年把老百姓祸害惨了，如果能改造的话，的确很好。

时间过得很快，眨眼小月也要高考了。临考前几天她很紧张，问我要是发挥不好怎么办。我安慰她平常心即可。考试结束后，她告诉我还好，题不算太难，分数应该跟平时差不多。一段时间后出了成绩，小月考了564分。第一时间，她就把这个消息分享给了我，我开心极了。560多分对于某些学霸来说不算什么，但是在我这边，基本上属于祖坟上冒青烟的级别了。

不过那时候，我们已经很少见面了。毕竟我是一个成年男人，老跟一个女孩子见面传出去不好听，也对她不好。小月却要请我跟村长吃饭，我正犹豫着去不去，小月告诉我，就去那家街角比萨。

一听去街角比萨，我立刻就转告了村长。接到村长后，我们两人一起去了比萨店。小月坐在店里，看到我们来了很高兴。我看着小月，开玩笑地告诉她，今天必须让她破费。我高兴极了，哈哈，小月考了564分，以后也算是重点大学的学生了，嘎嘎嘎。

席间我有点煞风景，问她："小月，为啥不考个650分啊？"

村长一听我这么说，就给我一顿拷打，问我为啥总是说那些满嘴长牙的话。"你高考能考上200分吗？"

我想了想，的确有难度。我也挺过分的，总是想着让小月考高分，却忘了自己是个学渣。

那天小月点的比萨还是曾经的大虾和牛肉比萨，价格也没有变。奇怪的是，我曾经觉得难吃的比萨，今天却变得异常美味。那天真是个好日子，我现在想起来还是很开心！

小月上大学后很勤奋，经常能拿到奖学金，偶尔还会出去打工。毕业后她去了外地一家企业工作，挣得很多，生活不错。可每当我回想起小月手臂上的烫伤就有些难过，一个花瓶摔在地上破碎了，哪怕是世界上最高超的工匠把它修复得天衣无缝，每次落眼，依旧还是会让人想起那些破损处。希望她日后能好好生活吧。

多年后，我回到了那个菜市场，以前破烂的菜市场被规划了起来，曾经的腐烂气息已经没有了。那片臭水沟也已经被改造成了一潭巨大的人工湖，那湖看起来挺美的，不会再散发出恶臭了。夏天的时候满满的荷叶在湖面上飘着，荷花也很漂亮，湖面上还建了一座小桥。几座大楼屹立在那片曾经恶臭无比的土地上。

我转了一圈，找到了曾经的那家比萨店的位置。街角比萨已经搬走了，取而代之的是一家烤肉店。我有些失落，手机突然响了一声。我拿出手机，是小月给我发了一条消息："等我回去了，有空一起吃饭吧，哥。"

我很开心，给她回了一条消息："好，有空一起吃饭。等你回来了，我们一起吃大比萨！"

仓鼠养殖场

我曾经在仓鼠养殖场工作过一段时间，那段日子，可以说是我人生中最为灰暗的时段。那时候我没工作，浑浑噩噩地只想找一个能糊口的差事。我一开始想找个养猪、养牛之类的活，反正我啥都会养。养猪、养牛是个苦差事，但挣得多。我打算先挣点钱好好吃几顿，买几包好烟抽抽。

我在招聘网站上看到一家养鹿场招工人，就拨通了电话，接电话的是个女人，我俩聊了一会儿，约定下午在养鹿场见面。养鹿场在僻静的郊区，离公路很远。我准时赴约，在养鹿场找到了那个跟我通过电话的女人。她瞟了我一眼，说了句"你这岁数不行，干不了这活，回去吧"。

我当时都蒙了，大老远地来了，一句话就给我撵回去了？我就问女人，"我哪儿不合适？"这女人突然就炸了，大吵大闹，让我走。我劝她小点声说话，她不听，越吵嗓门越大，我还不敢还嘴。养鹿场里能吵架吗？鹿本身胆子小，放个鞭炮都有被吓死的，这么近距离的争吵，给哪头鹿吓出病来可就坏菜了。我一看这女人说不通，赶忙就撤了，来回亏了15元倒骑驴的钱。

回去后，我继续在网站上找工作，这次看到了一家仓鼠养殖场招工人，月薪1900元，包吃住。我想了想，拨通了联系电话，电话那头是个男人。我们商量了一会儿，打算下午见面。这次我长了心眼，告诉对方，如果选不中我，我就不过去了，实在没车费。男人说："你来吧，我给你报销车费。"

于是我拦了一辆倒骑驴，直接坐车到了养殖场。这家仓鼠养殖场在城区边缘，是由几座巨大的平房组成的，一进院子，一股仓鼠特有的气息扑面而来，非常刺鼻。一个男人站在当院，打量了我几眼，我告诉他自己是上午应聘的那个人。我俩交谈了一会儿，他决定让我管理这家仓鼠养殖场。当晚我就回家整理了行囊，第二天早早就来到了仓鼠养殖场。

血，到处都是鲜血的味道。场门口摆着一个塑料桶，里面装满了各种颜色的仓鼠皮，我伸手抓起一张，已经干枯了，连带着一些细小的骨头，这些都是被吃掉的仓鼠。

这家仓鼠养殖场条件很简陋，仓鼠们没有笼子，一只只仓鼠都住在深蓝色的塑料水桶里。水桶内铺满了锯末子，垫料发出恶臭熏天的气味，浓厚的血腥味冲击着我。仓鼠们窝在水桶里，有的睡觉，有的打架，吱吱乱叫，吵闹得很。许多母仓鼠已经生了，可公仓鼠还在水桶里跟母仓鼠大眼瞪小眼，母仓鼠们发出吱吱的叫声驱逐着公仓鼠。

这家养殖场平时就这样一直把母仓鼠和公仓鼠关在一起，哪怕母仓鼠怀孕了，也不会挪走公仓鼠。用老板的话说，这是为了让母仓鼠适应公仓鼠的存在。不然这次怀孕分笼了，下次合笼，母仓鼠就不会再接纳公仓鼠了，有些凶残的母仓鼠会活活咬死那些弱势的公仓鼠。

有些母仓鼠非常凶恶，会攻击同居的公仓鼠，很多人好奇这种母仓鼠怎么处理？很简单，老板的办法就是抓起来一把摔死，或者摔得半死不死后扔进小仓鼠群里，让小仓鼠们活活吃掉母仓鼠。有一些病重、衰弱的仓鼠，也会被抛弃。这些仓鼠的归途都是小仓鼠群，被一点一点啃噬掉皮肉就是它们的结局。

很多人可能要问为什么不好好养仓鼠？其实也没办法。一只普通的三线仓鼠（通体发黑的仓鼠，精力比较旺盛），我们厂出货价不到2元一只，如果卖给长期合作的客户，是1.8元一只。

银狐（通体白色，背上会有一条黑线，性格偏暴躁），这种仓鼠是最贵的，4元一只。

紫仓（颜色为紫黑，性格比较安静），一般是2.5元一只。

布丁（通体黄色，背后可能会带黑线），这种是3.5元一只。

上述价格可能略贵，但我们是包活的，死一只都给退钱。这种价格，大家可以算算。一只仓鼠几块钱，怎么可能给它们很好的待遇，成本也合不上啊。几块钱的东西，说摔死就摔死，说扔到鼠群里被活吃就被活吃，没人会在乎它们的感受。

仓鼠们吃得很简单，是由几种劣质谷物混合而成的鼠粮，有谷子（带壳小米）、玉米粒，还有一些轻微发霉的劣质杂粮。这些粮食就是仓鼠们的食物。屋顶有几台抽湿器，用来保持室内的干燥，仓鼠们很怕潮湿。

厂里一共有200多只公仓鼠，600多只母仓鼠。强势的公仓鼠负责多次交配，跟一批母仓鼠放一起一段时间，就换给下一批母仓鼠。平日一些弱势的公仓鼠常年和母仓鼠待在一起，就算母仓鼠生宝宝了，也不会分开。仓鼠这种动物，很多人误解为独居动物。其实从科学的角度上来看，三线、一线、罗夫斯基仓鼠都是有群居性的，只有金丝熊是独居偏多的。这些公仓鼠有些在母仓鼠生了宝宝后，不仅不会去杀害小仓鼠，还会跑前跑后，把小仓鼠叼来叼去，照顾小仓鼠。平时这些公仓鼠也挺惨的，一靠近母仓鼠就会被凶，吃得最少，还得天天受气。

一只母仓鼠，一窝平均能生四到六只小宝宝，但有些强悍的母仓鼠，能生十多只。我就见过一窝生了14只小仓鼠的母布丁，不过这14只小仓鼠只活下来七只，奶根本都不够吃。

没用的仓鼠、弱势的仓鼠、不能怀孕的母仓鼠、不能配种的公仓鼠，全部都会被摔死喂给别的仓鼠。老板就是这么做的。很多人可能觉得很残忍，但留着它们也没有经济效益啊。

一天早上，我刚刚睡醒，走进仓鼠养殖场，看了看即将出货的一群小仓鼠们。我往里一看，突然发现这群小仓鼠好像正在围着什么东西。我再仔细一瞅，它们似乎在撕咬着什么。我赶走了小仓鼠们，小心翼翼地把手探进去。锯末上有一只瘦弱的金色布丁仓鼠，嘴里兀兀冒着鲜血，四个爪子都已经被吃掉了，残根处还在不停地抖动。肚子上被开了好几个大口子，我甚至能从伤口看到仓鼠正在抽动的内脏。我轻轻抓起了它，它的后脖子处也被撕开了皮毛，露出了不小的伤口。这只仓鼠浑身上下沾满了血液和腹部的积液，像一个大血葫芦。当时是冬天，室内温度不高，我看到这只仓鼠在隐隐冒着热气。

它没什么很痛苦的表情，也没有尖叫，只是呆呆地望着房顶，不停地用那断根的四肢尝试扒自己的嘴，可是它已经没有爪子了，看起来很呆滞。我的双手沾满了它的鲜血，闻着那股血腥的味道，我轻轻拿着这只仓鼠走出了幼鼠群。

死，可以，但不能死在这儿。虽然它只值三元多，但活活被吃掉不是一个好的选择。回家死吧，好歹不冷，安静一些。看着这只仓鼠，我那一刻真有一种一把摔死它的冲动。它这样活着，一定很痛苦。可惜仓鼠不会说话，它如果会说话，我一定会问问它想何去何从。

我拿出一个小笼子，在里面铺满一层厚厚的木屑，抓起一个陶瓷窝，把这只仓鼠放进了窝里，让它自己安安静静地断气就好了。临走的时候我看了它一眼，它还在抽搐，四肢和嘴咕嘟咕嘟冒着血泡，我替它擦了擦嘴巴。愿你下辈子永不见光明，栖身于黑暗，黑夜才是你们仓鼠的归宿。

我把它放进去后，就去干活了，它已经不可能活下去，没有任何可能，我也不想打扰它。打扫卫生的时候，我看了看小仓鼠们，一个个可爱的小仓鼠面对自己的同伴，撕咬得是那么起劲。其实想了想，人跟仓鼠又有什么区别呢？

晚上八点，我干完了所有活，想起那只已经死掉的仓鼠，打算去把它埋掉，却发现这只仓鼠依旧在窝里趴着，没有死。突然，仓鼠挣扎着向外蠕动。我看着它，有些不解。仓鼠蠕动出去以后，脸部开始扭曲，翻动颊囊（仓鼠的两个腮帮子，储存食物用的）把粮食都吐了出来。看到这儿，我有些难受，有些仓鼠临死前会吐出颊囊里的食物。这是要死了吧。

仓鼠吐的粮食越来越多，突然，它开始用自己已经断根的残肢扒拉粮食，我有点不解其意。它不停地试着抓粮食，失败了几次后，直接把脑袋插在粮食上，开始大口地吞食咀嚼，嘴边还没完全干涸的血迹随着粮食一点一点被吞入肚中。透过它腹部伤口的薄膜，我甚至能看到它的内脏在蠕动。

那一刻，我震惊了，它居然在进食。这就是野兽，哪怕被切断了四肢，流出内脏，也在努力向活着前进。它想抓起食物去进食，可它已没有爪子。如果是人伤成这样，多半耷拉着脑袋，闭着眼睛等死了吧。

它自己都没放弃，我也要试试看。我脱下大衣，把笼子包了起来，到路上拦了一辆出租车，我就回家了。回到家后，第一时间我拿出针线，给仓鼠缝合。仓鼠这种动物，麻药的剂量太难掌握，医生都很难把控，更别说我一个二道手了，可是这大晚上，我又能找谁给仓鼠缝针呢？

我拿起仓鼠，一点一点缝合它肚子上的伤口，仓鼠一声没叫，只有针线穿过皮肉的时候，才略微挣扎几下。我不知道为什么，难道它不知道疼吗？缝合的时候，我似乎能看到内脏和暗红色的嫩肉在抽搐，可它就是一动不动。缝合后背伤口的时候，它终于开始惨叫。我不敢松手，只能加快手速草草缝好。它的四处断肢，被我包裹了起来，每两天换一次药。如果长期包裹，可能会发炎溃烂。

我不是兽医，可没办法，我们这种小城市，能给兔子治病的都没见过，更别说仓鼠了。仓鼠的体温很凉，摸起来有点刺手。为了让它暖和点，我直接把它放在我的肚皮上，钻进了被子里，我想用这种愚蠢的方式救它。其实它是失血过多导致的失温，加热又有什么用呢？躺在被窝里，我一只手轻轻地搭在它身上，黑暗中，仓鼠开始用小舌头舔我，恍惚中，我睡去了。

第二天早上，我发现仓鼠身体暖和了不少，但看起来依然十分虚弱。我带着仓鼠来到了我们本地一家最好的宠物医院，进屋后，找到了宠物医院的院长。院长是个女孩，她看到这只仓鼠的时候，也很惊讶，估计是头一次见到这样的异宠。

我们给仓鼠仔细检查了一番，又拍了很小的片。院长告诉我，这只仓鼠依旧很难活下去，它肺部有很严重的水肿。医生这么一说我才反应过来，这只仓鼠经常张着嘴，仿佛上不来气的样子，偶尔还会咳嗽几声。我问医生怎么办，女大夫告诉我，只能给它吸氧，吃点利尿消水肿的药，不过存活率很低，这只仓鼠肺部阴影看起来很重，很容易憋死。我接着问女医生能不能手术，女医生说不能，不是仓鼠不能手术，而是他们没有这个医术。

听到这儿，我很遗憾，看来他们也没办法。我带着仓鼠准备回家，一名实习女医生拦住我，要加我的联系方式。我看了看她，身量高挑，足有一米七八，戴着眼镜。我把QQ给了她。

回家后我看了看这只仓鼠，决定给它起名为钢铁鼠。它是一只坚强的仓鼠。当晚，我依旧带着钢铁鼠一起睡觉，就放在肚皮上，为了防止被子压到它，我拿出一个小筐，里面铺上一层电热铺，上面再铺上一层厚厚的木屑，让钢铁鼠躺在筐里好好休息。可我却发现，钢铁鼠不愿趴在木屑上。它平趴的时候，喘不上气来，一平趴就吱吱惨叫，必须身体呈一个立着的形态，脑袋角度高于腹部（类似人类站立的姿势）那样趴在食盆上，才能喘得上气。

我开始动手，用家里的木板做了一个小窝，这个小窝大约有60度的角度，旁边还有护栏，可以让钢铁鼠趴在上面不会很难受。我在上面包了一层小毛巾，防止钢铁鼠趴着太硬不舒服。

当晚，我怕钢铁鼠自己在筐里憋死，就把小窝放在我肚子附近，用手把住小窝，让钢铁鼠整个趴在我身上。从此以后，我练成了一个绝活，睡觉的时候，手可以把着一样东西，天亮时，手还保持原样。

第二天，我又买了吸氧器，可以把钢铁鼠放在盒子里，让它多吸一点氧。没想在外面遇到了那名戴眼镜的实习医生，她正在药店买药，我也没跟她打招呼，我心情差得很，没时间闲聊。

她却一眼认出了我，看着我问："哥，那只仓鼠怎么样了？"

我告诉她："还没死呢。"她的表情看起来有点悲伤，那一刻我突然不是那么反感她了。

"没空多说，我准备赶回家给钢铁鼠吸氧了。"

女医生看了看我，问我可以让她也去看看吗。听到她想去我家，我其实有点抗拒。我是著名的邋遢大王，脏脏怪，家里乱七八糟。但一想到她是医生，说不定有办法治疗钢铁鼠，我就答应了，脸面也不值钱，看就看了。

到了我家后，我俩一起走进房间，钢铁鼠正趴在我特制的小窝上。女医生拿起钢铁鼠，看了几眼，突然哭出声来。我冷冷地看着她，觉得有些吵闹。哭如果能解决问题，能让钢铁鼠不死，我也可以哭。解决问题才是重要的，哭没用。看她还拿着钢铁鼠，我让她把钢铁鼠还给我，该吃饭了。

我用微波炉热了一下食物。钢铁鼠现在吃的都是一些偏软的食物，比如我用虾肉、牛肉，蔬菜、粗粮混合在一起蒸的小饼。钢铁鼠虽然喘不上气，但它的食欲依旧旺盛无比，吃得奇多，顶得上两只普通仓鼠的食量。仓鼠吃得很香，女医生在旁边问我一些有的没的。突然，她告诉我，如果我累了，她可以替我照顾钢铁鼠。

我抬眼看了看她，告诉她："做好你的工作就行了，你走吧，这几天我很忙，就不带你去吃饭了。"

女医生笑了笑，说："回头QQ聊，如果钢铁鼠有问题，及时告诉我们，去我们那儿不收钱。"说完就走了。

这女医生人还不错，不过我近期确实没空请她吃饭，每天要工作，又不能住在仓鼠养殖场，只能天天赶回家照顾钢铁鼠，第二天再早起去工作。

钢铁鼠似乎有所好转，明显能上来气了，我和女医生都很开心，以为它会好起来。可没想到，钢铁鼠好转只是个假象，我们拍了片，它肺部的阴影越来越大，喘气更加困难了。我特制的那个小窝已经不能满足钢铁鼠的需求，它必须身体直直地立着才能喘得上气。钢铁鼠经常吱吱惨叫，即使我给它吸氧也无济于事。明知道一件事没有结果，还必须要坚持，最后看着生命一点一点逝去，其中苦楚未曾亲临难解其万一。

我不知道该怎么办。我开始琢磨着，要不要给钢铁鼠安乐掉，它这样太痛苦了，不仅折磨它自己，也是在折磨我。那段日子，我一天的睡眠时间不超过四小时，还要干很多体力活，再这么撑下去，我也会废掉。

我拿着笼子，准备去医院给钢铁鼠打一针，可到了门口，我又退缩了。最后，我还是决定努力救助它，死与不死，那就要看它自己了。

之后的日子里，我天天带着一个小笼子，哪怕是吃饭、上厕所，都要带着笼子，钢铁鼠就趴在我特制的小窝上，时不时咳嗽干呕几下。我天天给钢铁鼠按摩、吸氧、吃药，有时候它排泄困难，我会用湿棉球帮助它把排泄物刺激出来。渐渐地，我发现钢铁鼠好像呼吸不再困难了，甚至自己趴在那里也能睡得很好。

一个月后，钢铁鼠奇迹般痊愈了，它不再咳嗽。我至今仍不明白，它为什么突然就好了。它的身体比最初还要强壮，只不过身上的几处疤痕依旧显眼，背后那块皮毛由于受损严重，长得很稀疏。

钢铁鼠虽然四肢全无，但它依旧可以依靠几条断肢和身体很快地蠕动。虽然比正常仓鼠慢一点，但这已经很好了，它活了下来。看着钢铁鼠在跑轮上悠来悠去，我很开心，人生如此就已经够了。

那一刻，我明白了，生命的意义在于坚持，长久的痛苦最后变成了生的希望。我很幸运能遇到钢铁鼠，它让我相信了希望，让我明白了黑暗的尽头也许就是光明，更让我明白了生命的意义。从此以后，我很少沮丧，每次我遇到困难的时候，脑海中都会浮现出钢铁鼠疯狂进食的那一幕，也是从那日开始，我相信希望。

这段日子，女医生跑前跑后帮了不少忙，而且钢铁鼠拍片，她也不收钱。我准备买些礼物送给她。我跑到超市，买了两箱草莓，那草莓长得粉嫩无比，价格也贵得很，说实话，我这辈子还没吃过这么贵的草莓。我又跑到烟酒行，买了两条售价二三百一条的炫彩黄鹤楼香烟，又买了两瓶酒。我拎着这些东西去宠物医院找女医生。

到了医院，前台几个实习生都认识我，纷纷问我钢铁鼠怎么样了。我告诉他们钢铁鼠已经痊愈，就是现在吃东西比较笨，必须要把头插进食盆里才能吃饭，平时只能在跑轮上面悠，不能跑得太快，其他的已经没什么影响了。几个实习医生听完都很高兴。

我看着这群医生，想着手心手背都是肉，光给女人送礼显得我好像另有所图一样，于是又去外面超市买了许多水果送给他们。一群医生疯狂推辞，最后在我的强烈攻势下，他们还是收下了。他们告诉我女医生可能晚上才能回来，我想了想，便先走了。

当晚女医生给我发了消息，感谢我送她的礼物。我邀请她出去吃饭，她有些为难，"现在是不是太晚了？"我看了看时间还早，就继续邀请她。女医生犹豫了好久，勉为其难答应了。

我们约在一家烧烤店。到地方后，我发现女医生已经在座位上等我了。她平时穿着白大褂，我没看出来，今天她摘下了眼镜，我才发现她长得像画里的仙女。我们聊了一会儿天，她一直咯咯咯笑个不停，我一说话她就笑。

就叫她"小雅"吧。原来小雅今年25岁，她父母是重组家庭。她的继父很有钱，妈妈也是做生意的。两人重组后，生意越做越大。她高考发挥一般，随随便便上了个大学。

我们吃完饭出门的时候，我看到了她的车，是一辆很名贵的车。我看着这辆车，沉默了。小雅问我怎么了，我沉思了一会儿，问她："这车是家里给你买的吗？"

小雅说："是呀，怎么啦？"

我没回话。小雅提出要送我回家，我呵呵一笑，告诉她不用了。我俩告别后，我顺着小路走回家。到家后我打开手机一看，都是小雅发来的关心信息，诸如让我注意安全、回家了告诉她一声之类的。看着小雅的那些消息，我不知道该怎么回复。一种念头一闪而过，不过我很快斩断了这个想法。毕竟人家有钱得很，而我只是一只土狗。好好养我的仓鼠就好了，别的不能乱想。

之后的日子里，我俩成了好朋友。我跟小雅经常一起聊天、玩游戏，偶尔还会一起出去吃饭。小雅有时还带我去看电影，我本来很讨厌看电影，不过在她的强烈要求下，我只能去了。

我还是每天去仓鼠养殖场工作，小雅则正常上班。突然有一天，我发现她莫名其妙不再理我了。但我也没去追问为什么。一天晚上，小雅突然给我打电话，哭着问我在哪儿。我一听她哭了，而且身边嘈杂得很，忙问她怎么了。她告诉我："你来一趟，我在你家楼下的饭店后面。"

我赶忙跑下楼，看到一个身影坐在角落里，正是小雅。她光着脚，穿着一身睡衣，双手抱着膝盖，看起来十分落魄。看到我，她一把就抱住了我。我问她怎么了，小雅抽泣着说不清楚，一下栽了过去。我赶忙扶住她，低头一看，她已经昏过去了。我只能把小雅抱上楼。到家后，我把小雅安置到床上，看到她穿得很少，赶忙用被子给她盖上了。看着小雅一脸泪痕的样子，我十分疑惑，她到底怎么了？我绕着床看了一圈，小雅脑袋上并没有什么外伤，那为什么会晕过去呢？我百思不得其解。

看着小雅，我有点担心。万一是什么急性病，那岂不是耽误了。想到这儿，我一把抓起了她，准备把她扛到医院去，小雅却醒了，我赶忙问她发生了什么事。小雅蒙了一会儿，躺在我怀里，抽泣着告诉我，她爸又开始欺负她了。

小雅讲了很久。小雅的继父在她上初中后，时有时无地，只要喝醉了就开始对小雅说一些比较龌龊的话，有时甚至还会动手动脚。小雅那时候年纪小，不敢反抗。上大学后，她继父收敛了许多，不过有时喝多了还是会乱说话、乱动手。

大学的时候，她很少回家，就是为了躲开那个老牛马。这次是她母亲让她回家住的，说她继父不会喝醉乱动手了，却没想到她睡着时，继父回来了，喝得烂醉，直接强行打开她的房门企图非礼她。她只能一边逃跑，一边恳求继父别碰她，可老牛马还要强行抱她。小雅吓得往客厅跑，老牛马不听她的哀求，于是她打了老牛马几下，鞋都没来得及穿就逃出家门在外面游荡。当时已经是半夜了，街上没有一个人，手机也没电了。她光着脚走了很远，走到我家楼下，蹲了好久，终于遇到一个好心的女孩把电话借给她，才跟我联系上。

看了看小雅脸上微肿的伤痕，我突然有些懊恼，问她继父到底侵害过她没有，小雅低着头一句话也不说。这事很难办。首先，她继父有权有势，我以前也听说过这人，是个大商人，在社会上兄弟也不少。其次，我是个外人，这种事讲究个证据，我并没有证据。如果贸然报警，好像也不太合适，小雅可能也不会愿意，最后把她家搅乱了，我反而成了罪人。咱要说我过去给那老牛马一顿打，倒是可以。但这违法，咱也不能乱打人。不揍他吧，这事也没法走法律途径。想到这儿我闹心得要命，开始破口大骂。

小雅看到我变得十分焦躁，赶忙说："没事，你别生气，以后我不回去了。"

看着小雅眼睛通红的模样，我问她吃饭了没有，小雅推说不饿。我告诉她："让你吃你就吃，以后什么事都听我的。"

小雅点了点头。我要下楼给小雅买吃的，小雅抓着我，恳求我别走，说她害怕。我想了想，给小雅找了几件我的衣服换上。她穿着我以前的鞋，跟我一起下楼了。

看着黑漆漆的街道，我突然有点难过。小雅平时那么开朗活泼的一个人，没想到也会有这种遭遇。有时候真的挺恨自己，这么没出息，要是我是个很有能力的人，这件事可能很轻松就解决了。现在窝窝囊囊的，只能生闷气。我看了看她，只顾呆呆地跟着我走。她一定很恐惧。

我们路过一家牛肉面店，这家店铺平时通宵开着，我们进去点了两碗面条，小雅披着我的黑色衣服，一脸委屈地看着我。我催她："快点吃吧，吃完回家。"其间我们聊了聊。小雅其实很怕她继父，她家的许多生意都是继父出力，母亲并不如继父强势。我还得知，她的母亲早就知道继父骚扰她，但小雅妈妈劝她忍着点，继父平时人挺好，喝多了才那样。听到这儿，我简直无语了。

吃完饭后，我们回家。小雅在屋里说害怕，正好我在玩电脑，就让她搬到我屋里睡。于是我就在那儿玩电脑，她躺在床上睡觉。我想抽烟，刚拿出一盒，小雅看着我，我就又放回去了。小雅说："没事，你抽吧。"我怕味道难闻，她却说挺喜欢这种味道的。我问她："能不能看看你的手机？我看看那个老牛马平时都是怎么恶心人的！"小雅有点不愿意，不过还是给我看了。

我打开手机，看着那个畜生发的污言秽语，越来越气，一股阴火从我心底顶了上来。这时一个计划冒了出来，明天我就去找那个畜生，先狠狠揍他一顿，再警告他以后别做不要脸的事。

那宿，我一夜没睡。早上八点多，小雅还没睡醒，我就偷偷跑了出去。小雅家在哪儿我知道，她家是一个大三层楼房，在我们本地市内一个比较偏僻的豪华小区。小区门口的保安看守很严，看着小区后方的高墙，我蓄力一个冲刺跑，猛冲上墙头，直接翻了进去。走了半天，我找到了小雅家。她家院子挺大的，里面停着好几辆车，有霸道、酷路泽、路虎。院子里一个中年男人正坐在一把竹质椅子上看手机，看起来十分精壮。这十有八九就是那个老畜生。我走过去问他是不是小雅继父，这男人站起来冷冷看了我一眼，问我有啥事。这时我才发现，这男人看起来也就40岁出头，根本不像50多岁的人，足有1米88，身材十分壮硕，应该有200多斤，胳膊看起来比我的都粗。

我一把抓走他的手机，盯着他，问他："是不是？"

精壮男人看了我一眼，说："是。你是谁？"

我一听就是这货，直接破口大骂。"老牛马""畜生""不要狗脸""CNM"之类的词汇滚滚而出。正骂呢，这男人站起来猛地一拳把我打翻了。这一下让我眼前发黑，头晕目眩。说真话，这一拳直勾勾打在我下巴上，我感觉整个人被他打得双脚都离地了。我躺在地上正在恍惚，看到精壮男人向我走来，企图继续打我。我一把抓住他的一条腿，两只手死死抱住他的一只脚，出腿踹他另一条支撑腿。这男人的确强悍，跟我撕扯了十多秒才被我放倒在地。我俩在地上厮打成一团。

这男人一身怪力，隐约有压制我的倾向，我便用头使劲撞他的脑袋。最后就是我俩互相抡大拳头。这畜生跟我撕扯了半天，最后脱力了，被我控制着拉向屋里。我一顿大耳帖子，打得老畜生嗷嗷乱叫。这时外院突然冲进来六七个社会小伙，手持棍棒，向我扑来。我一看这阵仗，直接跑到屋里厨房操起一个家伙，嗷的一声我就冲了出去，跟这一群人打了起来。叮咣一顿厮打，这几个精神小伙吓得都不敢上前。我看到老畜生满脸是血，骂了他几句："再干不要脸的事，我还来找你，你等着，以后我天天告诉大伙，你非礼自己的女儿。"说完便走出院子。几个精神小伙还一直远远跟着我，我回头向他们冲过去，给这几个货吓得扔了棒子就往回跑。

回到家时，小雅还没醒，我继续玩电脑。等小雅醒了，我告诉她："你继父让我一顿暴打。"她听到这消息，有些激动，我以为是我办错事了。她一直抓着我看，说她继父很厉害。"你没受伤吧？"

我当时就开始吹自己是如何一个上勾拳把她继父打倒，又如何用正义的言语让老畜生羞愧得就差把脑袋插地里，最后又把一群小流氓打得屁滚尿流。小雅正听着，这时突然她的电话响了。她拿起来一看，是她继父。我让她接电话。

只听那老牛马问："今天来了个流氓，给咱家一顿打砸，那流氓你认识吗？"我一听这话，直接抢过电话破口大骂，电话那边的老畜生却异常冷静，问我能不能出去接电话，单独谈谈。我同意了，拿着电话走了出去。这老牛马开始说一些废话，意思是，这次事就算了，让我别出去乱说话，败坏他的名声。想了想，我答应了。不答应还能怎么办呢？继续找他麻烦属于破坏小雅家庭，只能到此为止了。

我告诉小雅后，她什么也没说。我又告诉她："我得睡一觉，最近天天去仓鼠养殖场工作，还得看着你，太累了。下午两点再喊我起来。"

下午，我跟小雅回到了仓鼠养殖场。小雅见到一群仓鼠有点害怕，她说想起了钢铁鼠被撕咬后受重伤的场景。看着养殖场里的仓鼠，我有些难过。它们本不该在这里，这里充满了近亲繁殖和互相吞噬的血腥，就是一个地狱。

小雅对仓鼠很感兴趣，我教她如何给仓鼠分笼，如何饲养仓鼠，病弱的仓鼠该如何治疗。之后的日子里，小雅经常来帮我干活，我不想让她干这些活，问她能不能做点硬菜给我吃，小雅问什么是硬菜，我解释就是肉菜。后来，小雅天天给我带一些好吃的。其实我当时只是开个玩笑，但是她做的食物异常好吃，想着大伙也挺熟的，吃她点饭菜也没啥，吃就完事了。那段日子，我天天吃得满嘴流油。

两个月后，老板突然告诉我，仓鼠养殖场不开了，他要去南方做家具生意，以后定居在南方。他问我想不想接手养殖场，便宜点给我。我同意了，一万元兑下了养殖场，说是兑，房产并没有转让给我，老板把那些养仓鼠的设备，还有仓鼠给我了。

小雅也要走了，她也要去南方。临走那天，我送她到机场，大家都很平静，没什么生离死别的情绪。看着她的背影，我挺欣慰，希望她日后能当好宠物医生。

之后的日子，我就负责饲养这些仓鼠，也不让它们继续生了，生小仓鼠是徒增杀孽。这批仓鼠年纪都很大了，我准备好好养着它们，等它们死光了，我就去干别的工作。我给仓鼠们换了新的食物，不再吃那些腐败的谷子，喂的都是四五元一斤的带壳粮食，还有一些植物种子，比如麻籽之类的。我又印了许多传单，把比较温柔可爱的仓鼠陆续都送了出去，但前提是领养人必须得有个大笼子，有过饲养仓鼠的经验。只要满足这些条件，就可以来我这儿免费领取仓鼠。我这人看人很准，是不是虐待动物的，一眼就能看出来。送仓鼠，一般送给女孩偏多。

后来我建了一个仓鼠群，把那些温柔的仓鼠送得差不多了，剩下陪伴我的就是100多只老弱病残。一天天闲得无聊，我就给这群仓鼠起名字，大白、大黑、大绿、秃头、胖子之类的名字。但100只还是太多了，我经常记不清谁是谁。那段日子，可能是仓鼠养殖场最幸福的时候。没有互相吞噬互相撕咬，没有血，也不会早上起床一看，桶里有一张白色或灰黄的皮藏在木屑里。每个桶里住一只仓鼠，我还用废弃的塑料板纸壳给它们做了小屋，每一只仓鼠都有一间小屋！其实养仓鼠还是挺好的，早上起来，看到仓鼠们一个个睡得正香，很有幸福感。

我天天养仓鼠，没收入。那段日子，正好有个化肥厂老板想在我们这边存化肥，我就把大院租给他了，一个月600元。他说如果我帮着把化肥装车，一个月再给我1500元，我同意了。那段时间，我还经常帮附近的钻井队挖泥浆坑，干点杂活，混个三五十块钱度日。

过了很久，仓鼠走得差不多了，许多仓鼠被我埋在了附近的野地里。我带着十多只垂垂老矣的仓鼠回家了。临走时，我把仓鼠养殖场打扫干净，告知了老板。

回家后，我继续饲养着钢铁鼠和那些老仓鼠。仓鼠这种动物，它们的一生很短暂，总是突然就离开了。半年后，钢铁鼠也走了。

这个傻孩子头一天还好好的，还在跑轮上悠着玩。第二天一早我起床看它，发现它在自己的小窝里安静地趴着，身体还没僵硬，像睡着了一样。我把钢铁鼠埋在了我家楼下的花坛里，第二年春天，那片光秃秃的花坛长出了许多绿色的小草，也许是钢铁鼠颊囊里的一些植物种子经过一个冬天的沉寂，在春天破壳发芽了。曾经腐败的花坛变得生机十足，看着那些绿色的植物，我想着，钢铁鼠也许从没离开过，一直都陪在我身边，只不过用的是另一种形式。

钢铁鼠走了以后，又过了几年，我养了两只荷兰猪，整天叽叽喳喳，吵闹得很，但很温柔。小雅在南方发展得也不错，开了家宠物医院，口碑很好，也很赚钱，关键是可以把动物们治好。后来听说小雅的继父死了，为什么死，我也懒得去打听，与我无关，我只想好好养我的荷兰猪。那家仓鼠养殖场也被扒了，改建成了一家豆包工厂，整天嘎吱嘎吱生产着豆包和发面饼。谁能想到这座工厂的前身是一家血腥的仓鼠养殖场呢？

一天，我正在楼下花坛处遛荷兰猪，荷兰猪们在花坛里跑来跑去，在草堆里玩得很开心。这时走来一个小女孩，她呆呆地看着我，告诉我她以前养过仓鼠，仓鼠会吃掉同类，有些脑袋都被啃掉了。

小女孩看了看两只荷兰猪，问我："它们会互相把对方吃掉吗？"

我笑了笑，说："不会的，这是荷兰猪啊……"

土狗老白

　　早些年因为一些事，我穷困潦倒，身上现金不超过十元。那时候我混到什么程度：早上四处游荡，路过一家小米线店，里面的人吃馄饨，吃米线，我就隔着门在那儿看。一个个小馄饨油光锃亮的，我甚至能闻到馄饨的那股香味，但身上没有钱，只能眼巴巴看着别人吃。

　　肚子饿了，在街上游荡了好久，眼见着天要黑了，我又跑到本市一家素食斋。这家素食斋是个好地方，是一群信佛之人开的免费素食餐厅，吃饭不要钱！说是免费，实际上很多人也不好意思白吃，都给个五元十元的，不然餐厅如何运营下去？

　　一进餐厅，门口站着的义工就给我鞠躬，说"欢迎家人回家"，我也得给他们鞠躬，这是规矩。随后他们领我到座位上。这家餐厅是自助形式的，有素馅饼、各种粥、米饭，素菜大部分都是土豆、大头菜这类的。我拿了两个土豆馅饼、一碗米饭，回到座位上坐好。

　　在这家餐厅，吃饭之前是得做操的。讲台上站着一个老奶奶，我们得跟着她的节奏一起做。我很难形容那是什么操，看起来有点像广播体操，还有点像军体拳。其实我并不想做，但在人家的地盘吃饭，吃得又贼多，只能入乡随俗了。

做完操以后，我们开始感恩，一起大喊："感恩家人们做的食物。"（家人就是义工，免费做饭的。）之后就可以开吃了。我每天都来这家素食斋吃一顿，一般别人都给一元或三元，我都是给五元，虽然我穷困潦倒，但几元钱凑凑还是有的。

吃完以后，桌子上放着"福气水"，用餐的每人都有一把小刷子，把福气水倒入碗里，刷一刷就可以走了。这样做是为了减少义工们的工作量。

刷完后，我就走了。刚刚到中午，我准备步行到附近的大集上找点活干。走了一个多小时才到了大集，我看到一个中年妇女站在路边拎着小牌子，正在招短工。

我问中年妇女是什么活，女人打量了我几眼，对我很感兴趣的样子，告诉我是去农村搬四轮子（拖拉机）零件。我问她能给多少钱，她说一天80元。我想了想，对她说一天80元太少了，最少100元。女人想了一会儿，看着我，对我说："100块可以，不过你得好好干，我们这儿净是些四五十岁的留守妇女干这活，看你年轻才给你100块的。"

我答应后，女人直接带我来到了一座农家大院，告知我大概要干六七天，一共能拿700元工资。如果干得好，东家还能多给点钱，并疯狂吹嘘这个东家多么多么好。其他东家的伙食都是白水面条，这个东家中午顿顿给吃肉，还给酒喝。听到这儿我还是挺开心的，以前干过不少力工活，老板都把工人当牲口用，顿顿有肉吃真的不错。

过了一会儿，来了一群中年大姐，一个个戴着口罩，聊起天来非常喧闹，不是村子里老王搞破鞋了，就是谁家大闺女回村穿了条破洞牛仔裤。一群女人看到我，有点不高兴，转头问带她们来的那个招工人："这儿怎么还有个男的？"

我冷冷地看着她们。一群妇女大吵大闹，如果我在这儿住，她们就不干了，领头招工的人也蒙了。我看着乱糟糟的人群，告诉她们，我可以换个地方住。领我来的那个女人给我找了间废弃的平房，屋里都是灰，但也没办法，只能先对付住了。

当晚东家送来了饭菜，水煮的大玉米棒子，配上点插条（黄色面条），加上酸菜酱。那酸菜酱里一点肉都没有，我彻彻底底被骗了。看这饭菜，多半又是一个周扒皮。吃完了这些驴吃了都浑身无力的食物，我就去干活了。没想到又被骗了，说是搬四轮子零件，实际上还得帮着他们拆废旧的拖拉机。当天那给我累得，头晕目眩。那群中年妇女一直在磨洋工，反正按天算钱，能不干活她们就不干，一群人围着净在那儿扯老婆舌。

我正在搬东西呢，听到她们一群人说："看这大傻子，还在这儿干活呢。"

顿时我就怒了，扔掉零件，指着那群人，问她们："说谁呢？！"这群女人笑着都跑了，我也没理她们。

第二天中午吃饭的确有酒，最便宜的老雪花，饭菜依旧是面条子配酱，不过这次换成了萝卜酱，还是一点肉都没有。吃饭的时候，一群女人又在那边扯老婆舌。我正秃噜面条呢，一口嚼到一粒小石子，我没当回事，就给扔了，结果又吃到一粒石子。这时候，那群女人忍不住笑了。我当时就明白了，这群人耍我呢。

当晚我向一个比较厚道的大姐打听，大姐告诉我是领头的那个最胖的女人干的，她的外号叫"大河马"。我什么也没说。第二天早上，我去外面捉了不少洋辣子装在瓶子里。当天吃饭的时候，大河马正在那儿扯老婆舌，我顺着她后脖领子一下把半瓶洋辣子全给灌了进去。

大河马一开始蒙了，不知道我灌的是什么东西，直到她感到那些洋辣子在蠕动，便疯了一样满院子跑，哀号得像一条娃娃鱼。最后她跑到屋里，脱了衣服，才把那些虫子甩了出来。过后她跑回院里躺在地上就开始撒泼，让我给她偿命。我说："大河马，你别整样，爱死不死。"说完，扭头就走了。大河马又开始号上了。我收拾了大河马一顿，那群人再也不敢暗里找我麻烦了。

一天早上，我正睡觉，东家一个远房亲戚过来叫我，说东家找我有事。那时我才刚睡醒，有点烦躁，迷迷糊糊就过去了。到了东家屋里，东家拿出50元钱，告诉我家里的狗要老死了。我们这儿的习俗，狗不能死家里，况且这是瘟狗，东家还怕会传染给村子里其他的狗。"一会儿你去垃圾堆附近把狗直接埋了，坑我都挖好了，狗在院子牛棚的推车里。"

我当时以为狗已经死了，就答应了，接过东家的50元，出门去牛棚里找狗。我走进牛棚，里面有一辆推土的小推车。一只脸都白了的土狗趴在推车里，怯怯地看着我。我吓了一跳，没想到这狗还活着。我仔细看了看这只狗，不仅脸白了，胡子、嘴角都白了，身上的毛颜色看起来都灰呛呛的，没有一点光泽。老狗呆呆趴在推车里，看起来很可怜。

这只狗最少十多岁了，眼睛里满满的都是眼屎，各种暗黄绿色的分泌物结成了一道线，嘴角边不停地流着口水。我转身回到院子里找来一块毛巾，给这只狗好好擦了擦。

的确跟东家说的差不多，这只狗得了狗瘟。不过这狗东家养了这么久，而且还没死，我如何能直接埋掉？我推着车，走过农村的小道，把老狗推到了垃圾堆附近。埋葬老狗的坑早已经准备好，坑很浅，东家对待养了十多年的老狗，都不肯挖一个深一点的坑来埋它。我看了看老狗，它正直勾勾盯着我，没有任何表情，也没有叫，就一直那么呆呆地看着我。我不忍活埋掉这只即将死去的老狗。这只狗还是呆呆地看着我，我摸了摸它那发白的脑袋，它蹭了蹭我的手。

我推起小车，把老狗装进了车筐，偷偷把它藏到了我住的那间破烂平房里。老狗浑身颤抖着，好像很害怕，我给它盖上了被子，让它趴在炕上。老狗看着我，哀号了几声，我告诉它我很快就回来，便走了出去。

为了防止别人发现它，我锁上了门，然后就离开了。回到东家屋里，我把推车偷偷推进了牛棚里就走了。等我回到平房，老狗还在床上乖乖地躺着。看着虚弱的它，我决定以后叫它"老白"。

老狗看着我，突然开始吠叫，我不明白是什么意思。老白用嘴使劲拱炕上的席子，我看了看席子，我来的时候这席子就铺在床上，难道底下有什么东西？我掀开了席子，席子下藏着一本笔记，本子的封面都发黑了，打开后我发现很多页都粘在了一起。老白不停地嗅着这本笔记，这应该是一件很重要的东西。我把笔记收了起来，看看虚弱的老白，我去外面找了一个大筐，用刀子把大筐戳了几个洞，把麻绳穿进去，做成一副背带。我把老白抱进筐里，背着老白就走了。

这时我已经在东家这儿干了四五天活了，这地方结工钱是三天一结，我刚刚干到第五天，如果现在走了，就白给人家干了两天的活。但也没办法，毕竟这只狗很可怜，我要把它带走。

离开这个村子后，我直奔城里的一家宠物医院。这家宠物医院是我以前的哥们开的，我俩关系很好。我背着大筐走进去的时候，我兄弟正在大厅里给猫狗治病。看到我，他很惊讶。我那副样子的确很惨，穿得破破烂烂，背着一个筐，筐里还有一只鼻涕拉撒的土狗。

我跟他讲清了经过，问他能不能先给狗治病，日后我再给他钱，我哥们爽快地答应了。随后我们抱着老白去化验，我哥们看了看这只年迈的老狗，有些担忧地告诉我不一定能治好，这狗岁数太大了。但也没办法，不治肯定是死，治了还有一丝机会。化验结果出来，就是狗瘟。我们开始给老白打针、喂药。打完针后，我哥们告诉我可以把老白放在医院，第二天再过来看它。我答应了。

我刚想走，笼子里的老白却疯狂惨叫了起来，不停用爪子扒着笼子。我走过去打开笼子，老白冲了出来，紧紧地贴着我，看样子是不想自己待在宠物医院里。我哥们看到老白这样，也不能强留了，只能让老白跟我走。

我背起大筐，把老白放了进去。老白在筐里很高兴的样子，呼哧呼哧吐着舌头，不停地舔我的后脑勺，快乐极了。要是我，我也开心。老白是一只足有30斤的土狗，我估计它活了一辈子，还从没人背过它呢。

看了看兜里的钱，我有些烦躁，一共就352元，300元是之前东家给的工资，50元是东家给我埋老白用的，还有2元是之前买啤酒剩下的零钱。我决定带老白去租个房子，一开始我找到了一个农村男人，他家有一间废弃的仓房，破烂不堪，附近的流浪猫狗扎堆去里面排泄。房子主人告诉我这间破烂的屋子150元一年，我觉得太贵了，一通讲价后，降到了100元。

其实租这间房我亏炸了，这间房子里的各种垃圾杂物我还得收拾一通，房主连打扫卫生都省了。后来这房子我平时一直住着，等我搬走的时候，这房子里应该还是挺干净的，最起码能住人。

关键是这间仓房实在是太破了，窗户都碎了一地。当时已经秋末，马上就要入冬，冷风嘶吼着拍打着窗户，声音十分诡异。我把老白放在屋里炕上，去外面超市买了点吃的，顺便问超市老板要了点纸壳。

回去后我把纸壳裁好，用透明胶带一点一点把漏掉的窗户都给糊上了。屋里有点闷，我又在纸壳上抠了几个小洞，冷风顺着小洞吹了进来。老白在炕上乖乖趴着，我拿出刚才在小卖店买来的肉肠扔给老白，它呱哒呱哒几口就吃掉了。

当晚，我把这间废弃的平房收拾了一通，发现炕底下的火灶跟做饭的土灶是连在一起的，都不用另外烧炕，一做饭屋里就会十分暖和。不过到了冬天，还是得在炕灶下点燃一些燃料，不然会冷。

晚上我拿了一堆破旧衣服当枕头，抱着老白，听着呼啸的风声睡去了。第二天醒来，我突然觉得有点对不起东家，虽然他还欠了我几天的工资，但我这样一走了之，未免有些不义。看了看手里的252元，我准备回去找东家，说明事情经过。如果他不乐意，我就把这点剩下的钱给他，当作买老白用的。

回到村里，东家正在屋里吃饭，看到我一脸惊讶，问我怎么走了。我告知了东家老白的事，说我并没有埋掉老白，而是带着老白回到了城里治病。东家听到了这个消息，并没有埋怨我，还掏出200元，要把工资给我补上，我谢绝了他的好意。东家想挽留我，让我继续干活，说我现在身上也没钱，不如还在他这儿干，我也拒绝了。说真的，这人不是什么坏人，不过我总觉得他那么对待自己家养了多年的老狗有些不妥。人各有志，没必要强行贴在一起。

接下来的日子里，每天我都背着筐，先去宠物医院给老白治病，等老白打完针以后再把它送回去，然后出去找一些零活干，不是给开水站运送开水，就是帮洗浴中心铲煤，一天总能混个三五十元的度日。

老白虽然年老，但体质强健，顿顿吃得极多。我们的房子里只有一口锅，经常是人吃的狗吃的一锅烩。我平时一般都买点玉米、白面，用锅贴一些饼，偶尔还会买点肉，给老白改善伙食。

据我哥们分析，老白最少有十二三岁了，不过身体机能并没有什么大问题，只是关节有点小问题。经过两周的治疗，狗瘟很快就好了。它虽然年纪很大，但仍然能长时间一路小跑，体质的确不错。

我每天带着老白去做一些杂活赚钱，为的是早点还上我哥们的医药费。给一只狗治狗瘟通常需要2000元左右的费用，虽然我俩关系好，但也不能不给钱。尽管我哥们说啥一分钱都不要，我还是准备给他1000元。我以前在他的宠物店看过不少进货单子，给狗治病的药并不贵，贵的是人力。我俩认识这么多年，我有困难，少给他1000元，他应该不会怪我。

我如同行尸走肉，游荡了好久，终于凑齐了1000元交给了我哥们。他坚决不要，最后我俩一顿撕扯，他还是收下了。看了看兜里剩下的几十元，我有些苦恼。老白则静静地趴在地上，一声不吭。我决定想办法再搞点钱。

那段日子，我找了一份工作。一个老板在直播平台搞野外求生直播，问我有没有兴趣，一天给我100元，提供装备和各种野外求生物品，我想都没想就同意了。老白作为我的护卫犬也出场，我为老白争取了一天20元的伙食费。说来也奇怪，这个老板给了我帐篷、点火器、指南针、酒精炉这些装备后，什么野外求生知识也没告诉我，只通知我一周后户外直播，就走了。

我跟老白兴奋得很。直播当天，我牵着老白，坐着皮卡车来到了我们城市附近的大草甸子上。当时已经入冬了，晚上最冷的时候估计气温有零下十度，老板把手机给我后，直接就开车走了，告诉我有事打电话。

我用手机开了直播，开始搭帐篷。帐篷质量特别差，很难搭，我搞了好半天。刚搭上，老白冲进去汪汪叫了起来，看起来十分开心。这臭狗，自己先玩上了。

我开始去捡柴火准备做饭。我捡了不少枯树枝还有点火用的东西，用喷火器喷了半天，却根本点不着。我突然发现荒野求生难度爆表。由于刚下雪，那些枯树枝特别潮湿，怎么点都点不着，好不容易点着了，又疯狂冒黑烟，给我呛得死去活来。

我用手机和观众们聊了一会儿，直播了大概四五个小时。天已经黑透了，我就关了直播准备睡觉。我跟老白吃了点牛肉罐头还有自热食品，就进了帐篷，铺上了一层防潮垫，打算休息。外面的风刮得越来越大，黑漆漆的，什么都看不清。老白也钻进了帐篷。实在是太冷了。我抱着老白准备入睡，外面的风怪叫着拍打着帐篷，呼呼乱响。我俩大眼瞪小眼，老白似乎也很冷，我死死抱着它，感受着它的温度。我突然有点后悔了，别说100元一天，500元一天都不该来。太冷了。外面的风愈加地大，刮得帐篷都开始变形了，我死死把住帐篷，不让帐篷被风摧毁。

那场风估计是我这辈子见过最大的一场。我本来就是在平地露营，嘶吼的狂风甚至要把我跟帐篷一起刮跑。噗通一声，帐篷的骨架被吹断了，整个帐篷塌了下来。我已经无法控制局面，只能抱着老白跑了出去。我们刚跑出帐篷，帐篷就被风一下子刮跑了，连带帐篷里的手电筒，全都被风卷了个干净。看着漆黑一片的野外，我突然不知道该怎么办。没了手电筒，我什么也看不到，黑暗中，我甚至看不到老白在哪儿。突然我听到了汪汪的叫声，我摸着黑，一把抓住了老白，生怕它离我而去，老白则不停地舔着我的脸。

风实在是太大了，我抱着老白，一人一狗躲在一棵树后。我什么也看不清，只能听到呼呼的风声。我决定抱着老白在这儿蹲一宿，第二天一早离开，可老白却嗖的一下跑了出去，黑夜中我辨不清它的位置，老白又叫了几声，看样子是在我前面。我想去抓住他，可他却总跟我保持着很微妙的距离，好像是在指引着我。

就这样在黑暗中，我跟老白走了好久，前方突然出现了汽车的呼啸声，老白把我带到了马路边上。借着大货车的光，我看到了老白。人类的眼睛在黑夜中什么也看不到，而动物能在黑夜中仅凭一丝光线就看得清清楚楚。如果没有老白，我蹲到明早估计得冻个半死。

我俩蹲在路边，我懒得拦车，这条高速平均几分钟就驶过一辆大货车。我俩蹲了好久，一辆大货车司机看到了我们一人一狗，停车救了我们。我跟老白站在货箱里，我美得嘎嘎笑，老白美得汪汪叫。司机把我们送到了附近的一个小镇，我想给司机200元感谢费，司机拒绝了。最后我把背包里的一些罐头送给了司机。临走的时候，司机看了看老白，有点羡慕地说，这真是一条好狗！

第二天一早，我们坐客车回到了家里。我跟老白的第一件事就是美美吃了一顿，随后倒头大睡。睡醒后已经是清晨了。早上我给老板打电话说明了情况，老板表示很对不起我，要给我500元补偿。我接受了。刚挂断了电话，老板又拨了回来，问我会不会探灵，我反问他："就是抓鬼呗？"

老板笑了，告诉我差不多，我可以去直播探灵，这次工资高，一天500元。我问老板需要做些什么，老板解释就是带着手机去各种废弃的楼房、各种阴森的地方直播。我一听老板这么说，大概明白了。

我问他："就是装神弄鬼呗？"

老板哈哈一笑，告诉我："对，一定要演技好一点。"

第二天我拿到了十天的工资，5000元。我准备好探灵的装备：一个大书包，一些红色蜡烛、筷子和碗，还有假发跟梳子。书包用来装物资，筷子跟碗用来敲击，敲击的时候要点上红色蜡烛，假发到时候需要戴在头上，对着镜子梳头。

那时候户外直播连个云台（自动跟拍器）都没有。我拿着手机，带着老白，旁边还跟着一个摄影师，气氛十分紧张。我们爬到一栋废弃的居民楼里，对着一面镜子就开始敲。所谓探灵其实都是剧本，就是要营造一种紧张的气氛。观众们一个个看得欲罢不能，实则不知道所谓的惊险都是我们的刻意安排。看似探灵，实则拍连续剧。

对着镜子敲了一会儿碗，我突然大喊不舒服，直播间里都炸了。我又戴上了假发，开始对着镜子梳头，把蜡烛点了起来。这摄影师也自带演员气质，开始用嘴吹蜡烛，表情还十分夸张。我阻止他，让他别吹了，他反而吹得越来劲了。

我突然十分想笑，但还得憋着不能笑，结果这摄影师先憋不住了。我俩开始捂着肚子疯狂地笑了起来，憋也憋不回去。听到我俩倒在破旧的楼板上狂笑，直播间里的观众们还以为我俩疯了，纷纷留言问到底怎么了。

这时我开始加戏，捡起一块石头，把镜子一砸。由于天黑，手电也被我们挪走了，观众们从直播镜头里只能看到一片黑暗和狂笑声。我俩猛地往楼下跑，老白也跟着我们跑在前面。

突然摄影师像疯了一样，转头跑向一处已经被扒开的楼房边缘处，我们现在可是在四楼啊，一楼的地面上都是各种巨大的石块，上面还插满了钢筋，他跳下去必死无疑。结果这时候老白追了上去，一口咬住摄影师的腿。摄影师吃痛，清醒过来。我跑上前一把抓住了他，这时我发现这个摄影师眼神愣愣的，我感觉有点不对劲，带着他连忙就离开了。

回到家，老白一直对着我身后狂吠，我怎么也制止不了它。我向老板汇报了今天的事，老板表示我们今天做得不错，直播人气很高，以后可以继续。我告诉他："继续可以，但以后不许再让我带任何摄影师，我就自己上。今天要不是老白，你派来的那个摄影师就得摔死。"

老板不信，说四楼摔不死，我邀请他第二天去现场看看。第二天，我拉着老板来到了那片废弃楼房，到了摄影师要跳楼的地方，往下看，底下赫然是一片暗红色的钢筋，直勾勾地立着。摄影师要是跳下去，当场就得被串成肉串。老板也怕了，觉得太危险，不然咱们还是搞荒野求生吧。一听荒野求生我就生气了，我们商量后决定，还是探灵好一些。那片废楼的位置我至今仍记忆犹新，就在电厂附近的那家超市旁边，现在已经被扒掉了。

接下来的日子里，我疯狂地探灵，不停地探灵，几乎每天做一期探灵节目，偶尔才一周休息两天。一个人天天深更半夜，出现在各种废弃的鬼楼、坟圈子附近，而老白则形影不离地跟着我。它成了一只探灵犬，而我成了一个探灵人。但是这样的生活对我的身体损耗极大，长期昼伏夜出让我变得很虚弱，后心窝经常剧痛，脑袋也经常疼。

各位想想，人的本能就是怕黑，而我是要克服人类的本能，去一些极其偏僻诡异的地方，还要做出一些极其恐怖的事，身体能好吗？说实话，如果没有老白，我可能会更孤单。老白真的是一个靠谱的战友，每次它都紧紧地跟着我，有时候充当急先锋，有时候断后，我俩十分有默契。我一吹口哨，老白就会前去侦查，我一呼唤，老白就会回来紧跟着我。

老白就是漆黑不见五指的深夜中最后一丝光芒，每次只要它陪着我，我就什么也不怕。那段日子，我挣钱越来越多，从一开始的500一天，慢慢涨到了15000一天，直播间的人数也越来越多，我成了一个真正的探灵人。

这样的好日子没持续多久，各个直播平台就完全封禁了探灵节目，只让探险了。我们没钱赚了，只能作罢。那段日子我攒了好多钱，大概有五六万。虽然之前我已经把老白看病的钱还给了我哥们，但按照宠物医院正常的收费标准，应该是2000元。于是我又另外拿了2000元给他。如果没有他，老白就得死。老白如果死了，我根本就不可能探灵，也就不会有这五六万元。过后，我跟老白回到了那间平房。把房子打扫干净后，我俩在炕上睡着了。第二天就一起离开了。

多年后，每当我想起老白，都会觉得它也许是上天赐给我的礼物。让我探灵的老板曾提出给我两万元买走老白，我拒绝了。同享福易，共患难难，老白陪我度过了人生中最艰难的一段日子，我怎么可能卖掉它？对我来说，它既是我的战友，又是我的伙伴。

我们从平房搬走后，在农村租了个小院。该说不说，老白这家伙还真是老当益壮，天天跑出去追求别的女狗，半年后，生了三只肥肥胖胖的小狗崽。

我抱着小狗崽，给几个农村的小孩讲述了这段故事。一个小胖子问："叔叔，那你现在还会整活吗？"

我看了看小胖子，告诉他："孩子，整活的年代已经过去了，大家要好好生活才是正道！"

耍 猴 人

那年我还在老房子住着，老房子是一栋破旧的楼房，对面有一片小广场，平时经常会有一些驴车，拉着玉米、香瓜之类的果蔬在那片广场上售卖。

我家附近还有一条臭水沟，周围有许多造纸厂、加工厂的废水经年累月排放进这条臭水沟。这条臭水沟像一条小溪一样，常年哗啦啦地流淌着。如果这是一条干净的小溪该有多好。

这条臭水沟附近平时有早市，许多菜农肉贩都把各种腐烂的菜叶、臭肉倒进那片臭水沟里。秋天的时候，会有一些驴车拉着满满一车河蚌来这里售卖。壳子扔在地上，随着蚌肉一起腐烂，苍蝇铺天盖地。

造纸厂和大豆加工厂的污水通过这条小臭水沟，汇聚向一条更大的臭水沟。这条大臭水沟足有近千米长、百米宽，不仅是污水排放点，各个小区的下水道的水也排到这儿。

冬天这条大臭水沟有时会上冻，附近的居民们都靠着这条臭水沟过桥。这条臭水沟虽然平时臭气熏天，隔着几公里都能闻到那臭味，但也有它的好处。深冬的时候，会有私人承包这片臭水沟，弄来很多冰拉犁还有冰车放在冰面上，十元就可以玩好久。

那天我正在家里坐着，闻着臭水沟飘来的恶臭，突然听到楼下一阵喧闹声，还有敲锣的声音。我趴在窗户上一看，一群人围着些什么正在喧闹，我跑下楼准备去看看。

到了楼下，我挤进人群，看到一个老头带着四只猴子，正坐在地上表演。老头一喊口令，几只猴子齐齐站成一排。老头一喊敬礼，几只猴子几乎同步动作，齐刷刷冲人群敬礼，虽然敬得东倒西歪，但还是挺有意思的。

这时我观察到老头偷偷做了一个手势，一只猴子看到后，猛地抓起一把菜刀，作势要砍老头，老头立刻抱头求饶，猴子作势又要去砍，老人赶忙低下头不敢动了。我看了看那只猴子，它仿佛在笑。

这种猴戏我见过很多次了，猴子们并不会真的去砍耍猴人，这是他们早就练习好的戏码。旁边的观众哪见过这种套路，一个个笑得嘎嘎响。老头又指引猴子跪在地上，随后用一块布盖住了猴子的头，用绳子捆住了猴子的双手，样子看起来很惨。老头拿起一个哨子，一吹，猴子立刻跪得笔直。老头用手比作枪，口中"啪"的一声，猴子应声倒地。

大伙一看，又嘎嘎笑了起来。哪知这猴子一下蹦了起来，用脚狠狠蹬向老人的脑袋。这猴子本身就胖，跳起来像一只滚动的肉球，加上爪子被捆住了，看起来十分滑稽！老人被踹了一脚后，拿起刀作势要砍猴子，猴子赶忙又趴在地上。老头自顾自骂着："臭猴子，下次再踢我，我弄死你！"刚把刀放下，那只肥胖的猴子又蹦了起来，狠狠踢向老人。看到这场景，我也乐坏了。

老头表演了一阵，示意一只猴子过去，猴子见状拿起铁盆，端着盆走向观众们要钱。观众们一看还要给钱，呼的一下全散了，只剩零星的几个人没有走。不过这几个人多半给的都是五毛的硬币，老人听着硬币砸在铁盆里的声音，似乎有些失落。

猴子这时冲我走了过来，我掏出20元放在铁盆里。猴子看我给了钱，拿着铁盆去交还给老人。老人一看有一张20元，立刻冲我作揖，并示意猴子也感谢我。几只猴子有的趴在地上对着我作揖，有的冲我磕头。我挥挥手，示意不必这样。

抬头看了看天，越来越阴了，乌黑的云彩让我十分不安。我继续看着老人表演，天上突然下起了小雪，雪花落在我的肩膀上，最后结成了冰晶附着在黑色的衣服上。天气越来越冷了，仅剩的几个观众一看下雪都走了，只剩我一个人站在老头面前。我原以为老头会收摊回家，可他依旧指挥着猴子做出各种搞笑的动作，时不时还说出几句方言，表演得十分热烈。可观众仅有我一人，不知道老头为何还要如此卖力地表演。

雪越下越大，老头却并没有停止，仍然和猴子互动着，仿佛现场还有许多观众在观看他的表演，丝毫没有敷衍。我担心这老头着凉，示意他起来，他拒绝了，还是继续表演着。这老头和猴子配合得很好，节目也很精彩。老头的头上满是霜状物，猴子们的身上沾满了雪。演了好久，终于结束了，老头示意猴子们站成一排，冲我作揖，演出才算正式结束。

我拿出100元递给他，他看着这100元突然哭了，我能清楚地看见老人的眼泪顺着沟壑般的褶皱一点一点下坠。我问他怎么了，老头告诉我，现在耍猴的很难挣钱，运气好的时候，一天也就挣个100元，点子不好，一天可能五六十都挣不上。一只猴子每天吃饭要花10元，四只猴子省着点吃也得30元，耍猴没有出路了。说到这儿，老头有点失落。不过很快他就又高兴了起来，看着100元跟我说："兄弟，你真敞亮，许多年没见过你这么大方的人了。上次收到100元大票还是好多年前的事了，那是个喝多的人，喝多了才给了我100元。"老头沉默了一会儿，转瞬间又开心起来，一把抓住我："走，兄弟，回我那儿看看去，咱爷俩好好喝点。我在附近菜市场搭了个小棚子，虽然有点冷，但是也算个家，总比睡桥底下强。"

他牵着四只猴子，一把挽住我。我们慢慢走着，路过一家熟食店，老人让我牵着猴子，他进店买了两斤猪头肉、一袋玉米饼子，又路过一家超市，老人进去买了两瓶白酒。我看了看，是洮南产的一种43度白酒，2元一瓶，很劣质，但用来买醉足够了。

老头带我来到了那片臭水沟附近。我看了看水沟，里面漂浮着各种垃圾和塑料袋，雪花落在上面，一时半会儿也不会融化，构成了一幅十分苍凉的景象。臭水沟边上有一个棚子，不大，外面是用捆布搭出来的。捆布已经很脏了，黑中透着一丝绿。老头指了指这个棚子，告诉我这就是他的住所。老人示意我进去，我走了进去。

棚子里很黑，老人点亮了一盏马油灯，我还是第一次见到有人用这种照明工具。几只猴子窝在棚里，冷风拍打着棚子，发出呼呼的怪声。

老人看了看我，拿出一把小刀开始切肉。两斤猪头肉切好以后，老人把一些肥中带瘦的挑了出去，又拿出一些玉米饼子，用小刀把玉米饼中间割开，把那些猪头肉一点一点塞了进去。老人很仔细，把玉米饼的空隙塞得满满当当。我留意了一下，老头足足做了四个夹肉玉米饼。我一开始以为这是老人的特殊口味，喜欢夹着吃，却没想到老人拿起玉米饼，递给一只最小的猴子，满眼宠溺，轻声道："小宝，快吃吧。"

那只叫"小宝"的猴子没有抢，轻轻接过了玉米饼。老头揉了揉小宝的脑袋，又把剩余的玉米饼分给其他三只猴子。分完后，他倒了两碗酒，看了看我，怀着歉意对我说："爷们，对不住，咱这行当，第一口饭都得先给猴子吃。没有猴子，咱爷们早饿死了。不能忘本啊。"老人说着,随手递给我一碗酒,又把偏肥的那些猪头肉用筷子夹到我面前,嘱咐我:"年轻人多吃点肥肉,有力气。"我看了看他面前,只有零星的几块瘦肉,便把他夹给我的肉又夹回去一部分,告诉他:"大叔,咱们一人一半,吃吧。"

喝了几口劣质的白酒,身上暖和了不少,我就打听大叔家里的事,大叔也跟我讲了。他老爹也是耍猴的,他们老家是河南的,在老家还有房子,不过基本已经不回去了,常年在外地挣点口粮钱。

说到这儿,老人有点沮丧,告诉我他们这行最为下贱,谁都能欺负他们,谁都能骂他们几句。抢劫的谁都不抢,就爱抢他们耍猴的,因为好欺负。就连扒个火车,都让人家一顿骂。平时耍猴,许多人也骂他们虐待动物。提到虐待动物,大叔气得砸了一下桌子,猛地灌了一口白酒。"猴子比我们的孩子都亲,也是我们吃饭的家伙事,谁会虐待自己吃饭的家伙呢?"看他有些激动,我赶忙安慰他:"大叔,你对猴子很好,我都看到了,他们不懂而已。"

老人继续自顾自地说着,突然他说:"爷们,以后我要是死了,你可得替我伸冤啊,告诉他们,我从来没虐待过猴子。真要说我哪儿对猴子不好,也就是它们小时候训练不听话,我用鞭子打过几下。可是不打又怎么办呢?不训练好了,大伙都吃不上饭,吃不上饭就得死。我们人可以干别的行当,可这群猴子是一辈一辈生出来的,把它们送回动物园,它们根本融入不了啊。""谁都欺负我们,太难了。"老人又喝了一口白酒，拿起碗示意我，我跟他碰了一下碗，也喝了一口。劣质的白酒有着很浓重的酒精味，十分刺嘴，但在这个寒冷的初冬是很好的慰藉品。

我们吃着猪头肉，聊着琐碎的事，很快就把肉吃光了，还剩下一个玉米饼，老人要给我吃，我掰成两半，把大的那半递给老人，老人推辞。我有点喝多了，告诉他："吃，给你你就吃。"老人接受了，咬了一口，把剩下的玉米饼放在了报纸上，对我说："剩下的晚上给猴子吃，现在天冷了，猴子得上点膘。过几天我去买两斤猪肉，我们炖一锅好好吃一吃。你也来，我让你尝尝河南这边猪肉的做法，不然这个冬天不好过啊。"

我答应了老人一定会赴约，又看了看酒瓶，我告诉他："大叔，以后少喝点劣质酒，一天别超过半斤，你岁数大了。"

老人有点感动，说："好多年没人对我说过这话了。"

我笑了笑，转身要走。老人抱着小宝追出棚子，对我喊："爷们，一定要来啊，后天我等你，咱们好好喝点。你人过来就行，没事咱爷俩聊聊。"

我转过头，冲他挥挥手，答应后天下午一定赴约，让他放心，转头便走了。走了一段路，我回头看了看，老人还是站在棚外，直直地看着我。

回到家后，我摸了摸兜里，一共就150元，混得也挺惨，得赶紧找个活了，不然跟大叔喝点酒都没钱。我想着工作的事，越发烦躁，决定不如去上网。我拿出20元，打算一宿就花这么些。我去超市买了点5毛一包的辣条，两瓶2毛一瓶的汽水。又看了看白酒，我还是买瓶好的吧，琢磨了半天，买了一瓶老虎牌白酒。这种酒还不错，袋装8毛一袋，瓶装7块钱一瓶，上面画着一个大老虎头。

到了网吧，我就开始玩游戏，那时网吧流行玩"热血江湖"，一群人成宿成宿地狂按键盘，医生不停地按"F1"给队友加血，大枪大刀疯狂群怪刷装备，刷强化石。整个网吧热闹极了。我上号以后组了个队伍，开始群怪，群了半天就出了几个强化石，又刷了好久，捡包的时候，我突然发现了一把绿色的大刀。我一开始以为是垃圾，仔细一看，TMD，正七大刀（一把极品武器）。当时我大喊："卧槽，正七大刀，正七大刀！"一群人扔下耳机就过来看，我身后瞬间围了十多个人。这时我把刀捡了起来，队伍里一共四个人，没想到系统直接分配到了我身上。一群人一看，直拍大腿，"你小子运气也太好了！"

这时队伍里的几个人有点酸，说："我们刷了一宿了，你运气真好。"我一听这话，告诉他们："不带差你们事的，毕竟我如果不组队，可能也刷不出来。你们几个人，一人200块钱，行不？"（按照游戏的规矩，谁能投到物品就是谁的，分不分红全看个人）。

几个人一听有分红，乐得开花了。我拿起圆珠笔记下了几个人的银行卡号（当时已经有支付宝，但很少有人用，基本全通过银行卡转钱）。当时的网吧老板我认识，我把老板叫来，告诉他我刷出了一个正七，老板一听乐了，说我运气不错。我指着自己记下的几个卡号，让老板明天帮忙给他们一人转200元，老板答应了。随后我就在网吧里大喊："谁要正七大刀，3000块钱拿走。"一群人想买，可在游戏里跟我不是一个区的。最后老板对我说："你这刀3000块我要了，我正好准备玩个刀客。"

我拿着2400元，美得大鼻涕都冒泡了，刚想离开网吧，这时一个大约十五六岁的小孩又喊："我爆了，我也爆了。"我呼的一下跑过去看，小孩的确爆了装备，许多人都围过来看。我跑回去坐在那儿跟老板聊天，说："你这网吧真是福地啊，咔咔真爆啊！"

这时，网吧深处好像有人争吵，我跟老板探头看了看。一个男人站在小孩身边，只见这男人胳膊上各种刀疤，混乱的疤痕看起来十分扎眼，一看就是那种常年站场子的地痞。他对小孩说："你这装备卖我，我给你充30块钱网费。"

小孩一听30元，有点不乐意了，说："哥，这值500块呢，我不想卖你。"

这地痞一听不卖，一下掏出来个卡簧，拿刀逼迫小孩上线跟他交易。小孩坐着不动，地痞直接两个大耳光，边打边骂："让你上你就上，给我上线。"

小孩有点怕，只能上线。我一看这情况，从网吧老板的柜台里立马就拿出了把管刺。我把管刺拧成一节，直奔那个地痞就去了。这地痞一看我拎着管刺奔他去了，站起来想用刀扎我。我用刀背狠狠一刀劈在他脑袋上，地痞还没反应过来，我一脚就把他连人带附近的凳子全都踹翻了。管刺顶在他胸前，喝令他把手里的卡簧扔过来。小地痞不肯扔，我又拿管刺用力顶了他一下，告诉他："不扔过来我扎死你。"

小地痞终于把刀扔了过来。我捡起卡簧，让他坐下，上号。他不动，我狠狠一个大脑拍。上了号，我让他把装备栏给我打开看。他打开后，我看了看，邪六强化六大枪，我说："给我去刀剑笑那儿。"（刀剑笑是一个NPC，负责强化装备。）

地痞把号开了过去。我让他点开强化，"不放保护符，给我往上强化。"

地痞一听，立刻软了，恳求我："哥，这邪六大枪我花了500块买的，强化也花了小几百，强七不放保护符那不碎了吗？"

我说："碎个屁？给我强，往上顶。"

地痞求我："哥，强之前能不能围着刀剑笑左跑三圈，右跑三圈？"（一种迷信说法，据说跑了以后强化成功率高。）

我说你跑吧。这小子跑了六圈，我催他："给我强化，你TM给我强。"说着又给了他一个大脑拍。

这时网吧老板过来了，劝道："大陈，拉倒吧。"

我拿着管刺，指着老板骂了他一顿，让他滚，"急眼了连你也整。"说完这句话我冲他挤眉弄眼了几下，老板有点疑惑地走了。其实我主要是担心这个地痞以为我跟老板关系很好，日后会找老板麻烦。

见这小子还是不肯强，我就自己上手去按。一般六到七的强化很容易碎，却没想到这次竟然成功了。我看了看地痞，骂道："你这货运气还不错。"

这时小地痞就差跪下了，一直在求我："哥，你别强了，我以后不装犊子了。"

我坚持道："你给我接着强。"

这小子表情扭曲着点了强化，我一看，爆了，哈哈哈，我让你装。我又看了看这地痞号上还有个挺值钱的耳环，说："你给我继续强，就强这个耳环。"

这时地痞哭了，一迭声求饶道："哥，我真不敢了，老弟我也没得罪你啊。"

我说："你懂个屁，我这是让你找个垫子，一会儿你耳环就强十了。"

这时我身后走来一个男人，我一看，是我以前在网吧认识的一个人，叫高通，也是个地痞，不过为人还凑合。高通看了眼小地痞，问我："老哥，咋的了，这小子咋惹你了？跟我说，这是我弟弟。"

我一听是他弟弟，告诉他："别人小孩爆个好装备，值几百块钱，你老弟在网吧非得30块钱买，还掏刀威胁人家。这在网吧就敢这样，再过几年不得杀人啊？我替你好好教育教育他。"

他一听，问小地痞："有这事吗？"

小地痞低着头不说话。高通猛地一脚踹向小地痞的脑袋，踢了一顿。小流氓在地上捂着头求饶，高通一边踢一边骂："装，让你装，让你不学好，告诉你多少次别欺负学生，惹谁不好，我跟陈哥这么多年了，你TM连他都得罪。"骂着骂着，还拿起刀，说要今天给他一下子，让他试试啥感觉。

我一看，这货跟我玩苦肉计呢，我要是再不管就成恶人了，赶紧给他拉住了，劝道："拉倒吧。"

高通还装模作样要收拾他，最后在我的劝解下也就算了。高通指着小流氓，让他滚回武馆，"回头再收拾你。"

小流氓刚要走，我让他回来，警告他："别再让我知道你去欺负学生，收保护费。再有一次，我肯定整你。"

小流氓忙点头答应。我看了看他，从兜里掏出卖装备得来的那叠钞票，拿出500元，让他回头再买一把武器，小流氓不敢接。高通在一旁说："陈哥都给你了，你就拿着，真梗。"

小流氓拿着钱走了。高通看着我，说："陈哥，这家伙就是贱，你别生气，回头咱哥俩喝酒。"说完高通冲老板喊道："老板，再给陈哥网卡上充200块，算我的。"然后就走了。

高通这人，不是我背后说他坏话，我实在不太喜欢他，但是也不好得罪他。人家平时一口一个"哥"叫着，对我也很客气，我咋能不给人好脸呢？况且他小叔跟我也是好兄弟，我不给他好脸，他小叔虽然不会说什么，怕是心里也会不舒服。

我摸了摸兜里剩下的钞票，突然有点后悔，不该给那个小流氓钱，但是现在后悔也晚了。临走时我跟老板寒暄了一会儿，老板叮嘱我："大陈，以后脾气好点。"

我看了看老板这小老头，有点心酸。告别了老板，我回到家躺在床上打算睡觉，但屋里实在太冷了。我那时候住的房子是冷山，有一侧没有邻居，又交不起取暖费。我看了看手里的钱，决定还是不交取暖费了，回头都喝酒用。反正喝酒顶冷，大不了晚上多穿点。我看着发亮的窗外，知道外面又下雪了，一下雪，黑夜都显得格外的明亮。冬天最冷的时候要到了，日子又要难过了。

终于混到赴约的日子，我拿着钱买了两瓶好酒，都是50元一瓶的白酒，又去市场买了5斤牛肉，一些盐、烧烤料，烧烤料平时可以让老人蘸着饼子吃，又买了一些蔬菜、大虾。

到了地方，我发现老人已经生起炉子，正在把猪肉过水。见到我来了，他很开心，但转眼看到我拎着这么多东西，又有点生气，黑着脸问我还带东西啥意思，难道怕他不给准备好吃的？我一听这老头还挺敏感，哈哈一笑，告诉他这些东西是给猴子吃的。老人一听，顿时高兴了，满意地夸道："你这小孩真不赖。"

我帮老人把牛肉切了一半，剩下的埋在了雪里，叮嘱他两天内把这些肉都喂给猴子，现在天还不够冷，容易坏。随后我去看老人准备的食物，他把我买的食材跟那些猪肉一块儿过了一遍水，在锅里放了很多调料。

我们不停地往土灶里添柴火，煮了足有半个小时，老人打开锅，把切好的面条放在了这些炖了很久的肉上面。我是第一次见到这种做法，便问老人这是何意？老人告诉我这是他们河南的一种做菜方法，叫"焖面"，不过这锅肉太多了。

我看着面条趴在一堆肉上，问他："大叔，这能熟吗，要不要把面条搅拌到下面？"

老人回答："你放心，肯定能熟。"

听着柴火烧得啪啪作响，我把手伸进土灶旁取暖。几分钟后，面条熟了，打开一看，铺在肉上的面条已经浸满了汤汁，味道闻起来香极了。我拿出一个碗准备开盛，老头看了看我，笑了，"别忘了，先给猴子第一碗。"我突然醒悟，专门挑大块、带点肥膘的肉，连同面条给猴子盛了许多，分成四碗放在雪地上，等没那么烫了以后，我再端给四只猴子。

猴子们看到肉块，一个个兴奋地呼呼嘎嘎叫了起来，直接用爪子抓着肉块往嘴里塞。几只猴子很快就把面条和肉吃光了。小宝那只胖猴子腆着大肚子冲我伸手，意思是还要吃。我看了看锅里还剩很多肉，又看了看猴子，告诉大叔，不能给猴子一顿吃太多肉，不然会拉稀。大叔有点惊讶地看着我，问我怎么知道，以前养过猴子吗？

我告诉大叔自己以前在动物园工作过，什么狮、虎、熊、猴子、猩猩基本都懂得如何饲养。老人一听很感兴趣，我便给他讲了许多动物园的故事，老人听得津津有味。

我想讲豹子，老人挥挥手，示意我豹子就别讲了，耍猴这行很忌讳豹子，豹子在野外会抓猴吃，提这个不吉利，容易惊吓到猴子。另外还有蛇也不能提，蛇也不吉利。

老人有些歉意地看了看我，给我盛了一碗面条。我端起碗看着面条，油光锃亮的，下面满满铺着一层肉。我尝了一口，肉很香，面条咬起来很筋道，汤汁浓郁。那是我这辈子吃过的最香的一碗面条。多年后，我总是想起老人给我做的河南面条。我跑遍了许多座城市，吃了很多家面馆，才明白那熟悉的味道再也找不回来了。

吃饱后，我跟大叔在棚子里聊天。棚子边缘有一个小火炉，我往里加了点柴火，看着噼啪作响的柴火，突然生出了一种很温馨的感觉。这老人总能让我想起我的好朋友老海，他们都是很温柔的人。很多年了，我再也没能遇到老海那样的朋友，能让我卸掉所有伪装，坦诚相待。我总觉得老人身上能看到一点老海的影子。

这时候大叔开口问我："孩，你咋不找个女朋友结婚呢？在我老家，男孩20多岁就结婚了！"

我坐在破布上，问老人："我又没钱，又懒，还没出息，咋找女朋友啊？"

大叔笑了，说："小伙子挺帅的，咋还这么丧气呢？"

我没应声。大叔教导我："以后好好找个工作，一个月挣个三四千块就能养家了。"

我问老人："大叔，你以前跟你老伴谁做家务多啊？"

老人告诉我："这两口子都是谁先回家，谁先打扫打扫做点饭！不能总让女同志做饭洗衣服，男人也得分担家务。"

听着大叔的言语，我真觉得他不是一个土老头。大叔看着我，问道："难道你以后让你老婆天天干活，你啥也不干？"

我告诉老头自己又懒又滑，不找女友了，也不结婚，反正我也不干活，不能耽误别人。老人有些不悦，说我没出息。我拽着他的裤腿，让他给我介绍一个，不然今天就不走了。老人笑了笑，说："等我回老家给你看看，能当上门女婿吗？"

我哈哈一笑，说："可以，没问题。"

聊了一会儿，我俩不闹了。我认真地告诉老人，我估计以后够呛了，这辈子活得亲缘淡薄，情缘也很淡。不过没关系，能好好活着就好了。老人抱着猴子，对我说："是啊……只要咱们不去伤害别人，好好活着就好了。"

又聊了一会儿，我便告辞走了。看着路边漆黑的雪板，我突然有点想念那个朋友老海，抬头看了看天上的月亮，感觉日子也没那么难过了。

气温越来越低，我怕老人受不住冷，让他搬到我家去。虽然没暖气，但好歹也比外面搭棚子强一些。老人一开始怎么也不同意，最后我一把抓起绳子，说他要是不去，我就带走猴子，老人才就范。

那段日子已经是深冬了，老人很难再出去演出，我想着应该找点活。一天我路过那条大臭水沟，看到冰面上已经搭起了棚子，许多冰车爬犁被摆了出来，看来现在的冰已冻实了。冰面上还搭起了一道几十米长的帐篷，据说是南方的商户来这边卖特产，当地特意为他们建的。

回到家，我跟老人商量该如何挣钱，突然脑袋一转，想出一个主意，用猴子拍照挣钱！这四只猴子里，数小宝长得最可爱、最肥、最温柔，小宝圆滚滚的，肚子大大的，普通的猴子看起来有点"奸诈"，而小宝看起来傻乎乎的。我们为什么不训练小宝跟人合影呢？

我跟老人说了这个想法，他也觉得很好，我们就开始着手训练小宝。哪知道这家伙天生就是拍照的料子，我们还没怎么训练，我只要一抱着它，它就主动挂在我的脖子上，脸正对着手机，眼睛盯着镜头看。

我跟老人乐坏了，当天下午我就去买了拍立得。我跟老人算了算，平均一张照片的成本要4.5元左右，拍立得的胶卷实在是太贵了，于是我们决定，跟猴子拍照一次收费15元，这样可以净赚10元！用这种相机拍照还是挺难的，一开始拍很容易糊片。我练习了几百元的胶卷之后，终于掌握了技巧，拍的照片一张比一张清晰。

第二天，我跟老头牵着小宝就过去了，帐篷里许多南方商户已经在叫卖了。我跟老人抱着小宝，许多人瞬间围上来，都说这猴子真胖！真肥！当时我就在旁边起哄，拍照15元一张。许多人都不敢拍，我看到一位五大三粗的大哥，我就一把抱起小宝放大哥怀里。大哥乐得嘎嘎笑，说："这猴子赶上猪羔子了，太肥了。"周围一群人一听也乐得嘎嘎叫。

当天，我们赚了600多元，老人乐得牙都要笑掉了。我俩当晚又买了许多酒菜，狠狠地喝了一顿，还买了许多水果、包子，喂给猴子们。我看了看这群猴子，一个个肥头大耳，身上都浮出一层厚厚的绒毛，养得真不错！

我正跟老人喝着酒，突然寻思起来，老人的孩子呢？他好像从来没提过。我问老人："大叔，你的孩子呢？"老人瞬间变得很悲伤。我不知道他怎么了，在我的询问下，老人开始给我讲他家的事。

老人40多岁的时候，他女儿20多岁，正在上大学。那时候老人在外耍猴，每年秋天回家帮着收庄稼。一天老人的老伴喊他一起去拉玉米秆子，老人正在打牌，不想去，就让老伴一个人去了。结果回来的路上，可能是拖拉机拉的玉米秆子太多了，风一吹，整个拖拉机侧翻了，把老人的老伴死死压在车底下，附近也没什么人，直到半小时后才有人发现，这时候人已经凉了。老人还在跟人打牌，后来才得知老伴的消息。

老人的女儿因为这件事，一直怨恨老人。大学毕业后，切断了跟老人所有的联系，消失了。说到这儿，老人笑了，可他的眼泪却没有收回去。他痛苦地咕哝着："我女儿到底是躲着我，还是死了，哪怕让我见个尸首。现在没信了，这算是咋回事啊？"

看着老人痛苦的样子，我顿了顿，问他："你女儿的生辰八字是什么？"

老人告诉了我。我琢磨着这生辰八字，其实什么也看不出来，但是我总有一种预感，老人的女儿现在依旧活着，而且活得很好。我告诉他："从八字上看，你女儿现在生活得很好，绝对没死。可能只是记恨你吧。"

老人仿佛抓住了救命稻草，忙不迭问我："是真的吗？"

我肯定地告诉他："是真的，我的预感很准，不会错。不过你以后要少喝酒，好好过，别辜负你老伴。生者要好好活着。以后你女儿回来了，一家人好好过日子。"

老人仿佛信了我说的话。当晚，我俩大醉了一场。之后的日子里，我俩疯狂地带着小宝出去拍照挣钱，直到冰面变脆了，上面不能再站人了为止。那时已经是冬末了，马上就要开春，臭水沟旁立起了很多牌子，上面提示着："冰面变脆，危险！"但很多附近的学生，依旧经常在冰面上走。我跟老人遛弯的时候，经常劝阻这些学生们情愿绕个远路也别走冰面，万一掉下去会没命的。大部分学生都听劝，改道走了。我和老人都很高兴。

我以为日子会这样一天天过下去，可这天下哪有不散的筵席。老人有一天告诉我，他要离开了，我没说什么。临走那天，我去送他，告诉他："这次别扒火车了，找个大货司机，给人家二三十块的，站后厢里也比扒火车方便啊！"

我俩到了粮库，我准备找个大货司机送老人走，没想到老人把我拽到角落里，拿出一个布包，里面有两沓钱，他拿出较厚的一沓递给我，跟我说："你年轻，以后要用钱的地方多。这是一万三，我留七千块就行了。"看着驼背的他，我拒绝了。我又想了想，拿了七千元，剩下的一万三千元都留给了老人。我们两人推拉了半天，才把钱分配好。

我找了一辆大货，是拉花生的，跟大货司机谈好了价格，把老人送上了车。临走时，老人叮嘱我："孩子，以后一定好好收敛收敛脾气，好好找个老婆。有困难了，去河南找我，到时候你就来我家住。我老了，现在就是好好养着这几只猴子，等它们死了，我也能闭上眼放心走了。爷们，说句真心话，我觉得我们这个行当不太好，猴子还是回到动物园里或野外才是最好的，以后我不会让我的后辈去耍猴了。"大叔说完这番话，定定地看着我。我也告诉他："大叔，以后你女儿回来了，记得告诉我一声。平时少喝酒。"

货车开走了。看着货车远去，我突然有些失落。没办法啊，每个人的路不一样，最后都要分开。

三年后，老人给我打电话，说他女儿回来了。我一听，赶忙让他好好跟女儿解释解释。这次，老人跟女儿和好了。他女儿很有出息，有份体面的工作，他养着几只猴子，小日子过得美滋滋。

时过境迁，现在这座城市的街头上已经几乎看不到耍猴人了，耍猴这个职业仿佛彻底消失了一样。直到2016年，我偶尔看到了一名耍猴人，他的身影跟老人一样佝偻，不过他的猴子一只只都有点瘦，看起来皮毛乱乱的。他们在路上表演了半天，也没什么人给钱。耍猴人端着铁盆，我拿出一张钞票放在盆里。

他很惊讶。我告诉他："这钱去买点东西吃，别忘了，先给猴子吃第一碗饭。"

耍猴人有些疑惑地问我："兄弟也是同行？"

我看了看他，"咱们不是同行，只不过我以前也认识一个耍猴人"。

虚　无

晚上我回家，那个夜晚冷得刺骨，中雨。我路过我家附近的一条街道，突然听到了一种极其诡异的叫声，类似小孩的哀号，声音里的绝望、痛苦让我感到战栗。我难以形容那种声音，非要打个比方，是一个婴儿被人卡住了脖子，窒息中，婴儿发出绝望的叫声。

哀号时而停止，时而惨烈。我以为有人在杀人，我捡起一楼一家住户的铁钩子，我拿着铁钩子大喊："狗东西在哪儿？滚出来！"没有任何回应，只有淅淅沥沥的雨声。我顺着声音寻找，婴儿的哀号夹杂着雨声，让我无法精准找到声音的来源。这痛苦哀怨的叫声让我喘不过气来。我慢慢地寻找，声音忽大忽小，最后我在一个垃圾桶里找到了声音的主人。

那是一只兔子，在污秽的垃圾桶里，上面一层都是它伤口流出的血，已经发黑发暗。看样子，它在垃圾桶里待了很久。它死死盯着我，浑身都在颤抖。我伸手摸它，兔子狠狠地咬了我一口，随后疯狂地往垃圾堆里钻。我一把拽着兔子的后脖子，把它提了起来。

那一刻我惊呆了，这只兔子能活到现在是一个奇迹。

这只兔子的右前腿基本被连根切断，右腿那触目惊心的刀伤上，正在慢慢冒着血。殷红的鲜血滴在地上，转瞬就被雨水冲刷得一干二净。兔子的身上有十多个圆点形的伤疤，我定睛一看，全部是被烟头烫的。它的左腹有一道巨大的伤口，又深又长，内脏没有流出来，有一层薄膜护着。透过伤口，我隐隐约约能看到兔子那鲜红的肠子。它的身上还有另外几道伤痕，一看就是有人用刀划的。此外，兔子的左腿也被刀砍过，尽管没彻底断，肌肉层却基本上都已经被割开了。

这只兔子能活到现在，生命力之强悍，远超人类十倍。

我抓起它的时候，它还在哀号，两只眼睛仍然死死盯着我。我只要一动作，它就疯狂地抖动，身体绷得邦邦硬。它挣扎得太厉害，我回车里拿了后备厢放着的一个纸壳子，把它放到了纸壳里。这只兔子从受伤程度来看必死无疑，没有任何存活的希望。腹部那刀伤应该有五厘米左右，内脏虽没流出来，但是也快暴露在外了。它浑身冰冷，处于死亡的边缘。它一直在叫。

我在车上对它说："没事的，回我家死吧，死在垃圾桶里又湿又冷。不如回我家死，最起码不冷。"我把兔子放在副驾驶座位上，开车往家里赶。

到家后，我清理了兔子的伤口，给它用绷带勒住了断肢，每隔

20分钟松一松。过了两小时，基本不流血了，我就把它的伤口轻轻给系上了。我又把它腹部巨大的伤口重新清理了一下，包上绷带，就去睡觉了。我当时这么做，是出于内心的一丝希望，我不忍让它孤孤单单独自死在笼子里。

睡醒了我就准备收尸，结果发现，食盆里的兔粮居然没了，被吃得干干净净。我往笼子里一看，这只兔子倒在角落里，我就以为它死了。我去拿兔子的尸体，手刚摸到兔子，它就嗖的一下跳了起来，开始用单腿攻击我，想咬我。这时我发现这兔子的一颗门牙也被连根掰断了。

我一看兔子反抗，这有戏啊，就出去买了一些药。我拿着药回去给兔子做了耳静脉注射，等兔子被我麻翻后，我用小号缝衣针把它的伤口给缝上了。等它醒了，缓了大概半天，精神了，我又给了它一盆苜蓿草。兔子单腿晃悠悠地走到苜蓿草前，看着苜蓿草，吃了一口，嚼了两下，突然跟疯了一样把脑袋插在食盆里，拼命地把苜蓿草吞入口中。这兔子应该从来没吃过苜蓿草，肯定是吃菜叶子长大的。我能听到它疯狂咀嚼的声音，像一个饿了半个月的灾民看到了一碗肉。那种野兽般的疯狂，我至今记忆犹新。

动物跟人的区别是，人如果重伤，意志消沉，可能脑袋一耷拉眼睛一闭，就等死了。动物不会。动物即使重伤，肠子漏了个大洞，只要饿了还会疯狂地进食，如果渴了也要疯狂地喝水，哪怕食物和水从肠子里流出去。它们即使被斩断四肢，就算流干自己最后一滴血，也仍然要试着行走。这就是野兽。

我看它吃得疯狂，悄悄伸出手摸了摸它的头。它之前一直不让我摸，会咬我，可见对人类的阴影极深。我的手触碰到了兔子的头，它愣住了，一时不知道该咬我，还是该继续吃那盆苜蓿草。它想了想，没咬我，继续吃草。我就继续摸。

过了一会儿，它吃饱了，我还在摸它。它盯着我的手，没有咬我，而是轻轻地把整个脑袋放在了我的手上，用下巴蹭我的手。我用手托着兔子的小脑袋，它有一点害怕，但还是在尝试触碰我的手。它其实很享受被人抚摸，只是惨痛的遭遇让它不信任任何人。

这只兔子生命力强悍，我肉眼都能看得出来它每天伤口愈合的速度。因为它被拔掉了一颗牙齿，我暂时只喂它苜蓿草草叶，再配上一些兔粮。它吃得超级多，也是个小造粪机了。它最后活了下来，带着一身的伤痛和一条断腿。但它毕竟还活着。

后来我去捡到兔子的地方打听，一个清洁工曾看到一个男人一脸怒气地把这只兔子扔到了垃圾箱里。其中的故事还用多说吗？很多人说虐待动物的人会成为连环杀人犯，这倒不是必然的。但是虐待动物的人一般都爱欺负弱小，而且共情能力差，确实犯罪概率会高于常人。但大家也不要太过悲观，这个世界还是好人多一些。

只可惜，兔子还是惧怕烟头，惧怕类似刀的形状的东西，见到我抽烟，还会尖叫，也许是被人虐待的阴影还没有消散。就在前天，我想给它吃一根大麦草做成的磨牙棒，我刚拿起大麦草，隔着兔笼它就开始疯狂地尖叫，疯狂地撞击笼子，眼中充满了绝望和恐惧。我见状只能先把磨牙棒扔到笼子里。它死死盯着磨牙棒，看了一会儿，发现磨牙棒不会动。它一瘸一拐，悄悄地走了过去，用嘴拱了一下磨牙棒。磨牙棒滚了一下，它又尖叫着跑回角落。过了一会儿，它又过去试探着咬了一下磨牙棒，发现能吃，于是开始慢慢地啃，吃得小心翼翼。不过没关系，总有一天，我会让它忘记这一切。它遭受了无尽的痛苦，以后我会好好养着它，陪着它，直到它寿命终结的那一刻。

我给独腿兔子取名为"老虎"。老虎那时候已经找到了好朋友，是一只荷兰猪，它们连睡觉都要挤在一起。我还给老虎提前预定好了女朋友，是一只巨婴母兔子。老虎虽然断了一条腿，但跑得快，蹦得也很高。那段日子，我天天带老虎出去放风，各处遛遛，小区的邻居们都很喜欢老虎。

我以为能一直这样快乐地生活下去，哪知一天，我正在给老虎喂食，老虎突然尖叫了起来。我刚想看看它怎么了，它就倒在了地上开始抽搐。我赶忙抓起老虎查看它的情况，这时候的老虎已经不能动了，身体特别硬，我连忙给它按摩心脏，可是过不多久，老虎还是断了气。我看着老虎的尸体，没有什么悲伤的感觉，生老病死，我已经见惯了，可老虎好端端的，为什么会突然死去？我真的不知道。

我把老虎送去了朋友的宠物医院，医生分析是心脏方面的疾病。我带着老虎回了家，突然感到浑身无力，头晕。我强忍着晕眩带来的恶心感，把老虎放到了床边，用一块小毛巾把它盖上了，这样它就不会冷了。

我抚摸着老虎的皮毛，它的身上似乎还带着一丝余温，爪子处的切口已经愈合得很好了。也许，这是一场梦？睡一觉吧，也许这是梦呢，睡醒了说不定老虎还在笼子里等着我呢。恍惚中，我睡了过去。醒来后，我看了看手机，已经是凌晨两点了，漆黑一片。我觉得有点冷，脑袋炸裂一般的疼，胸口好像有一把小锤子在不停地凿着我的骨头。

烟，很想抽烟。我从柜子里拿出烟丝卷了一根，刚想点燃，看到床边的老虎，我突然想到这孩子不喜欢烟味，也怕烟，于是我走出了屋子。抽完了那根烟，我抱着老虎，拿了一些东西，来到了附近的江边，找了一棵很大的树，挖了一个深深的坑。老话说黄土盖脸一辈子没出息，不能直接埋，我把老虎装进了纸壳，再在里面放了一些它爱吃的兔粮，撒了一层石灰，埋葬了它。

深夜中，我看着松动的土面，总觉得我的一些东西也被埋在了这片土地里。近在咫尺的温暖，转瞬就消失得无影无踪……

江边黑漆漆的，耳边只能听到风拍打江面的声音，什么也看不清。我摸着黑回到了家，倒在床上睡了过去。第二天傍晚，我醒了过来，看着床头那块毛巾，我突然很想老虎，想找一些它的照片看一看。我开始翻手机，可是我的手机里一张它的照片都没有，只有零星的几个视频。猛地想到，我小时候的照片呢？我小时候什么样子？我开始翻箱倒柜，翻遍了家里，可是我连一张自己的童年照也没有找到。一瞬间，我感觉像被抽空了一切。老虎没了，我自己的童年连张照片也找不到。可转念一想，人这一生就是如此，离别多于相聚，痛苦多于欢欣，没办法。

老虎虽然死了，但生活还得继续。老虎是我的好朋友，我得好好生活，多吃饭，不要生病，这样它知道了一定会很开心。之后的日子里，我照常工作。有一天，一个朋友给我打电话，说他捡到了一只被遗弃的小猫，看起来好像快要死了，问我能不能去看看。我当即拦了一辆出租车，到了朋友说的地方，我看到了那只猫，毛色黑白相间，小小的，牙齿都没长出来，侧着身子躺在笼子里，呼吸十分急促，时不时发出几声微弱的叫声。

我摸了摸小猫的爪子，很凉，像一块寒冬里的石头，我觉得它快要死了。不能让它这样死去，好歹要去医院看看，如果真的治不了也没办法。我抱着笼子赶到朋友的宠物医院。医生给小猫拍了片，结论是心肺都有些先天畸形，而且心脏很小，还有些其他的生理缺陷，基本很难活。言下之意就是让等死。

我问医生还有没有一丝希望，医生看着我说治好的概率很小。我追问："难道真的一丝机会都没有？"

医生见我有些癫狂，便安慰我，"也许会好起来呢？"

我继续问他："有没有什么治疗的办法？"

医生说："没有。回去做好保暖，多喂小猫一些奶，等长牙了会好很多。"

我抱着小猫回到了家里，小猫一路上都在急促地呼吸，浑身冰冷。我回家翻出了以前给其他动物用的吸氧机，先把小猫放进盒子里，然后打开吸氧机，氧气机发出呼呼的声音。我又在盒子里铺了一张电热毯，希望小猫能暖和一些。看着小猫，我突然觉得它有一点像老虎，希望它能好起来。

当晚，我把盒子放在床头。小猫侧着身子躺在盒子里，我摸着它冰冷的爪子，有些怕。这种温度很像死人的触感，跟单纯的冰冷不同，死人的触感是潮湿又冰冷的，很难形容那种感觉。我把手紧紧贴着小猫，希望它的身体能暖和一些。小猫好像也感受到了我手心的温度，努力把身体贴着我的手。慢慢地，我睡着了。这一夜，小猫总是喵喵地叫，我无数次从睡梦中惊醒。小猫好像很痛苦，可我无能为力。

之后的日子里，我每天给小猫喂奶、吸氧，小猫好像没有那么痛苦了。晚上睡觉的时候，小猫都要趴在我的胸口上，脑袋紧紧地贴着我的下巴，是一只很亲近人的猫。

这只小猫很顽皮，经常喜欢轻轻地咬我，却从不用力，也从不乱拉乱尿，每次想上厕所的时候都会喵喵地叫，示意我送它去厕所。渐渐地，我发现小猫长出了尖尖的小牙齿，小猫的嘴唇也充满了血色，不像一开始的时候惨白一片。

小猫很少会痛苦地叫了，食量也大了起来，可以吃一些猫粮了。看到小猫好转，我很开心，也许这是上天给我的礼物，老虎虽然走了，但给我带来了这只小猫。

它的脑袋很大，身体却有些小，我给小猫取名为"大头"。一个月后，大头变得十分健康，跑起来像一只小鹿，每天不停地在家里跑来跑去。我兴奋地跟人炫耀着，这只小猫当初病得很重，看现在，多健康。大头说是猫，其实更像是一只跟屁虫，我在家里走到哪儿，它就跟到哪儿，活脱脱一根小尾巴。每天睡觉的时候，大头都会跳到床上，在枕头边贴着我的脑袋，十分黏人。

我以为一切都好起来了。可有一天，我回到家发现大头卧在地上，急促地喘着气，胸口一起一伏，跟我刚捡到它时的症状一模一样。我赶忙抱着它去了医院，拍了CT。医生指着片子给我看，说这种先天性的缺陷很难解决，可能一直不复发，也有可能小猫突然就不行了，谁也说不准。现在猫还是太小了，做手术的话成活率更低。

医生说了很多，我听懂了，还是让我回去等死。没办法，那就等死吧。

当晚，大头痛苦地哀号着，嘴巴惨白惨白的，它在盒子里望着我，我轻轻抚摸着它的皮毛，不知该怎么办。它的嗓子已经哑了，我甚至能听到它内脏收缩的声音。随着漫长的等待，我亲眼看着大头度过痛苦的几个小时。它不停地哀号，不停地哀号，到了最后，已经叫不出声了。它用力挺着脖子，想发出叫声来缓解自己的痛苦，但嘴里却发不出一点声音。

我眼睁睁看着，却没有一点办法。过了许久，大头身子一挺，脑袋用力地抻着，死了。一开始，它的身体还带有一丝余温，可随着夜幕降临，它的身体渐渐地变得潮湿冰冷，那潮湿的触感让我恐惧。当天我就埋葬了大头，跟老虎葬在同一棵树下。大头是一只很黏人的猫，老虎是一只很顽皮的兔子，它们在一起也好。

那时候已经快要入冬了，夜晚时不时会下一场小雪，雪花一夜之间就会融化。第二天一早，城市的地面上满是黑色的泥汤子，整座城市显得十分肮脏杂乱。

那段日子，我家楼上搬来了一个新邻居，就叫他"老刘"吧。老刘是山东人，说话口音很重，咕噜咕噜的，我有点听不懂他的话。他年纪挺大，约莫60岁，每天都会拿着大扫把在楼下扫地。我问他为啥要扫地，明明有清洁工，你扫地也不给你钱啊。

老刘操着一口浓重的口音告诉我，他岁数大了，扫地就当锻炼身体，反正闲着也没事做。他的孩子一个个都不管他，不过几个孩子的工作很好，都是我们本地的事业单位。老刘是退休工人，退休金一个月将近5000元，可他自己每个月却只有1500元生活费，其余的都被他的孩子们拿走了。

　　他是个很好的人，每当有捡垃圾的老头、老太太乱翻垃圾桶，老刘都会劝他们不要乱翻，弄得一地都是垃圾，咋忍心翻得一地破烂让人家清洁工收拾呢？可没一个人听他的，捡破烂的老头、老太太们，依旧每天翻来翻去，弄得一地狼藉。老刘每次都默默把垃圾捡起来，一脸无奈。

　　老刘养了一只细狗，体型巨大，看起来有点像大丹犬。不过这只狗胆子很小，尿得很。老刘每天都拿着塑料袋，牵着狗绳带这只细狗出去遛弯，一遛就是一两个点。这只狗运动量很大，老刘虽然60多了，遛狗还是一直都拴着绳子，从不放开。狗在外面排泄，他用袋子把粪便装走，还会带一瓶水，冲散狗的尿液。我跟老刘成了好朋友，老刘经常会带着那只细狗来我家串门，我也很喜欢那只细狗，便嘱咐老刘带着狗多来家里玩。老刘告辞临出门的时候，我望着他的背影，透过衣服似乎能看到他的脊梁薄得像一副蝉翼。

　　之后我每天照常工作。一天，老刘急匆匆给我打了个电话，我强忍着困意接了起来，电话那边老刘问我在哪儿，我告诉他在家里。

老刘说："我在外面，一会儿回来一趟，你可以下楼接我一下不？"我穿好衣服，下楼等着老刘。

过了一会儿，老刘开着他的破车来了，脸上似乎有些不安的神色。我问他怎么了，他告诉我他的狗死了。我走到车旁打开了后车门，只见细狗的尸体横在后车座里，老刘用毛巾给它盖上了，我摸了摸，还有一些温热。

老刘告诉我，刚才带着狗在外面吃饭，这狗突然钻到凳子底下不出来了，怎么喊都不出来。老刘想看看狗到底怎么了，哪知这狗突然尖叫起来，开始又拉又尿。老刘赶忙抱着细狗去了宠物医院，医院检查了一通，还没等出结果，狗的瞳孔都散了。

老刘手足无措地看着我，问我怎么办。我说："还能怎么办？死了，只能挖坑埋。"我取了锹，又跟门卫室借了一把镐。我俩开车到了江边，正值寒冬，上面一层土很硬，直接用锹挖不动，只能先用镐刨，刨到一定深度再用锹去挖。

老刘开始唠叨，说这只狗多么好，多么听话，多么可爱，平时为什么不带它体检呢？要知道，老刘本来是一个沉默寡言的人，他喋喋不休的目的就是为了驱散心中的悲伤。我没有回话，一下接一下刨着土。出门手套也没带，只能挖一会儿暖一会儿手，东北的冷风把我的手撕得粉碎，挖到最后，已经麻木了。

老刘有些歉意地看着我，说："兄弟，我实在是太难受了，浑身发软，挖不动，辛苦你了。"我没应声。我们两人把细狗抬了进去，用一条毛巾把它包了起来，再把土填好。之后我们便回去了。

到了楼下，老刘拉住我，要我去陪他喝点。我俩找了一家附近的面条店，一人点了一碗面条。这家店很破，在一间平房里，屋子中间放着一个铁炉，炭火已经快要灭了，屋门口挂着一张发黑的棉被，冷风顺着门缝嗖嗖地钻进来。

我们又要了两瓶洮南产的白酒，都是最劣质的酒，两元一瓶。老板看我们喝酒，问我们吃不吃菜，可以去后面平房给我们取点菜。我告诉他："老板，看着弄吧，整两个肉菜。"

老板穿着棉裤拖鞋走了出去。我跟老刘谁也不说话，一口又一口喝着白酒。我看了看窗外，一片漆黑，太黑了，这个夜晚仿佛要把屋内最后一丝温暖吞噬进去。

老刘低着头秃噜着面条。老板回来后，给我们炒了两个菜。全程我跟老刘还是一句话也不说，自顾自喝酒吃菜。老板似乎感受到了气氛不对，坐在那儿也一句话都不说。这屋里，说是饭店，其实更像是一个充满冰碴的棺材。直到吃完饭，谁也没说过一句话。我俩喝得烂醉，互相搀扶着回到了家里，睡了过去。

五天后，那家宠物医院觉得有点对不起老刘，送了老刘一只狗，是一只曾得了狗瘟被弃养的柯基。说是柯基，这只小狗的腿却奇长无比。老刘一开始不怎么喜欢这只狗，觉得小狗不听话。但养了一段时间，老刘发现这只小狗很依赖人，越来越喜爱这只小狗。他每天早早地跑去早市，买一些牛的内脏、牛肉、粗粮，给小狗做早饭。老刘是一个对自己很吝啬的人，平时只吃一些家常便饭，给小狗买这么好的食物，足见老刘对这只小狗的宠爱。小柯基也很好，睡觉的时候都要趴在老刘的脚下。看着这只狗，我放心了，老刘有了一个好朋友。

没想到的是，有一天小狗在家里突然抽搐了起来，拿脑袋疯狂撞墙。老刘吓坏了，一把抱住小狗，没几十秒，小狗就不会动了，等送到医院已经无力回天。这只小柯基，是老刘最后的希望，如今也死了，带走它的病是一场脑炎。

之后，老刘整天闭门不出，甚至我去找他，他也很少见我。一天我下班回来，看见救护车停在我家楼下。我正好奇这是怎么了，刚想打听，一楼的老爷爷见了我说："老刘没了，突然就不行了。"

我冲向救护车，老刘没在车里。过了一会儿，四个男人抬着老刘下了楼，把老刘放进了车里。几个救护人员看着我，问我是不是家属，我说这是我大哥，我好朋友。随后，我们坐上救护车来到了医院。

我给老刘的几个孩子打电话，陆续来了几个。看到我，有人嗷的一声哭了，问我："陈哥，我爸怎么走得这么早啊！我好难过啊，我也不活了！"

过了一会儿，老刘的几个孩子都到齐了，围着老刘开始哭，哭着哭着，打了起来。老大指着老二问："爸的存折在你那儿放了两年，钱都去哪儿了？你这个不孝子。"

　　老二一拳把老大打翻，吼道："爸的房子你这次想都别想，说我不孝，你给爸买的鞋你自己看看，哪有退休工人穿军板的？"

　　骂着骂着，一群人打成一团，老刘躺在床上一动不动，闭着眼睛。"都TM别喊了！你们爹都死了，还在这儿吵。"我一声怒吼，老刘的几个孩子不说话了，又开始哭上了，不过哭得有点假，全在干号，没眼泪。

　　五天后，老刘被火化了。作为老刘生前的朋友，我参加了老刘的葬礼，老刘的几个孩子这次哭得倒是很伤心。我想，他们为了钱互殴，展现出的人性贪婪是真的。老刘死了，照顾他们的爸爸死了，他们伤心也是真的。我也是人，有什么资格去瞧不起人家呢？

　　老刘是心梗死的，不过我觉得，他的死跟心梗没关系，他是活活伤心死的。葬礼结束后，我坐车直奔江边，来到了老虎和大头的墓边。我坐在雪地上，总觉得身上异常寒冷，甚至能感觉到自己的血液化成了一块一块冰碴，红色的冰晶物刺得我浑身疼。"等开春了我再来看你们吧！"说完，我爬上了缓坡，站了好久，拦到一辆出租车。我坐上车后，跟司机有一搭没一搭地聊着。出租车开过一条小巷，前面有一辆黑色吉普车，出租车紧紧跟在吉普车后面，突然，吉普车猛地向右打了一舵。

我透过窗户隐约看到一只狗趴在路上，我对司机大喊："有狗，停车。"司机一脚刹车，停在了原地。他探头看了看狗，说："这狗好奇怪，为什么要趴在这儿，是不是病了?"当时我头晕目眩、浑身无力，没多说什么，司机开车便走了。

车开出去几百米，我问司机："那只狗为什么会趴在大马路中间?"司机想了想，说不知道。我直接挥手，"开回去。"司机一个掉头，我俩就回去了。下车后，我发现这只小狗还是趴在原地，一动不动。我怒吼着骂它："滚，趴在大马路上会死不知道吗?"小狗见我逼近它，嗖的一下跑进了小区。

小区门口有几个清洁工正在围着聊天，我问他们这只狗是谁家的，为什么会趴在这里? 几个清洁工冷冷瞟了我一眼，不说话。看附近门卫室的灯还亮着，我去敲门，开门的是一个老大爷，他正在和人下象棋。我问他为什么这只狗趴在路边不动? 他不耐烦地关上了门。

仿佛看着那只小狗一步一步走向小区深处的黑暗，我越发觉得无力。回到车上，我告诉司机："哥们，我不带差你钱的，走吧，一会儿我多给你拿点，不能让你白等。"司机对我说："你心真善。"心善吗? 不是的，我只是不想再看到死亡了。

一路上，我不停地问司机："哥们，那狗会不会又回路边去了?

那只狗会不会一会儿又趴在那儿？它会不会死？"司机看出了我的疯魔，一直在告诉我："那只狗不会死的。"到家的时候，我看了看表，11元。我给了司机20元，司机推辞着，我还是坚持给了他。

车门都关上了，我又打开，问他："哥们，那狗会不会死？"

司机想了想，告诉我："它不会死！"

第二天，早上五点我就醒了。我坐车来到那条小巷，那只狗居然还在马路中间趴着，低着头，一动不动。看到我，它有些惊恐，我又把它赶走了。等了一个小时，附近的超市开了门，我去买了点肉皮和自热盒饭，把肉皮加在自热盒饭里一块儿热了热。大冬天得吃点热的。

过了一会儿，这只小狗跑了出来。我看清了它的样子，是一只黑白相间的小土狗。至于它为什么趴在大马路中间，那就得问老天了。我猜也许是它的朋友死在了这条大街上，或者它的主人在那个地方离开了它，让它每日都在那里等着。

我把盒饭端到路边，把小狗赶了过去。它看到盒饭，开始吃食，不过对我依旧很警惕，眼睛总是瞟着我。我想试着把它抓起来，可是它跑得实在是太快了，我只能作罢。

想到狗可能是靠着自己做的标记辨认位置，我看到那片土路上有一块小石头，便试着把那块石头挪走。之后小狗好像找不到曾经趴着的位置了。我观察着它，过了一会儿，小狗走进了小区。看到它进了小区，我就放心了，回家又睡了一觉。

之后的日子里，我天天都去喂这只黑白色的小土狗。这只小土狗从不咬人，但警惕性很高。我天天喂它，却从来没摸到过它一次。但我俩也建立了某种默契，它不再恐惧我，每次我一拿出热腾腾的饭菜，它都会跑过来猛吃一通。我想着，等开春就会好起来了，到时候我喊几个人一起帮忙，把它抓起来送到我朋友的收容站。这只小狗还是挺可爱的，附近的人也开始接纳它，经常会投喂它一些食物。

一天早上，我照旧去给狗喂食，这次无论怎么呼唤，小狗都不来。我开始寻找，最后在小区的草丛里发现了一团黑白相间的物体。我用手抓住那团东西，已经冻得梆硬，里面红色冰雾状的东西掉了一地。

那团黑白相间的是它的皮毛，小狗被扒了皮，活生生地被扒了皮。可能是某些人为了吃肉干的。我埋了那张狗皮，就在老虎和大头坟墓的旁边，那里有一棵树，夏天会凉快一些。

当天，我四处询问附近的人，到底是谁干的，可是他们都告诉我，不知道。当晚回家，很快我就睡去了，还做了一个梦。梦中哩哩啦啦下着雨，我身处一片黑暗中，垃圾桶里传来婴儿的哭声，我四处寻找，找到一个垃圾桶，猛地掀开，头部一阵剧痛，我的后脑磕到了床板上。

窗外传来阵阵寒气。我起身看了看外面，起雾了，非常冷。透过沾满烟渍的黑黄色玻璃，我看不到太阳。我渴望着阳光能驱散这寒冷刺骨的雾。等了很久，窗外依旧雾蒙蒙的，也许一切都是我执念过深。仿佛诅咒一样，我珍惜的事物，都离我而去。

窗外又下起了小雨，雨水夹杂着雾气，冷气渗进了屋里。我仿佛听到一个声音在阴影里低语，但我又听不清它究竟在说些什么。

流 浪 汉

早些年，由于一些突变，我把房子卖掉了，手里大部分的钱都拿出去用掉了。当时我的哥们老海出了一些事，蹲在看守所里。我俩自幼相识，认识十余年，曾一起度过了很多艰难的岁月。他有了困难，我必须帮助他。那时候我也想好了，大不了就当个流浪汉，反正也都这样了。房子没了，手里的钱也没了，就连我那引以为傲的大银链子都让我给变卖了。

我彻彻底底成了一个流浪汉，每天游荡在街头。一开始，我兜里还有个五六百元的存款，可随着每天的挥霍，这点钱也就没了。那时候，包宿（在网吧通宵）一天要6元，一包软红梅要3元，中午吃一顿馄饨6元，再喝点水，一天20元就花出去了。渐渐地，我的身上越来越脏，每天在网吧里过夜，衣服上都充满了浓郁的烟油味。

那一段日子，我厌恶白天，天亮就代表着居无定所，要在街上跟只苍蝇一样乱转。相反，我越来越喜欢寒夜。夜幕来临的时候，我可以去网吧，虽然那里很吵闹，但充满了人气。我心里也明白，不能再这样下去了，于是便尝试着去找工作，可都失败了，招聘的人看我一头烟油，面目狰狞的样子，一点跟我交谈的兴趣都没有。这时我身上就只剩下几十元钱了。我知道，我可能找不到工作了。

那天，我正在街头坐着，突然看到一个捡垃圾的老太太，她正在熟练地翻检着垃圾箱。我走了过去，问她现在捡废品挣钱吗？老太太有点鄙视地看着我，并不回话。我一看她不愿理我，也没什么继续废话的意义了，别惹人家不自在。待我扭头准备离开的时候，苍老的声音从背后传来："现在捡废品挺挣钱的，不一样的塑料瓶子卖的钱也不一样。"我回头看了看那个老太太，她似乎还有些戒备我，对她表达了谢意后，我离开了。

当晚，我在附近的一个小区里捡到了一根很粗的木棍，这根木棍成了我的好帮手。我开始在附近的小区搜索垃圾箱，那个年代管得也不严，外人都可以随便进出小区。小区里的垃圾箱被我翻了个遍，却只捡到了五六个瓶子、两三个易拉罐。最可怕的是半夜的时候，小区里居然还有拾荒的老头、老太太挨个翻垃圾箱。我是万万没想到，捡垃圾圈居然都内卷到这种程度了。忙活了一宿，天都亮了，我才捡到了11个瓶子、4个易拉罐。

我打听了好久才找到了一家废品收购站，一共卖了1块3毛钱，这时候我才了解到废品的价格。普通的瓶子，比如矿泉水瓶，5分钱一个。一些饮料的瓶子，比如营养快线、脉动这种，1毛一个。易拉罐一般是1毛5一个，废铁8毛一斤，纸壳子4毛一斤。

虽然只卖了1元3毛，但我很高兴，也算是有了生财之道了。听废品站老板说，有的拾荒者一个月能捡1000多元的废品。那个年代，一个服务员的工资加瓶盖提成才700元。如果能好好捡垃圾，我也能挣不少钱。想到这儿，我开心极了。

那段日子，我逐渐掌握了捡垃圾的精髓。首先，垃圾箱虽然名为垃圾箱，但它实际上却是个百宝箱，里面有各种各样的好东西。比如各种吃剩的盒饭、完整无缺的蛋糕，甚至各种小甜点，偶尔还能捡到各种精致的小雕像、刮胡刀、肥皂、整包的面巾纸，还有废弃的打火机，整瓶的啤酒，还没有腐烂的小月饼，上供用的三黄鸡、花卷，各种各样的好东西。只有你想不到的，没有百宝箱里找不到的！

那段时间，我是吃香的、喝辣的。有一天，还在垃圾箱里捡到了两小瓶白酒，当晚就着三黄鸡，吃得是满嘴流油。晚上我在网吧睡上一会儿，睡醒了就玩电脑，那可真是美滋滋了。

后来我觉得住在网吧不是特别舒服，于是我开始打宝箱，攒了很多废弃的物件。那家网吧附近有一栋废弃的居民楼，玻璃窗已经被拆光了，但楼体当时还没被拆掉。这栋楼保温层做得不错，秋末也不算很冷。我找了一个三楼的房间，这个屋子很破，但是有一间卧室，里面有一个巨大的书柜可以当门用。我用纸壳把窗户糊了好几层，还在门口用打宝箱的时候攒的衣服做了一副巨大的门帘挡风。从此以后，这个满地碎石的房间就成了我的家园。

那一刻，我真的很自豪。许多人花钱买房子，可我一分钱都没花，这整栋楼都是我的！我可以肆无忌惮地在楼里跑来跑去。我还从楼上搬下来一把巨大的皮椅子，坐在破旧的老板椅上，听着呼啸的风声，我居然感受到了一种前所未有的快意。那一刻，我仿佛成为天地间的主人。

这栋楼被我称为"温馨家园"，这里虽然又黑又臭又烂，但这是我的家。我的想法很简单！爱谁谁，反正我也不欠别人钱，我就这么活着了！反正我就住在这里了！

那段日子，我每天就靠着捡垃圾过活，一天能卖个十几二十元的。渐渐地，我不屑于去吃剩饭剩菜了，而是去街边的餐馆讨饭。讨饭这件事也有技巧，不能强讨恶要，咱们是要饭，不是抢饭。一般我会选择那种不大不小的私人饭店，拿着打宝箱捡来的铁盆，进去就对老板说"老板，祝你发财，年年挣大钱，身体健康，连锁店开满全市"之类的祝福词。我这人以前还读过点看手相术数之类的书籍，还经常提议要帮老板们看看，就是趁机往好了说，个个都是帝王之相。有些老板一看我这副谄媚样子，就拿出一元钱想打发我走，我会说明，不要钱，只要饭。

许多饭店老板一听，立刻就对我态度亲热了起来，又给我打饭，又给我打菜。我真的很感谢这群曾经帮助过我的饭店老板，尽可能地说一些吉利的话让他们开心。

咱们吃了人家的饭菜，不能不报答人家，我还经常帮这群饭店的老板扫扫门口的地，捡捡门口的垃圾，把他们不要的纸壳子打包在一起，把易拉罐、塑料瓶踩瘪装在一起，方便他们卖钱。有的饭店老板非要把纸壳子、瓶子送给我，这个我绝对不收。我已经天天吃人家的饭，就不能再占人家的便宜了。

记得有一次，我鸡贼到什么程度。我路过一家饭店，闻到里面飘出来的味道太香了，于是就蹲在门口闻香味。隔着玻璃，我看到一家人正在有说有笑地吃着铁锅炖。过了一会儿，这家人吃饱了，各自穿起外套走了出去，离开了我的视线。过后从店里迎面陆续走出来五六个人，正是那家人。

我突然灵机一动，等了大概一分钟左右，径直走到店里。服务员看到我，赶忙问我几位。我告诉她自己是上一桌的客人，刚才忘了家里还有狗没喂，还没打包剩菜。服务员一听，热心地拿着袋子，一边走一边说："是啊，大哥，咱们这儿的炖菜扔掉白瞎了，拿回去用锅馏一馏一样好吃。我们有时候也吃呢。"

这时，我突然感到无比羞耻，低着头，拿走了菜，一路小跑回到了温馨家园。我埋头吃着那份铁锅炖，里面有鸡肉、鹅肉，还有鲇鱼、茄子、土豆。明明香气扑鼻的菜，吃着却像是一根根针，刺得我喉咙生疼。我什么时候变成这样的人了？为了点饭菜去骗人？不行，不能这样。我放下了盆，跑回那家铁锅炖，刚才帮我打包菜的服务员还在。看到我，她有些惊讶的样子，问我："怎么了，先生？"我告诉了她真相，我就是一个骗吃骗喝的骗子，那桌剩菜并不属于我，而是我蹲着骗来的。女服务员捂着嘴笑了，告诉我："没事的，这里的剩菜我们大都也是倒掉的。你不吃也是拉走喂猪了。你还要吗？哥，我们这还有不少剩菜，你可以都拿走。"

我一听就美滋滋了，人家不仅不怪我，还要给我剩菜吃。贪欲占据了我的头脑。女服务生又给我打包了一锅炖菜，临走的时候还告诉我："哥，以后没饭吃了来我们这儿，饭菜赶上好时候都有。看你是个实在人，也不骗钱，就要吃的，以后饿了可以来。"

听到这儿，我更羞愧了。道谢后，我离开了铁锅炖。这家饭店门口有十多块砖头，被车压碎了。半夜的时候，我偷偷找了一些新的砖头，把那些碎砖一块一块挑了出来，把里面找平了一下。路面铺得平平整整后，我便离开了。

回到温馨家园，那些饭菜已经凉了。我用砖头围了一个土灶，用白天捡来的树枝在里面搭了一个小火灶。火烧得很大，外面的冷风咆哮着，可我却感觉很安心。看看铁盆里的剩菜，我跑出去，买了一瓶三元的白酒、两个大馒头，回来后就着热腾腾的菜，狠狠地喝了一顿，吃饱喝足后，睡了过去。

第二天，我准备休息一天，打算去江边看一看。那边有一片很大的杂草林，野草十分茂盛，足有半人多高。我正在那儿晃悠，突然听到一个女人和一个男人的声音，似乎正在交谈着什么。我好奇这么偏僻的地方怎么会有人？顺着声音，我便慢慢地寻了过去，找到了声音的来源。杂草林的深处，有一片空出的地面。一个拾荒人正抱着一名看起来约莫40多岁的女人，那女人想反抗，可是那男人却不停地乱摸。

看到这一幕，我开始冷笑，这杂碎，敢在这种地方乱来。我嗷的一嗓子就冲了出去，一脚踹在那男人的脑袋上，之后狠狠两拳打在他的脸上。然后我一屁股坐在他腰上，左右开弓，一顿大嘴巴子扇得这货嗷嗷乱叫。

打了一会儿，这男人开始求饶，向我大喊："爷们，咱们也没仇啊，打我干啥，你这年轻力壮的？"

我嘶吼着问他："你干啥呢，你个狗杂碎？"

这男人不作声，我给了他俩耳光，又一把掏出随身带的锤子，作势要砸他脑袋。这男人立刻开始嗷嗷呜呜叫了起来，看着他这副屌样，我一把站了起来，对他大喊："给我趴在地上！"这男人立刻趴在了地上。

"做俯卧撑！"我冲他吼着。

这男人赶忙开始做俯卧撑。我照着他屁股又是一脚。"给我查数! 大点声。"

男人赶忙查了起来,"1、2、3、4、5。"

这时那个40多岁的女人捂着嘴,咯咯笑了起来。我问她:"这男人你认识吗?"女人摇了摇头。我又问她:"以前他强迫过你吗?"女人又摇了摇头。

这女人的眼神有点散而无神,说话也有点呜呜的,精神好像有些问题。我看了看那个杂碎,绝不能放他走,这货敢在野外对一个精神有问题的女人做这种事,绝不是第一次。我一把给他揪了起来,呼唤女人跟着我,一路上连推带打,给这男人送到了派出所。

到了派出所,几个警察正在那儿坐着。看到我连推带打,一群警察呵斥我放手,问我为什么打他。我说:"这货在野外强迫女精神病,TMD,抱着人家就要脱人家衣服,人家女的不干,他强行上手。"

几个警察一听,问我女人在哪儿,我指了指旁边的女疯子。民警问:"有这事吗?"女疯子点了点头。其中一名消瘦的警察狠狠瞪了拾荒男人一眼,其他两个警察直接把那男人给送到了派出所里面的屋子。

这消瘦的警察跟我说:"爷们,你得等一会儿,我们调查一下,得让那女人配合我们一下。"我示意女疯子跟警察走,我们一起来到了一间蓝色的屋子，隔壁就关着那个拾荒男。问来问去，由于我出现得太是时候，很难界定这件事的性质。不过，警察让我们不用担心，那个男人最少得被拘。

这时候，警察局开饭了，来了几个送盒饭的大妈。警察看了看我跟女疯子，把盒饭给了女疯子，又走出屋子，拿了点面包和香肠，示意我们可以吃一点。他自己拿出一包"康师傅"，揉碎吃了起来。这位消瘦的警察眼中总闪着些冷酷狡黠的光，不过我觉得，他是个好人。

吃饱后，我们便打算离开了。消瘦的警察告诉我，如果那男人还有其他的罪行，绝不会让他逍遥法外，让我们放心。我让女疯子跟警察道谢，之后便告辞了。

看着疯疯癫癫的女人，我有些头疼，不知道该咋弄。送到收容站？天都黑了。不送收容站？带回家里，好像也不像个样子。那女疯子跟个小孩一样，一直抓着我衣服的后摆摇来摇去。算了，还是带回家吧。我看了看女疯子，问她："大姐，我有个住处，你回去住一宿，好不好？不然大晚上没地方去啊，旅馆也得30块一宿。"她点了点头。

我带她回到了温馨家园。到了门口，女疯子看了看灰暗诡异的大楼，似乎有些怕。我安慰她不用害怕，带她回到了屋子里。我让女疯子快点睡觉，随后指了指用废弃衣服堆起来的床，她躺了上去。

这时我才仔细地端详起这个女人，她应该40岁往上，不到50岁。虽然蓬头垢面，长得也不好看，但看其面相，总觉得不是一个普通的流浪女。我试图问清她家是哪儿的，但这女人一直支支吾吾，也不肯好好说。算了，问也没用，睡觉了，明天得把这女人送到收容站，总留在这儿也不像个话。她岁数再大，也是个女人，我把她留在身边，传出去好说不好听。

恍惚中，我睡了过去，醒来的时候，天还没亮。我回头看了看，床上的女疯子居然不见了。我强忍着寒意出去找了一圈，并没有发现她的身影，应该是偷偷走了，希望她能平安。算了算日子，也快到冬天了。这个时间段，收容站会出车把所有的流浪汉全部拉回收容站里。东北的冬天太冷了，流浪汉是活不下去的，一场宿醉就能死人，只能等开春再把他们放出去。女疯子应该不会出事，这是我的预感。

那段日子，我找了一份网管的工作，晚上六点到早上八点的班。工作很简单，就是负责给来通宵的人们开机器、送泡面。有些有财力的人吃泡面的时候，还得加上一瓶营养快线，到了半夜一点多，我得把大铁链门拉下来，之后就可以玩游戏。

那段日子，我认识了很多朋友，有街边卖凉糕的，工地里的农民工，烧烤店穿肉串的。我明白了一个道理，有的人生来就在罗马，而有的人，他天生就是骡马。人，都有自己的命。

还没入冬，我依旧住在温馨家园，那是我的家，我喜欢那里。我以为一切都能照常走下去，可没想到，还是出了变故。

我工作的那家网吧老板在学校附近又开了一个文具店，我想着过去看看。进了文具店以后，正好有几名流里流气的学生在买东西。文具店雇用的阿姨从柜台下掏出几根甩棍递给学生们，那几个学生拿了就想走。我一把抢过那几根甩棍，质问阿姨："这东西是谁让卖的？"阿姨看了看我，告诉我是老板让她卖的。我把钱还给了几个学生，告诫他们："多动脑子，少动手。能谈判解决的问题，何必动刀动枪？"

之后我把柜台底下的甩棍都掏了出来，一看就是从火车站贩子那儿进的货。那一刻，我真想把这个文具店砸了。挣钱没问题，哪怕高利润也行，但不能为了点钱，在学校门口的文具店卖斗殴用具。

我刚想打电话骂老板一顿，突然想到了之前对学生说的话，多动脑子，少动手。思考了一会儿，我把甩棍都还给了阿姨。出了文具店，我就给老板打电话，用一种很缓和的语气问他："为啥在文具店卖甩棍？"他却让我别管，还质问我："为啥不让学生买甩棍，现在房租那么贵，不多卖点东西，买卖不都赔了吗？"

挂了电话，我头皮一跳一跳的，既然不准备听我的，那就不能怪我了。第二天，我就报了警，并详细地告诉了警察甩棍藏在哪里。我蹲在小区里，隔着栅栏望着文具店。过一会儿，去了一名警察，貌似还有两个工商局的人，他们进去忙活了一阵，又过了一会儿，老板也来了，几个人劈头盖脸训了老板一顿，没收了甩棍。看到这一幕，我笑得嘎嘎的。这事做得有些不地道，不过没办法，是老板先卖武器给学生，那就怪不得我了。

这次之后，我辞掉了工作，又开始四处游荡。我这人眼高手低，混成这副样子，也怪不得别人，是我自己好吃懒做。不过还好，这些日子我也攒了2000多元，足够开销一段时间了。我又变成了一个流浪汉，只不过，我不怎么开宝箱了。

那段日子，我疯狂地收集各种柴火，然后晾晒在温馨家园里。我的想法很幼稚，想留着冬天烤火用。天气一天一天冷了起来，下第一场雪的时候，我缩在温馨家园里烤着火。我发现自己的想法似乎太简单了，这栋楼虽然有保温层，但还是太冷了。如果到了冬天，动辄零下二三十度，我是绝对扛不住的。算了，能待一天算一天，总有办法。

混了一天又一天，那天我正在睡觉，突然听到门口有声音。我挪开衣柜出去查看，是两名中年妇女和一名中年男子。他们看到我，问我："这大冬天，为啥住在这儿，不冷吗？"

我告诉他们不冷。聊了一会儿，他们告诉我，他们是福利站的工作人员，他们那儿有吃有喝，还有新衣服和暖气。我一听，这好啊，几个人连搂带拽把我领到了一个大院里，这时候我才发现，这里根本不是什么福利站，而是救助站。里面一群疯疯癫癫的人，看到我，嘿嘿嘿一顿傻笑。突然，我看到了一张熟悉的面孔。居然是女疯子！她看到我，兴奋地冲我挥着手。

我跑过去一把抓住她的胳膊，问她："这里怎么样？走了怎么不告诉我一声。"

女疯子嘿嘿笑着，说："这里还不错，就是屋子里有点臭，别的都挺好的。"

这时，几名收容站的工作人员笑嘻嘻看着我，告诉我："一会儿先去剃个头，洗个澡，等下就开饭了。"

由于我的头发短，他们决定不用剃了。我洗了澡以后，也快开饭了。收容站里，很大一部分都是有精神疾病的人。我们坐在餐厅里，一起等待开饭。一群疯子扒着我的脑袋，拽我头发，真是无比烦躁。我呵斥了他们几句，他们才老实了不少。饭菜端上来，我一看，是大米饭，菜就一个土豆片炒白菜，土豆很多，白菜也不少，里面还掺了一些肉丝。虽然菜很一般，但该说不说，这个大锅菜做得挺香。

几个收容站的工作人员坐在屋里跟我们吃着一样的饭菜，他们有些能力，只要他们一发令，这群流浪者就遵从，而且这群流浪者好像还很喜欢这几名工作人员。

到了晚上睡觉的时候，我才知道收容站睡的居然是上下铺。由于我身高比较高，工作人员给我安排了下铺。

这个收容站还有个阅览室，里面有各种各样的书籍。白天，我没事就去看书，一泡就是一天。待到第三天，护理员来找我。她是一名慈祥的阿姨，问了我很多问题，最后认为我不需要再待在救助站了。我一听不愿意了，"在这儿天天有得吃，还能看书。阅览室那么多的书，我得看完再走。"

护理员笑了，说啥都要赶我走。我一看，没办法了，走吧。临走的时候，当初那三名带我来这儿的工作人员都来送我，还给了我60元钱。那名慈祥的护理员阿姨叮嘱我："出去以后，好好找个工作。你挺年轻个小伙子，不要总流浪了，好好挣钱，以后找个老婆好好过日子。对了，你认识的那个女人，她老家在扶余，过几天，我们就要送她回去了！"

听到这个消息，我很高兴，女疯子居然有家，她要是能回家，那是最好的了。我拒绝了那60元，离开了，背后传来关门的声音。我趴在栅栏上，看着他们的背影。他们是好人……我听着收容站里的声音，突然有些失落，那里虽然条件不是太好，但好歹有点人气。

后来，我找了一份工作，租了间房子，摆脱了流浪汉的身份。多年后，我回到了曾经的温馨家园，这里变成了一家巨大的购物中心。曾经的废墟、破旧的大楼，已不复存在。我站在繁华的超市里静静地发呆，一名清洁工阿姨走过来问我："孩子，你在这里站了好久了。怎么了？"

"这里，曾经是我的家啊……"

阿姨笑了笑，"这孩子，谁家有这么大啊？"

"是啊，这里很大，可这儿曾经真的是我的家。"

我离开了购物中心，又回头看了看，我想起了女疯子，想起了护理员阿姨，想起了温馨家园，仿佛又看到了那个浑身油腻的我，那个放浪不羁的我。嘿嘿，其实这样也挺好的，等明天去吃铁锅炖！

最后我总结一下流浪的经验，教各位如何不花一分钱在一个城市立足。各位请多多记录，以备不时之需。

一、吃饭问题。由于没有钱，可以选择要饭。那么如何要饭呢？不能强讨恶要，也不要去女士单独开的小店，注意不要吓到别人。最好自己带个小盆，去垃圾桶里翻翻，肯定能捡到类似的容器。一般要饭选择去小饭店，大饭店很忙，没空理你。见到有客人出去了，立刻进去跟老板好好说肚子饿了，想吃点饭菜，把客人的剩菜剩饭给你一些就行了。如果老板不给，马上转头就走，不要纠缠人家。如果老板骂你，别搭理，直接走，换下一家。总有饭店老板愿意给你饭菜，我甚至遇到过愿意给我做一份新饭菜的老板。不过没人骂过我，我长得还是挺凶的，就算老板不愿意给，也一般都是告诉我没有剩饭剩菜了。

记住要饭是为了生存，不要和人发生争执，先活下去，不要伤害、惊吓到别人。这个人不给，咱们换一家，总有好心人会给你的。

另一个选择就是去当地的各种素食斋吃饭。里面的洗碗工、做饭的人都是信佛的义工，饭菜都是很朴素的素菜。很多大城市都有，你要先打听打听，进去以后可以问问需不需要义工，给人家刷刷盘子。去这种饭店吃饭一般都是不要钱的，但是门口有个募捐箱子，多少还是得给点钱。不过你不给也没人说什么，这些本身就属于半慈善性质的饭店。注意，不要剩下饭菜。这是信佛之人的聚集处，浪费食物不好，人家会说你。吃多少盛多少。我脸皮薄，一般吃完了都帮人家扔个垃圾啥的，再把垃圾桶给人还回去。

强烈不建议去吃垃圾箱里的剩饭剩菜，谁也不清楚这些食物是不是变质了或者被污染了。如果吃出病来，我们是没有钱去治病的。

二、睡觉问题。如果一分钱没有，建议钻楼道，不要钻那种老式的楼道，别人晚上回家会被吓到。建议钻那种管理不太严格的新式小区，往楼上跑，找个人少的楼层或者干脆跑到顶楼。我就跑到过天台上睡觉，没人还很凉快，就是晚上比较冷，建议有张毯子或被子再去。

不太建议钻有提款机的那种屋子，总有人啪啪进来，门叮咣乱响，吵闹得很。而且会有人用屋子里的大喇叭撵咱们走，如果咱们不走，很可能会把警察引来，还不如不去。

三、保暖问题。保暖问题主要是弄衣服，这年头不可能有人光着屁股，多半就是穿得少，比较冷。建议多翻小区垃圾桶，遇到捡垃圾的老头、老太太就问问哪儿有被扔掉的被子、毯子之类的，去捡一床，晚上披着睡觉。

注意晚上睡觉不能找风口，第二天会生病，哪怕冷点的地方也比风口强。记住一点，绝对不能生病。如果生病了，对流浪汉来说就是致命的打击。普通人得个感冒可能一周就好了，而流浪者生存的恶劣环境很可能会让一场感冒断断续续持续一个月，从而转成各种严重的疾病。避免疾病，是流浪的第一要务，你赌不起，也没有资格去赌。

四、喝水问题。这个可以去当地的各类政府企业，目前不仅能接水，还能免费借用厕所。你进去接水没人会说你什么，要是有人问你为啥接水，你就说活不下去了，想喝水也没钱。你是中国的儿女，政府工作人员不会过多为难你，也不要不好意思，只是接点水而已。

五、金钱问题。建议先稳定下来，找份工作，哪怕只管吃管住的那种也好。这就需要机遇了。我这边教大家一个方法，如果是夏天，可以去找那群聚集在一起的文身大汉，给他们来一段"祝大哥吉时吉日疾如风"之类的吉祥话，大哥喝多了可能就会给你扔个三五十块钱的。不过我极少这么做，我都是硬挺，实在困难了，这招是可行的。

早些年，我那时候没钱，有本地小烂仔找我去帮忙站场子，让我给骂走了。企图收买我的武力，他们想都别想。最后，我估计你们都猜不出来我干啥挣钱去了。我给人算命挣钱。如果混到银子了，建议花点钱去网吧过夜。

不要对生活失去希望，想着结束生命；也不要不好意思，实在不行可以求助路人。这个世界上好人还是很多的，你是不是真的困难，人家一眼就看得出来（不建议收别人的钱，可以收食物）。

早日找工作才是上策。如果能找到工作就不要流浪，颠沛流离的日子并不好过。

最后希望大家早日渡过难关。

流浪汉与马车

我叫老陈，是一名流浪汉。

我现在的住所是一栋破旧的平房，这栋平房距离我们市中心很近，只不过整片平房区都被废弃了，土墙上用红色颜料写着大大的一个"拆"字。许多城管、救助站的工作人员曾多次劝说我，想把我带回救助站，不过我都拒绝了，我认为还是流浪舒服一些。

晚上，我刚去垃圾箱里掏完垃圾，盲目地走在大街上。这个冬天不怎么下雪，死冷死冷的，阴风撕裂着我的脸，天黑得发紫，今年的风大，这是个不好过的冬天。

我路过一家米线店，隔着玻璃看到几个男人正在屋里吃米线。我站在窗边假装在等人，眼睛滴溜溜看着米线锅。米线锅里有鸡肉、墨鱼丸，还有豆芽，这鸡肉要是咬一口，一定满嘴爆香，墨鱼丸看着白花花的，口感肯定很绵软，配上米线的汤汁，不知道该有多好吃。此时，我的脑袋里开始幻想自己吃米线。长久的流浪生涯让我的想象力变得十分丰富，每次吃难以下咽的饭菜的时候，我脑子里都会幻想出无数的美味，这些幻想能让我开心。在这种幻想中，吃猪食才会好受一些。平时饿了也可以幻想，只不过越想越饿。我正幻想秃噜着米线，突然听到开门的声音，回头一看，那几个吃米线的男人离开了店。

我脑子一热，直接走进了米线店。服务员正要收拾吃剩的米线，我恬不知耻地问了一句："姐，这米线能给我吗？我拿回去给我家狗泡点汤加米饭吃。"

服务员惊讶地看着我，她愣了足有五秒，才问我："那你怎么带走啊？"

我嘎嘎一笑，从随身的麻袋里掏出一个大铁盆。服务员一看大铁盆都蒙了。我问她："那我装走了啊，姐？"

服务员点了点头。那一刻我如同一只疯狗，把桌子上的米线，吃剩的拍黄瓜，啃到一半的鸭爪子，被咬得七零八落的鸡肝一股脑儿倒进了铁盆。我抬眼一看，桌子上还有半个鸭头，白色的鸭脑被抠走了。我一点也没惯着鸭头，随手抓起来就揣兜里了。服务员估计从没见过我这种人，正惊讶地看着我。我反手用袖子把桌子上的油污擦了个干干净净，把桌子上的碗摞在一起，对她拱了个手，说了几句吉祥话，就离开了。

回家的路上，天上突然飘起了小雪花。看着小雪花一点一点融化在铁盆里，我张大了嘴开始接天上的雪花。雪花冰凉凉的，落到嘴里一下就化了，总感觉甜甜的。

我看着天上的月亮，今天是个好日子，今晚就要借着这月光赏雪。我摸了摸铁盆，还有点温热，便一屁股坐在台阶上，从旁边的灌木丛上折下来两根木枝当作筷子，端着盆吃了起来。还别说，这米线真好吃，只是里面的荤菜都被挑走了，只剩下了米线和一些蔬菜。我用筷子捞了半天才找到那块鸡肝，含在嘴里，苦苦的、香香的，真是好吃，都没有词来形容了。

我正吃得香呢，突然听到了奇怪的声音。我抬头一看，远处的电线杆子下拴着一匹马。六七个穿着军板鞋的小混混正在用什么东西捅着那匹马，捅得那匹马嘶吼个不停。他们每捅一下，那匹马就疯狂地抽搐尥蹶子。

这时一名老人一路小跑过去，开始与那群小混混争执起来。我坐在那儿看，只见这老人很激动地在说着什么。一个脖子上有文身的混子突然一拳打在老人脸上，反手一蹬就把老人蹬倒在地。老人倒在地上捂着自己的脸，似乎有点蒙了。

看到这一幕，我没出声，拎着铁盆就走了过去。这群人把老人打倒后，其中几个小混混还踹了老人几脚。一开始打老人的那个混混，还冲着老人的脑袋连吐了几口痰。那一刻，我感觉自己身体里所有的血液都在往上涌，直奔我的脑袋，脑袋涨得快要爆炸了，胸中似乎有一团烈火在烧。

我越走越近，那几个小混混也没注意我，以为我是个路人。离他们十米左右的时候，我一路小跑了过去，这群人直勾勾地看着我，还没等他们反应过来，我已经跑到他们面前，反手把大铁盆扣在那个脖子有文身的混混的脑瓜子上。米线汤夹杂着被我咬得七零八落的米线，顺着他的脖领子都流了进去。

　　我一只手卡着他的脖子，另一只手照着他鼻子开始疯狂地打，咣咣揍了四五拳，反手拎着他的脖领子，一脚就把这小子给旋了出去，剩下几个混子呆呆看着我。我又照着那混子脑袋上猛踩了五六脚，其间这脖子有文身的混子像一只死猪一样，一动不动，估计开头那几拳就把他打晕了。

　　我又弯腰开抠地缝，掂起一块白砖头，几个混子看到我拿砖头，转头就跑。我嗷的一声就追了上去，这群混子跑得的确快，我追了半天一直追不上，正当我琢磨是不是不追了的时候，一个身形比较胖的混子踩到一块冰，出溜一下摔了个大后趴。我追上去，对着倒地的混子专门照着脸就是一顿猛踢，把他踢得捂着脸直叫。踢了一会儿，他似乎连叫的力气都没有了。

　　这时我突然感觉背后有一股力量在压制着我，回头一看，那个挨揍的老人正在拉着我。我一看是老头，就停手了。老头一把抓住我的手，跟我说："爷们，我没事，你别打了，这把他们打死了，你不也得蹲篱笆子吗？咱哥俩喝酒去。"

我看了看老头，一把摘掉他破烂的狗耳朵帽子，问他脑袋有没有事。老头告诉我没事，刚才那小崽子的一拳只能给他挠痒痒。我乐了，这老头还挺狂。老头牵着我，我俩往回走。脖子上有文身的混子还躺在地上，一脸是血。我蹲在地上看了看，他的鼻子流了很多血，我蹲到他身边，问他："还装吗？"

　　这混子看了看我，没说话。老头让我过去一趟，去看看他的马。我刚走到电线杆附近，就听到一阵急促的脚步声。我回头一看，这混子跑得比狗都快，一溜烟就没影了。我和老头都笑了。这时我仔细地看了看这老头，他十分消瘦，身高大概一米七都不到，脸上布满了黑色的沟壑状皱纹，一双眼睛里总散发着一股柔和的光。我看这老人长得有点不像汉人，试探着问他："大叔，你是蒙古族吧？"

　　老头惊讶地看着我，问我是怎么看出来的。我笑了笑，告诉他是猜的。电线杆下拴着的那匹马正在好奇地看着我俩。我走了过去，这匹马身上盖满了雪，我帮它扫了扫。这匹马长得很奇怪，两只眼睛很大，嘴唇也很厚，脑袋上的毛秃秃的，尾巴却很长，尾巴毛都要垂地上了。它身上略微有些消瘦，屁股上挂着一个麻袋，估计是防止它四处乱拉用的，脑袋上还挂了个草料袋，它时不时把脑袋伸进去嚼几口。我用手掰开马嘴看了看，这匹马已经很老了，牙齿磨损得十分严重。这匹马见我翻它的嘴，不仅不躲避，还翻着嘴唇不停地抖动，我笑坏了，结果这马一口叼住了我的手指，我赶忙想抽出来，老头也过来呵斥这匹坏马。我拔出手后看了看，手没什么伤痕，这匹马在故意逗我玩。

我问："大叔，为什么要养这么一匹马？"老头告诉我，这匹马已经13岁了，本来是他哥哥养的，后来他哥哥死了，这匹马就由他养了。现在冬天，平时闲着没事，家里有不少大萝卜、土豆子，盖上棉被盖用马车拉着去大集上卖点，赚点喝酒的钱。

说到这儿，老头让我上车。我看了看，这匹马拉着一辆板车，板车里还有许多大萝卜，萝卜上面盖着一层很厚的军绿色大棉被。我坐在车上，老头拍了两下马屁股，"驾驾"喊了几声，这匹马就颠颠地跑了起来。马蹄子落在沥青路的雪面上，发出"哒哒"的响声，清脆又好听。我看看老头，他却不上车。我问他为啥不上来，老头告诉我这匹马岁数已经不小了，太重的东西怕它拉不动。我一听，思索了一下，让老头停车。老头"哟哟"了两声，马似乎听懂了口令，停了下来。

我跳下车，让马车继续前进。老头问我怎么不坐了，我告诉他，我长腿了，不需要坐车。老头没说什么，牵着马在沥青路上缓慢地走着。那个冬天，我记忆犹新。漆黑的寒夜，天上飘着雪花，冷风咬在脸上传来一阵阵刺痛。大马路上时不时路过几辆自行车，喧闹一阵后又静下来，只有马蹄子哒哒的声音。这个冬天很冷，但似乎又没那么冷了。

我们走了好久，到了一片平房区。有一间靠外的平房还亮着灯，门上挂着巨大的棉布。我跟老头把马拴在树上，走进平房。屋里十分破旧，摆着四五张桌子，一地的烟头与啤酒瓶子，乌烟瘴气的。老板娘走了出来，看到老头，她似乎很熟络的样子，问："大叔，今天吃啥？"

老头想了想，答道："一盘猪耳朵拌黄瓜，一盆酸菜炖肉片，多放点肥肉片子，再往里面加点土豆条子。再来两碗米饭。"说到这儿，老头转身问我："兄弟，喝酒不？"

我点了点头，老头又喊："再来四瓶啤酒！"我想了想，问他："大叔，咱能不能喝个白酒，我都快两个月没喝白酒了。"大叔笑了，告诉老板娘来一斤白酒，要小烧。

老板娘打开门口的大棉布，走出去打酒了。我跟老头坐在屋里，这屋子很脏，一股烟灰的味道，屋子中间有一个火炉，火炉上连着一根通向屋外的巨大排烟道，里面烧的不是煤，而是柴火。

这房子里的窗户都是那种绿框的四格窗户，纯纯的20世纪80年代风格，还有点漏风，屋外的冷气一直渗进来。我跟大叔靠着窗户，冷气吹得我直打颤，都要拉尿了，屋子中间的火炉却又十分的热。

我跟大叔聊了一会儿，得知他叫"巴特尔"，那匹马叫"伯牙乌"，不过我还是更习惯叫它"坏马"，因为它很顽皮。我问大叔有没有 65 岁，他嘿嘿一笑，告诉我他今年才 62 岁。

这时老板娘回来了，把酒给我俩端了上来。我喝了一口，的确是酒厂的小烧，味道发苦，酿造工艺很差，但能喝出是纯粮酒。老板娘在后厨忙活了一会儿，把两道菜端了上来。猪耳朵拌黄瓜的分量很足，猪耳朵很多。那盆酸菜炖肉片热腾腾的，土豆条混杂在酸菜里，老头给我夹了一片五花肉，对我说："爷们，你岁数小，多吃点肥肉，这玩意儿好。"我尝了一口，五花肉切得厚薄均匀，煮得软烂，放进嘴里嚼了两下就化了。我又夹了一团混着土豆条的酸菜，酸菜独特的香味配着土豆条，特别好吃。

我和大叔不停地吃着，其间也没怎么顾上聊天，只偶尔端起白酒杯碰几下，我们吃了许久，两盆菜被我们吃得一干二净。我端起酸菜盆，把里面的汤倒进米饭里，搅拌几下就都扒拉下了肚。

吃饱后，我们走出门外，我看了看那匹马，回去找老板娘要了两个豆沙包，放在它嘴边，它张开嘴几下就吞掉了。大叔在旁边看着我，我也看着他，相顾无言。

"爷们，你以后脾气好点，不要总打架，你手重，要收敛些。"夜幕中，我看不清老头的脸，只听到了他苍老的声音。

"大叔，你也是，以后少喝酒，看到那群小流氓子离远点。"我叮嘱了老头几句。黑夜中，我把手盖在老头的肩膀上。说完这些，我就离开了。我走出好远，回头看了看，巴特尔大叔正牵着马，一步一步走在马路上，伴随着哒哒的响声，我突然感觉很孤独，浑身发冷。

我晃悠了好久，回到了自己的住处。屋里实在是太冷了，我拿出一些柴火加入了炕炉里，烧了一会儿，屋里的温度上来不少，但炕被我烧得太热了。

我拿起一些纸壳子，准备加固一下窗户。我刚来到现在住的这间平房时，窗户的玻璃早都碎了，我只能用纸壳子里外各糊一层，留一点通风的缝隙。今年风大，纸壳子被吹得有些破烂，一到晚上冷风呼呼往屋里渗。加固好以后，我试了试，牢固了不少，也不怎么漏风了。我就躺在炕上，一直在想巴特尔大叔，希望他日后能平安顺遂。他虽然爱喝酒，但是个好老头。恍惚中，我睡了过去，第二天醒来已经是下午了，昨天跟巴特尔大叔喝得有点多。

之后的日子，我依旧每天像行尸走肉，游荡在大街上，不工作，我也不欺负别人。我去饭店捡剩饭吃，去各类小吃部门口捡啤酒瓶子，喝里面剩下的啤酒，只是为了勉强度日。长久的流浪生涯让我的身体状况越来越差，我能清楚地感觉到自己已经变得虚弱乏力。

有一天，我闲得无聊，打算去本地的公园溜达。我剃光了胡子，给自己换了一套看起来不那么脏的衣服就出门了。那天天气很好，没下雪。公园里有一座巨大的人工假山，这座假山可能有几十米高，夏天的时候，经常能看到一些做生意的人围在假山附近。我正在晃悠，突然看到一个人牵着一匹马，这匹马安了一副马鞍子，正在那儿呼哧呼哧拱雪地。这人戴着军大帽，口罩遮着脸，我看不清他的长相。马主人看到我，问我："骑马不？"我问他多少钱，这人告诉我："15块钱，带你在假山转两圈。"

我一听15块钱转两圈，划算啊，于是掏出钱递给他，今天我也感受感受骑马。马主人扶着我，一把就把我抬了上去。我骑上去以后才发现，这匹马太瘦小了，我骑着它，两只脚都快要当啷地了，而且我能清楚地感受到这匹马呼哧呼哧在喘粗气，可能是我太胖了。就算我身体不行了，我身高也有1米94，体重接近190斤。这匹马看起来并不大，驮着我费劲很正常。我感觉这马吃力，就把脚抽出马镫，一下跳下了马背。马主人奇怪地看着我，我解释道："不骑了，你这匹马驮我费劲。"马主人听罢摘下口罩，我突然觉得他有点眼熟，仔细一看，这不是巴特尔大叔吗？可是他却没认出我来，忙着浑身摸兜，想把钱退给我。

我一把抓住他，问："大叔，你不认识我了？"

巴特尔大叔奇怪地看着我，"爷们，你是谁啊？"

我看他认不出我，就开始讲述跟那几个混子打架的过程，大叔一下就想起来了。他给了我几拳，问我怎么剃胡子了，这猛一看还真认不出来，"爷们，你瘦了，没有咱们第一次见的时候壮了。"

我看着大叔，突然有点心酸，嘴巴紧紧的。巴特尔大叔问我是不是还在流浪，我点了点头。大叔咳嗽了几声，告诉我："晚上咱们去喝一顿，吃点好的补补。我最近白天去集市上卖大萝卜，下午的时候领着伯牙乌来公园赚点钱，一天能赚个100多块。晚上还得多给伯牙乌加点料，冬天马吃得多，现在伯牙乌一天要吃接近十斤草料，五六斤精料，还得吃许多粮食，豆饼、酒糟这类的。"

我有点奇怪，问他："你这马怎么吃这么多精料？"大叔告诉我，冬天，蒙古马虽然不怕冷，但是天天驮人，必须得吃点好东西，把身上的膘补回来，要不很快就会瘦得皮包骨头。说罢，大叔摸了摸伯牙乌的脑袋。伯牙乌虽然对我很坏，但是很喜欢大叔，它用脑袋跟大叔蹭个不停，蹭的时候还闭着眼睛，仿佛一个小孩子在撒娇。

"爷们，我再去拉两个人，挣点钱，晚上咱们喝一顿。你先去帐篷里等我一会儿，帮我看着点板车，这几天总有人偷我萝卜。"大叔指了指我身后。我回头一看，假山附近有一个报纸亭，亭后面立着一个军绿色的棉布帐篷，大叔的板车立在帐篷旁。我走到帐篷里抽烟，拉开门帘，看着大叔四处拉人。大叔忙活了好一阵，又拉了几个客人。过了许久，他牵着马喊我，我走了出去，帮大叔把马车套上。

"去哪儿喝？还是上次那家饭店？"大叔问我。我点了点头。我们走了足有一个小时才到了那家饭店。老板娘热情地问我俩怎么这么久没来。大叔笑了笑，告诉老板娘："要一盆酸菜肉，一定要加土豆条，再来一盘猪头肉拌黄瓜。"说着，他又咳嗽了几声，从兜里摸索了一会儿，掏出一个布包，打开布包，拿出烟丝和卷纸，开始卷烟。大叔给自己卷了一根，又给我卷了一根。我一看，烟头都没有，就问大叔："你平时抽烟都不用烟头？"

大叔笑了笑，说："带烟头没劲。"接着又咳嗽了几声。

我数落了他几句："你挺大岁数，抽烟得带个烟头子，看你咳嗽的，以后少抽这玩意儿，多抽点卷烟，好歹比这个烟油子小。"

巴特尔大叔没应声。老板娘把饭菜端了上来，我俩吃了一会儿，大叔问我："爷们，你现在住哪儿呢？"

我告诉大叔自己住在一个破平房里，大叔问我要不要去他家住，他自己无儿无女的，一个人住也没意思。我还能帮他喂喂马，收拾收拾，我俩没事还能一起喝点酒。我想了想，这没头没脑去别人家住算咋回事呢，便拒绝了。大叔劝了我半天，最后一把抓住我，非得让我去他家。我一看这架势，去就去吧，不过我得多帮人家干活，不能白吃白住。

吃完饭后，我们回了大叔的家。大叔家其实离我家并不远，不过大叔家的环境好多了，一个小院子，里面有三间房，其中一间房举架很高，被改成了马舍，我把伯牙乌牵了进去。马舍里铺满了稻草，伯牙乌一回去立刻倒在地上舒服地打着滚。我又走出去看了看屋外的大缸，里面装着满满一缸豆粕，旁边还有半缸花生粕。粕是榨油后二次处理过的产品，蛋白质含量特别高，适合作为饲料。

"喂这个豆粕用不用泡水？"我问大叔。大叔在屋里应该没听到，见没动静，我径直去找了点开水，用开水泡了几斤豆粕，寻思着这东西得多泡几遍才安全点。我把泡好的豆粕倒进食槽，坏马吃得呱嗒呱嗒直响。我掏了掏兜里，还有三个鸡蛋，就把鸡蛋剥了壳也放进了食槽。坏马好像从没吃过鸡蛋，几口就吃了个精光，翻着嘴唇还找我要。

这时大叔走了进来，看我喂马喂得很好，他挺高兴的。我问大叔，坏马一天要吃掉多少钱？大叔告诉我，一天要35元左右，吃得比他都贵，马这玩意儿挺金贵的，喂得差不长膘，光吃草是不行的。

当时已经晚上九点多了，大叔帮我收拾好了屋子，我俩住在一起，在一张炕上。大叔家里虽然有点破旧，但是很干净，比我那里强多了，还有厚厚的褥子盖。

我俩聊了一会儿，十点多就睡了，第二天四点还得去早市卖萝卜。我躺在床上听到大叔总是时不时咳嗽几声，这一夜，大叔不停地咳嗽，我几乎无眠，总感觉不对。第二天，我问大叔要不要去医院看看，他却说没事。我俩从地窖里抱了一车萝卜，趁着夜幕赶车去了大集。

我们早上去卖萝卜，下午就去公园，让坏马驮人挣点钱。大叔很心疼坏马，自从我上次骑过坏马以后，大叔再也不让比较重的人骑它了。

那段日子，我们过得很好，每天晚上都要喝点酒，吃点炖菜。大叔是一个开朗的人，经常给我讲他老家的故事，他还教导我要好好做人，不要动不动就打人。他是一个和蔼的人，在他身边时，我总觉得有一股力量在支撑着我。如果没有他，我可能还是一个流浪汉，一具行尸走肉。可以说，大叔是我的精神领袖，跟他在一起的时候，我才像个人。

大叔的咳嗽，时好时坏，一开始我也没当回事，以为是大叔抽炮子烟抽的。直到后来，我发现大叔疯狂地咳，吐出来的东西里还夹杂着血丝。这次我没有跟他商量，强行带他去了医院，到了医院，先是挂号，之后拍片。片子出来以后，拍片室的医生问我："你爸爸咳嗽多久了？"

我告诉医生："这不是我爸，是我好兄弟。"

医生听了没作声，过了一会儿，又问我："他没有子女吗？"

我有点不耐烦，跟医生龇牙了，"啥意思你直说，他没有子女，就我一个朋友"。

医生又问："为什么不早点查？"

我大概明白了一些。我去了门诊，肿瘤科的医生拿着片子，告诉我有很大可能是肺部恶性肿瘤。我当时还没听懂，追问他什么是恶性肿瘤。医生愣了半天，说："恶性肿瘤就是肺癌。"

我问他："哪儿肺癌？哪儿肺癌？我看片子好好的啊!"我一把抓起片子，翻来覆去对着光看，也没看出来哪儿肺癌了。

医生有点不知所措，告诉我："先住院吧，再做个穿刺看看是不是肺癌，老人有家属吗?"

我没应声，跑下楼，见大叔正搂着伯牙乌。我透过雪，看着他的背影。"大叔，刚才医生看了下，你肺上长了几个瘤子，可能得住院。"巴特尔大叔看了看我，没说话。我搀着他，劝他住院，他同意了。

接下来的日子，大叔做了穿刺，经过化验后，确诊了是癌症，而且根据医生的意见，已经很严重了。我不知道该怎么办，只能白天去帮大叔卖萝卜，让大叔在家歇着，下午独自牵着马去公园揽客。

有一天，大叔偷偷问我："兄弟，我这是不是癌症啊？我住院的时候问了，我那个病房里许多人都是癌症，你别骗我。"我不知道怎么接话。大叔沉默了，他想了想，告诉我癌症也不怕，得了一样活。看大叔心态挺好，我安慰他说："大叔，你就是肺上长了几个瘤子，没事的。"

之后，我经常陪大叔去化疗，化疗用的药是粉红色的，看着就令人恶心，说是化疗，实际上就是输液。奇怪的是，大叔没化疗前，精神还比较好，化疗之后，东西也吃不进去了，经常头晕、恶心、呕吐，不到一个月，大叔就瘦了十多斤，而且经常突发性晕倒。有一次他摔在了地上，脑袋上蹭了很大一个口子。

我一看这啥玩意儿啊，不化疗还没啥事，这一化疗人反而不行了，就找到了医生。医生告诉我，化疗是一把双刃剑，它既能杀伤癌细胞，也能杀伤人身体里本身比较健康的细胞，如果为了延长寿命就化吧，当然了，现在的状况不化也可以。我听明白了医生的意思，他就是让我们等死。

之后的日子，大叔好像又恢复了不少，每天我们早上依旧去早市赶集，下午去公园挣钱。有一天，大叔在家里休息，我牵着伯牙乌在公园忙了一下午，准备回家，路过摩天轮那儿，突然感到脑袋被什么东西重击了一下，失去重心的我一下倒在了地上。一群人冲出来，拎着砍刀镐把，疯狂地揍我，我抱着脑袋，他们用砍刀不停地打我，我试图站起来反击，但是他们人太多了，我只能抱着脑袋挨打。

突然，伯牙乌像疯了一样，在原地乱跳，拼命尥蹶子，嘭的一声，一个打我的人被踢倒在地。他们想了想，扶着那个被踢倒的人跑掉了。我回头看了看，其中有几个人似乎有点眼熟，好像是当初打大叔的那群人。

我在地上坐了一会儿，看了看自己的胳膊，那上面有很多伤口，这群人还行，用刀背打的我。我缓了好久，又摸了摸脑袋，一手都是血，血流在污秽的雪地上，化成了一道道黑红色的污渍。伯牙乌跪在地上，焦急地看着我，我摸了摸它，安慰它我没事的。我缓了好一会儿，才勉强站了起来。伯牙乌前腿跪在地上，我牵着它，它也不肯起来。我又拽绳子，它还是不起来，难道它想驮我回去？

我头晕得要命，一把骑了上去。伯牙乌站了起来，不需要我指路，它认识回家的路。我趴在马背上，听着哒哒哒马蹄落在雪地上的声音，差点昏睡了过去。过了好一会儿，伯牙乌停下了。我抬头一看，到家了，巴特尔大叔正站在门口，看到我赶忙来搀扶我，连声问我："怎么了，摔了吗？"

我骗他说："刚才骑马回来，不小心摔了，没什么事。"

老人帮我处理了下伤口，其间他一句话也没说。之后他帮我热了点饭菜，我吃了就睡了。

往后我依旧每天去卖萝卜。大叔的病并没有逐渐好转起来，反而变得越来越重，一开始只是咳嗽带血丝，到了后来，开始大口地咳鲜血，吃止血药才会好转。大叔的肚子越来越大，经常痛得不停地哼哼，我只能去医院开一些药给他止痛。我天天陪着大叔，尽量照顾他，让他能舒服点。

有一天，大叔突然跟我说："兄弟，这个给你。"他掏出了一本红色的小折子。

我打开一看，是一张存折，里面有一万五千块钱。我问他："给我这个干啥？"

大叔盯着我，说："咱俩是好兄弟，这笔钱以后给你娶老婆用。我死了以后，你不用给我买墓地，找个炉子把我炼了就行，骨灰到时候用树枝熏一下。"

我不知道该说什么，把存折还给了大叔。后来大叔越来越痛苦，总让我给他弄点药毒死他。到了最后，他天天躺在炕上，连话都说不出来。我问医生怎么办，医生也束手无策，"在家里，多给弄点止痛药吧，送到医院也没办法。抢救也只是增加患者的痛苦。"听到这话，我感觉浑身发冷。

终于，一个夜晚，大叔死了。

他死前一句话没说。我握着他的手，他睁开眼看了看我，又闭上了，过了一会儿，大叔没气了。我握着他的手，那双粗糙的手，冰冷又潮湿。我抱起大叔，把他放在马车后面，用被子把他包了起来。我牵出伯牙乌，驱车到了村委会，巴特尔大叔的邻居也来了，在邻居的帮助下，我开了大叔的死亡证明，随后把大叔放在家里，停了三天。第三天我把大叔包好，放在后车里，刚准备去火葬场，突然来了两个40多岁的男人，一进院子就开始大哭，说自己不孝。我冷冷看着这两个人，听了半天，听明白了，他们是大叔的侄子，多半是看大叔走了，想过来继承遗产的。

这两人进屋翻了一通，没找到房产证，走出来后怒气冲冲质问我房产证去哪儿了。我告诉他俩："这一片的房子都没有房产证，不信你们去问问。"这两人似乎信了，直接回了房间。我问他们要不要陪我去火葬场，两人都装作没听到。

我驾车到了火葬场，冬天是火葬场的旺季，我排了好久，第二天下午才火化了大叔。我看着大叔的骨灰，一点一点把骨灰掏出来，大叔的骨灰雪白雪白的，像蒙古大草原上的雪。我没有买火葬场的骨灰盒，太贵了，我找了个木盒，装走了大叔的骨灰。我又舰着脸找了一个兄弟借到8000元，给大叔买了一块墓地。那年，公墓里一块普通墓地的价格是6000元。我找人在石碑上刻了一行字"先兄巴特尔之墓"，只不过，这行字靠在左侧，右侧空出了一块位置。这块空位，也许以后还有用处……

回到大叔的房子，我把伯牙乌牵进马舍，出去处理一些大叔生前的事。等我办完回来，却发现伯牙乌不见了。我一脚踹开房门，质问大叔那两个侄子："马去哪儿了?"他俩不作声。我抄起一把菜刀，作势要砍他们，两人这才说了出来，他们把马卖了，卖给了一个屠宰场。"钱呢?"我嘶吼着质问他们，其中一人把钱掏了出来。我问清了屠宰场的位置，找了一辆出租车赶了过去。

屠宰场里满是血腥的味道，一地的马粪、驴粪，马皮、驴皮都堆在地上。在这里，我没有看到任何一个活物。我冲进屋里，看到两个人正在用斧子拆卸一具马的尸体。我冲上去一把抢过斧子，盯着地上的尸体，问他们："下午收的一匹蒙古马呢?"

这两人看我凶恶得很，就怯生生地指了指门外的一间仓房。我跑过去，一脚踹开仓房门，伯牙乌正在屋里，被蒙着眼睛，我一把扯掉了那该死的布条。那两名屠宰工跟了过来，我把怀里的那沓钱递给他们，牵着伯牙乌离开了屠宰场。

天已经黑了，天上飘着雪花，不，更准确地说，那是冰碴子，砸得人脸生疼。"驾，驾。"我驱赶着伯牙乌奔跑在马路上。恍惚中，我仿佛看到了巴特尔大叔骑在马背上的身影。

太阳快要落山了……太久了。我抬头看了看，天上似乎有什么东西正在凝视着我，我试图看清天上的那个东西，却只能看到一片黑暗。

再见，龙哥

我是一名闲人，他们一般都叫我老陈。说真心的，我是一个眼高手低的人，普通的工作不爱干，但是挣钱多的工作我还干不了。那段日子，我无所事事，每天在街边游荡。

那天我正在晃悠，在学校边看到了一个卖盒饭的。这男人长得很怪，胖胖乎乎，挺大个脑袋。从侧面一看，此人后脑袋三道褶子极其显眼。当时已是秋末，此人却穿得很少，一身花衬衫，袖子略微挽起，露出的皮肤上满满的都是刹车印（刹车印就是文身）与刀疤。他正在翻检着泡沫箱里的盒饭，此时学校内传来了一阵音乐声，看样子学生们要放学了。这后脑袋三道褶子的男人似乎有些紧张，把袖子全都放了下去，像是惧怕学生们看到他的文身。

此人看上去气质不凡，不像是普通人。我走了过去，"盒饭咋卖的？老板。"

此人甚至都没有抬头看我一眼，他的声音有些嘶哑："都三块钱一盒，菜都一样的，自己挑吧。"

这时卖盒饭的文身男一抬头，那张脸我十分熟悉，居然是龙哥。龙哥是我以前的好大哥，一开始我们都是在洗浴中心工作的。我们之间的故事很长，总之，我们是一起患过难的，一个锅里炖出来的货。

看到龙哥的面孔，我感到很亲切。他一把搂住我，让我坐在他的板凳上。看着泡沫箱里的盒饭，我问他："龙哥，你怎么卖上盒饭了？"

他告诉我："自从离开娱乐广场之后，也没什么营生了，不能一天天混吃等死，就来学校门口卖点盒饭。"说着，龙哥打开一盒盒饭，我把头伸过去看，里面是孜然肉片，还有土豆鸡块，两个菜，隐隐冒着热气。

"吃吧。"龙哥把盒饭递给我，又递给我一瓶酒。我看了看，是我们这边一款很昂贵的酒"洮南香"。

"喝吧！好酒。"龙哥乐呵呵地看着我。

我端着盒饭扒了起来，学生们也陆续出来了。龙哥叫卖着盒饭，一群学生死死围着龙哥，看来他的盒饭很好卖。话说回来，龙哥的盒饭做得真心好吃。孜然肉片都是新鲜的猪肉，炒得干巴巴的，孜然一看就是市场里的好货，吃上一口香喷喷的，咸香适口，配上米饭一扒拉，简直美滋滋。土豆鸡块炖得烂烂的，淡黄色的汤汁十分浓郁，土豆咬上一口能尝到鸡肉浸进去的肉香。配上米饭，我喳喳

226

就是干。

不怪学生们这么喜欢龙哥卖的盒饭，又便宜又好吃。许多学生买完盒饭没地方坐着吃，只能在街道边上站着吃。这时，突然传来一阵叫骂声。我回头一看，街道对面的铁栅栏附近站了几个社会青年，胳膊上满满刺着刺青，只不过那些文身劣质至极，文的明明是过肩龙，看起来却像一条条带鱼。最为可笑的是，这个学校的政教正看着这一幕，居然丝毫不肯上前去阻拦。

我远远地看着，那几个小烂仔正围着一个学生，嘴里不干不净骂道："不是说了，上周让你给我拿200块钱？你是不是飘了？"说着，一名后背上刺着观音坐莲的瘦猴一脚把学生踹进了花坛里，这瘦猴手里还拿着一把卡簧。

我回头看了看，超市门口有一把巨大的铁钩子，是用来钩铁链门的。我正想拿起铁钩子去跟他们干，却发现龙哥早已经过去了。还没等我反应过来，龙哥一拳狠狠打在那个瘦猴的脸上，瘦猴踉跄了几步。龙哥捡起一块红砖，照着瘦猴的脑袋就是一砖，瘦猴被打得躺在地上，那幅场面我至今仍记得清楚：那瘦猴浑身上下跟骨头被抽掉了一样，像一摊烂泥倒在了地上。

龙哥一脚踩住瘦猴的手腕，抢走了那把卡簧刀。剩余几人见龙哥发难，都拔出卡簧准备突袭龙哥。我拿着门钩子跑了过去，狠狠一棍打在一名小瘦子的后背上，还没等他反应过来，我又狠狠两棍打在他手臂上。啪的一声，卡簧刀掉在了地上。几人见我们凶恶得紧，赶忙快步离开了。

龙哥手里拿着卡簧，微微笑着，跟那个瘦猴说："你带着刀，用得上吗？今天我帮你用用。"说着拿卡簧一把顶在瘦猴的脖子上。"我划你脖子。"龙哥笑呵呵地说。

瘦猴脸都绿了，赶忙大喊："哥，我哪儿得罪你了？别整。"

龙哥又拿起卡簧，狠狠用卡簧的刀把砸在瘦猴的脸上。瘦猴被一砸，居然整个人直直倒了下去，看样子是被吓晕了。龙哥正欲把他打醒，我回头看了看，远处都是学生们在围观，我大喊："拉倒吧，打死了咱们还得进去吃苞米面，停手吧。"

龙哥看着我，想了想，放开了那个瘦猴。他一把拦住我，让我陪他去喝酒。我答应了龙哥，开始收拾东西。我拿着龙哥给我的那瓶洮南香喝了一口，冰冷的口感，甜甜的，伴着略微刺激的酒精味，的确是一款好酒。

龙哥把泡沫箱收拾好，我俩正欲离开，这时那个学生突然跑过来，兴奋地看着龙哥。我俩很好奇他要干什么。他支支吾吾了一会儿，意思是能不能认龙哥为大哥。我俩都笑了。龙哥看了看这名学生，没有作声，示意我离开。

我说："龙哥，咱俩这么一整，那几个碎催万一报复他咋办？"龙哥想了想，觉得我说得有理，问我该怎么弄。我看了看那名学生，让他跟我们一起走，吃饭去。龙哥挑了一家中餐店，进去后点了四个菜，一个鸡蛋炒柿子，一个熘肉段，一盘炖杂鱼，还要了一个凉菜。接着他又大喊："老板，再来六瓶啤酒。"

我打断了龙哥，说："龙哥，来个白酒吧，我都快两个月没好好喝过白酒了，刚才你给我那瓶太少，才漱了个口。"龙哥笑了，让服务员不要上啤酒了，来两瓶白酒，要"科尔沁王"。

"60度的！"我大声喊着。

菜上齐后，龙哥给我倒了一杯白酒，让我多吃点，说我最近都瘦了。想起我最近的遭遇惨得要死，能碰上龙哥真是件好事，最起码能好好吃一顿了。

那名学生全程坐在桌子边都没敢说话，我问他怎么不作声，学生不好意思地笑了一下。我说："那群拿刀找你要钱的人是哪儿的啊？"

学生告诉我这群人是附近机械厂那头混的，据说挺牛的。龙哥哈哈一笑，"牛还至于去学校勒索高中生的钱吗？"龙哥又问学生："你知道他们大哥叫啥吗？"

学生想了想，说好像叫什么"亮子"，天天在机械厂那边混的。龙哥回忆了一会儿，似乎并没有听过这个人，转头问我："认识这个人吗？"我也回忆了下，机械厂附近应该没这号人啊，估摸是个臭烂仔。

龙哥给学生留了手机号，告诉学生有事给他打电话就行。学生看起来乐坏了，支支吾吾的。我告诉他，以后叫"龙哥"就行，回去好好学习，别总跟烂仔混在一起。他点了点头，又开始掏兜，拿出几张百元大钞要给龙哥。龙哥笑了，说道："不收保护费。兄弟，你快回去学习吧。"我冲学生点了点头，帮他拿起书包，他便离开了。

我端起二两的玻璃杯，喝了一口60度的科尔沁王，辛辣刺嘴的酒液炸裂在口腔里，十分过瘾。那盆杂鱼炖得也特别入味，里面有鲇鱼、草鱼，还有鲫鱼。我跟龙哥把那盆鱼吃得干干净净，打包了其余剩菜后，离开了饭店。

出门后，龙哥问我住在哪儿，我没回应他。龙哥又问我要不要去他那儿住，他最近租了个新房子，70平方米的，自己住也有些大。我想了想，拒绝了。龙哥已经帮了我很多，就不去人家的家里打扰了。龙哥把剩菜递给我，让我拿回去吃。于是我告别了龙哥，回到了家。

我现在住的地方是一片废弃的平房区。我刚来的时候，这个地方已经没人住了。偌大一片平房，可惜许多户的院子都已经被扒掉了。我直接挑了一间比较大的平房作为居住的地方，去垃圾桶里捡了许多纸壳子，用透明胶布糊在平房的窗口处。虽然很简陋，但也能遮风避雨。晚上睡觉的时候，我趴在炕上，听着风声吹着纸壳子呼呼直响，搂着被子，窗户的缝隙里传来细微的冷风，充满了安全感。下雨的时候更是快乐，这间房子并不漏雨，我听着噼里啪啦的雨声砸在纸壳上，十分安心。

当时已经是秋天，由于我的房子位于出风口，我拿了一些煤把炕烧得火热。我躺在温暖的炕上睡了过去。

第二天我醒了，拿出铁盆，把龙哥给我的剩菜折在了一起，准备热热吃掉。这时手机突然响了，我拿起电话一看，是龙哥打来的。我接了电话，龙哥告诉我，他找到那个所谓的亮哥了，那小子天天在机械厂附近的一家网吧上网，附近的人都认识这货。

这货去米线店吃饭经常不给钱，谁敢找他要钱，他就提溜一群小烂仔天天去人家店里闹事。龙哥说他下午准备去一趟，跟这个亮子见见面，看看怎么回事。他还嘱咐我，我就不用去了。

我一听有这种事，必须得去。在我的强烈要求下，龙哥答应了跟我一起去。其实我为什么不放心龙哥一个人去，不是担心他有意外。龙哥这人，平时讲义气，够善良。但是对待那些恶人，手段十分硬，我估摸着他要是自己去，这个亮子必定受不住，我不想龙哥把事闹大。

挂了电话，我把剩菜倒在了铁盆里，加了一点水，又弄了点木柴加热。这些木柴都是我之前在野地里捡来的，一些树枝掉落后，被我撸掉树叶，劈成小段，放在通风处晒干，可以当燃料用，又不用花钱。木柴烧出来的饭菜，味道也比较好。

木柴在土灶里烧得噼里啪啦直响，我思考着下午该带什么家伙去。找了半天，屋里有一根很短的钢管，我把这根钢管包了起来。下午如果真的打起来，也得有点准备。

吃完了剩菜后，我又上炕睡了一会儿，醒来后已经11点了。我给龙哥打了电话，约定好在机械厂附近会合。到了机械厂，龙哥已经在等我了。我问他是哪个网吧。龙哥告诉我："就在附近，咱们去，到时候看情况办。"我明白他的意思，看情况办，就是谈不拢直接动手，龙哥还是这么粗暴。

到了那家网吧，我跟龙哥走了进去。网管问我们干什么，我跟龙哥一人开了张两元的机器票。我们看了看一楼，这网吧里都是各种社会闲杂人等，不停地叫骂着，各种大文身刹车印，一看就是个藏污纳垢的地方。

我俩走到楼上，我问龙哥："你怎么知道哪个是亮子？"

龙哥突然大嗓子喊了一句："谁是亮哥？盒饭到了，一个女孩帮你订的。"我心中都无语了，龙哥的套路真的是粗俗又直接。

这时靠窗户边的座位传来了声音："给我的盒饭？拎过来吧。"

我跟龙哥走了过去，声音的主人是一名约莫二十六七岁的男人。这男人最显眼的是他的大臂、小臂，甚至手背上，满满当当都是各种刀疤。这人浑身上下都是刺青，但并没有上色，只纹了线条，看起来浑身破破烂烂，像一个腐烂的布娃娃。他脑袋上还文了个槟榔，我仔细一看，是个天眼。

龙哥还没说话，我先开口了，我问他："你就是亮子啊？"

他点了点头。我又问他："你连我都不认识？"

亮子摇了摇头。我又问他："××学校附近，有个后背刺着观音坐莲的瘦猴，那小子你认识吗？"

他思索了一下，问我："你认识他？那是我老弟。"

没等他反应过来，我啪的一拳就打在了他下巴上。这货倒在了沙发上。我正欲发难，狠狠打他一顿，龙哥却拦住了我，问那人："你以前是不是在××广场看过一段时间场子，后来就走了？"亮子点了点头，很惊恐的样子。

龙哥问他："你是不认识我了？"亮子端详了龙哥一会儿，突然很激动的样子，一把抓住龙哥的胳膊，问他："哥，你咋在这儿呢？"

我一看，龙哥跟这个屁货认识，只能停手。他俩聊了一会儿，龙哥转过头告诉我，这亮子以前跟他在娱乐广场一起干过，不过干了没多久就走了。

我问亮子："你那两个弟弟在学校门口扒拉学生要钱，是不是你指使的？"

亮子挠了挠头，问我："这俩碎催去学校门口欺负学生了？"

我把学校门口的事告诉了亮子，他似乎也很气恼的样子，向我保证一定会解决这件事。我想起刚才还打了亮子几拳，刚想道歉，说了一句，"兄弟，你没事吧？"龙哥却阻止了我，他跟亮子寒暄了几句，便拉着我离开了。

出门后，我问龙哥："为什么刚才我想道歉你不让？"

龙哥笑了，问我："你真相信瘦猴去欺压学生，亮子没授意？我认识他比认识你都早，这小子是什么人，我心里清楚得很，况且你也不必太把他当回事，打就打了，没事。"

我跟龙哥办完事以后，给那个学生发了条短信，告诉他以后不用害怕了。龙哥准备去市场买菜做下午的盒饭，继续去学校门口卖，我也跟着去了。到了市场，龙哥买了许多菜，买肉的时候，他特别仔细，挑了好久。我问龙哥："你买这么好的肉，一份盒饭三块钱，咋挣钱啊？"

龙哥告诉我，学生吃的肉不能有问题，买点猪淋巴肉做丸子，给学生吃出病怎么办？况且做的盒饭也是有利润的。他之前算过，一盒能挣个七八毛钱，"我一天能卖60多盒，一个月也能赚个1000多块钱，可以了，先凑合干"。

我跟龙哥买完菜正准备离开，发现市场门口围了一群人。我跟龙哥也过去围观，一看，是一个男人正在喂狗。那只狗是一条巨大的串种中亚牧羊犬，骨架异常粗大，高度感觉都快到我的腰了，看起来都不像一只狗了，长得肥头大耳，脸上都是褶子，胖胖乎乎的，正在呼哧呼哧哈气。

奇怪的是，这只狗好像自己不会吃饭。男主人把盆里混合好的食物攥成小团，掰开狗的嘴，狠狠地顺了下去。狗被撑得直打嗝，他还在不停地喂，不过这只狗看起来很爱吃东西的样子，张着大嘴就等着主人给它喂食。

喂了一会儿，狗都吃不进去了，主人还在往它嘴里塞食物团子。狗子不想吃了，他还打了狗子一嘴巴。牧羊犬立刻委屈得呜呜叫了起来。

我问狗主人："这狗是要卖吗？"

狗主人说："是要卖掉，这个拉拉胯，都两岁了，配狗都不会，见到女狗狗就害怕，眼睛都不敢看人家。"

我看了看这只肩高特别夸张的大狗，问他："这只狗多重啊？"

狗主人说："这只狗150多斤，不到160斤，你要的话，700块钱拿走。"

我合计了一下，身上好像没那么多钱，便问他能不能便宜点。狗主人坚持不能便宜，再便宜就让人收去吃肉了。"看你小子不像狗贩子，我才卖给你的。"

我掏了掏兜，只有300块钱，狗主人见状立刻抓紧了狗绳。这时龙哥走了过来问老板："给你一箱洮南香，52度的，烟酒行一箱卖800多块，加上300块钱，换你这条狗如何？"

狗主人想了想，问我们酒是不是真的。龙哥说："一会儿我带你去我家搬，你去礼品回收的店里卖了，要是假的，你就来砸了我家门。"

最后，我成功得到了那只巨大的牧羊犬。龙哥带着狗主人去取酒，临走的时候，狗主人很不放心地看着自家的狗，眼泪都要流出来了，嘱咐我一定要好好照顾它，一定不要杀了吃肉。如果不行，就给它找个工厂，绳子拴着一辈子，看门也好。

我牵着狗回家了，路上回想起狗主人，他对这只狗很恶劣，又打又骂，填狗式喂养，估计就是为了让这只狗长得巨大，可是他内心，也对这只狗有一定的感情。人这东西，复杂得很，谁好谁坏说不清。

我牵着这只牧羊犬回到了平房。这只狗力气极大，一路上为了控制它，累得我胳膊都酸了。150斤大狗的力量很恐怖。到了家，我把狗牵进了屋里，解开了脖套。没想到这只狗居然一点都不怕生，一下跳到了炕上，还咬着被褥，自己把被褥卷了起来，靠在被褥上。我正要把它赶下来，却发现它已经开始打呼噜了。这时我开始仔细端详这只狗，它的脑袋很大，都快赶上人的脑袋了；脸上都是褶子，两个眼窝间距很近，嘴唇还有点外翻，长得傻头傻脑的，看着不像什么恶犬。

我捡了点木柴，又往盆里加了点水，准备热剩菜吃。这只狗居然醒了，跑下来大脑袋靠在我的腿上，呼哧呼哧喘着气。我捏了捏它的脸皮，它傻傻的，没什么回应，眼神直勾勾盯着饭菜。狗子好像饿了。

我又往土灶里加了不少柴火，倒了点水，柴火烧得噼里啪啦直响。菜热好以后，我刚把饭菜倒在盆里，准备开吃，狗子就张大了嘴巴，呜呜地叫着。我看了看，它的嘴很大，但是牙却很小。它想让我喂它吃饭。想了想，狗子已经快一小时没吃东西了，我把饭菜倒在了另一个铁盆里。

我想让它自己吃，没想到这狗还是张大了嘴，等着我把食物塞到它嘴里。那一刻，我突然有点心酸，也许它从小到大很少自己吃东西，都是被人塞到嘴里，囫囵个就吞下去了。我拿着铁盆在它嘴边晃来晃去，试图让它闻到饭菜的香味。它用舌头舔了舔饭菜，却怎么也不肯吃进去，我又蹭了蹭它的嘴巴，狗子张开嘴，叼了一块肉段，却不会咀嚼，直接吞了下去。可怜的家伙，嚼东西都不会，希望它以后能好好活下去。

我把狗子拴在了院子里，这时龙哥突然给我打了个电话，邀请我出去吃饭。到了地方，龙哥已经在等我了。饭桌上，龙哥告诉我，他要去一趟北京学点技术，不能总这么混了，之后回来开个店，好好过日子。

我有些失落，龙哥笑了，拍了拍我的肩膀，告诉我，也就半年，他就回来。我突然有点想哭，龙哥走了，我有点难处，也不知道去找谁，心中的疑惑，也没人能替我解答了。我掏出400元递给龙哥，这是我仅存的一点现金。龙哥没有拒绝，拿着钱揣进了兜里。

吃完饭，我俩默默的，谁都不说话。我准备送龙哥去火车站，在火车站附近，看到一个小门脸，我就想进去再买点烟给龙哥。进去后，我挑了两盒"人参"，刚准备结账，却发现老板一直低着头。我抬眼一看，是王秃顶。王秃顶当年可把我跟龙哥给坑惨了。他一开始是我俩的老板，我跟龙哥在他那儿看场子。这货因为一点事，找人打断了龙哥的胳膊，还打得我一脑袋血，头晕了几个月。没想到这货居然在这儿。

我上去一把揪住他的领子，可算让我逮住这货了。没想到王秃顶居然可怜巴巴地哭了，一下坐在地上，哀号着。他告诉我们，他离婚后，娱乐广场也没了，他自己攒了点钱，想做点生意，又赔了，如今开了个小超市糊口，让我俩放过他。说着，王秃顶可怜巴巴看着我，"孩子，我比你爹岁数都大啊。"

我正欲揍他，龙哥拉住了我。我狠狠看了王秃顶一眼，把烟放在桌子上。龙哥拉着我离开了超市，出门后他告诉我："以前的事就算了，王秃顶都这个熊样了，爱死不死吧，没必要抓着他不放。"

我暗暗记下了这家超市的名字，又给龙哥在别处买了两盒"人参"、一瓶白酒，劝龙哥省着点喝，别一顿都喝了，在外面醉了不好办。龙哥答应了我，扭头进了车站。我盯着龙哥的背影慢慢消失在人群里，身上有点发冷。

回到家，狗子正在院子里呆呆趴着。看到我回家，它兴奋得不得了。我有点沮丧，看了看肥头大耳的狗子，有点发愁。它一天单是吃狗粮都能吃三斤，还要吃其他乱七八糟的饭菜，加一起一天要吃五斤多的食物。可是我现在也没个工作，坐吃山空也不是个事啊。看了看狗子，我决定给它起一个名字，就叫"傻蛋"，因为它傻傻的。我希望它能好好活下去。

快要到冬天了，这间屋子有许多细小的裂缝，我准备去找一些东西加固一下房子，不然过冬都困难了。正好没事做，带着傻蛋出去开宝箱。我牵着傻蛋转了好久，在宝箱里捡到了好多有用的东西。有桶装的猪油、装饰用的台灯、小板凳，还有打火机、干燥的烟丝，只有想不到，没有在垃圾桶里捡不到的，物资装了满满一个大麻袋。回到平房，我去附近小卖部找老板娘要了点水泥腻子，开始用腻子修补墙上漏风的地方，修修补补了一下午才弄好。我的瓦匠活很烂，弄得非常丑，但的确把那些缝隙给堵上了，房子里屋又填充了许多发泡胶。这样估计晚上就不会冷了。

傻蛋全程都在呆呆看着。修补完以后，我开始做饭，用猪油炸了个锅，里面放了一些火腿肠、猪皮、花卷，做了一锅热热的饭菜。傻蛋看到大杂烩也很兴奋的样子，我们狠狠吃了一顿。

吃饱后，我躺在炕上，听着风吹着纸壳的声音，很有安全感。

恍惚中，我听到了噼里啪啦的雨声，外面突然开始下雨了。我翻了个身，一滴冰冷的液体滴到了我的脸上。屋里好像漏雨了，我想跑出去看看，却发现外面的雨大得吓人，仿佛从天上倒水一样。

我强顶着暴雨爬上了楼顶，发现是一块瓦片烂掉了。我跳了下去，捡起一块大纸壳子，又爬上屋顶，死死地把那个缺口给盖住，又用两块石头紧紧地压住。回到屋子里一看，基本上不漏水了。屋里的湿气很重，我又捡了点柴火，把炕烧了起来。

这场雨很大，下了整整一夜。

第二天，我回到了那所学校门口，龙哥曾经的摊位已经被一个老太太占了。老太太卖的好像也是盒饭，我走过去询问了一下价格，她的盒饭五元一盒。我买了一盒，坐在台阶上打开了饭盒，里面只有两个菜，一个炒火腿肠，一个酸菜粉条。说句真心话，这种饭菜水平，照龙哥的差远了。我扒拉着普通的饭菜，只吃了几口，就实在吃不下了。

这时突然走过来一名学生，他站在我身旁。我抬头一看，就是那个被瘦猴欺负的学生。他见到我，很兴奋的样子。我俩聊了一会儿，他问我龙哥怎么不来学校门口卖盒饭了，学生们都很爱吃他做的饭菜，况且他也想好好感谢一下龙哥。我告诉他龙哥离开了，去了北京，应该要半年后才能回来。

学生一脸失落，自言自语地咕哝着："龙哥不来，以后也没有好盒饭吃了……"他转头又问我："哥，你以前是跟龙哥在一起的吗，能给我讲讲龙哥以前的故事吗？"

我说："龙哥的故事吗？以后吧，他的故事很长，一时半会儿讲不完。"

离开了学校，我又回到了平房，这里很破烂、很旧，但这里是我的家。傻蛋早就在家等着我了。晚上我躺在床上，隐约觉得这里越来越冷了，我爬起来烧了很多煤，可是屋里的冷气还是异常的重，冻得人骨头都疼。也许到了冬天，就该换个地方住了。我钻到被子里，傻蛋也跟着跳了上来。

黑夜很快就要来临，我的家既温暖又寒冷。

龙　哥

　　早些年，我还在四处游荡，也没个正经工作。那时候的我天天满街溜达，吃饭也吃不上。我天天在网吧里过夜，每天最痛苦的时候就是天刚亮的那一刻，扫地阿姨已经到了网吧，噼里啪啦收拾着桌面上的垃圾，尘土与烟草混合的味道，昏昏沉沉的头脑，一切都让人感到无比疲惫。

　　每到这时，看着蒙蒙亮的外面，我都感到无比孤单。扫地阿姨不会直接赶走我们，因为我们交了包宿费。可每当天亮的时候，她都会发出巨大的噪声来吵醒我们，之后笑眯眯告诉我们，电脑得休息一会儿。这就是要赶我走。没办法，不能给别人添麻烦，只能走了。

　　我离开网吧，在马路上游荡了一会儿，看到一家早餐铺，巨大的蒸笼摞了两米多高，蒸气中传出诱人的味道。我掏了掏兜，还剩20多元，买了2元的包子，一共8个，坐在台阶上吃了起来。

　　这时候我看到对面的街上似乎喧闹着，我抬眼一看，那是一家洗浴中心，正在喧闹的似乎是一群服务员，他们穿着整齐的制服，一排排站在洗浴中心门口的两侧。这时一辆纯黑的桑塔纳缓缓地开了过来，车门里钻出一个五大三粗的男人，胖胖乎乎，挺大个脑袋，一身的刹车印，手臂上满满都是文身，脖子上戴着一串奇粗无比的金链子，远远看去，我感觉那金链子跟我的小手指粗细都差不多，在阳光下，金链子闪烁着刺眼的光芒。一群服务员见到这男人，立刻大喊："祝龙哥白天响当当，晚上硬邦邦。"

五大三粗的男人微微一笑，左右摆着手进入了洗浴中心。这时的我还拿着包子，呆呆看着这一幕。这种牌面，这种迎接仪式，我这辈子还是第一次见到。男人走进洗浴中心后，一群服务员才缓慢地跟了上去，随着大门的关闭，我看不见那个男人的身影了。

吃光了包子，我走了过去，洗浴中心的玻璃上贴着一张纸，仔细看了看，是招工的，上面写着，招安保，700元一个月，包吃住，要能摆事的。看了看招聘的纸，我走进了洗浴中心，一群服务生问我做什么，我告诉他们自己要应聘。一个肥胖的男人带我走了进去，到了一间巨大的屋子门口，胖男人示意我进去。进门之前，胖男人告诉我，见了龙哥，一定客气点。龙哥是当地著名的狠人，纯纯的社会人。据胖男人说，龙哥曾经江边一战，一人一棍，击退了五六十个社会流氓。据说那一战，龙哥一顿棍棒，噼里啪啦，犹如齐天大圣下凡，棍子所到之处，遍是哀号。这一战让龙哥彻底成名。

之后的日子里，龙哥横扫了我们市的所有小地痞。由于龙哥常年随身携带家伙事，他还有另一个外号"人形碉堡"，你永远也想不出来，龙哥随手一掏会掏出什么武器。

我看龙哥文身很多。"他文的什么啊？"我询问胖男人。胖男人告诉我，龙哥前半身文的是过肩龙，后背上文的是关羽，肚子上文的是下山虎。"关羽是谁都能文的吗？招子放亮点，不然你走不出这个洗浴中心。"胖子嘱咐我。

我走进屋里，龙哥胖胖乎乎，大脑瓜子一提溜，正坐在老板椅上，跷着腿在读一本书。我仔细一看，书名是《如何做好一名老板》，看来龙哥还是比较有野心的。龙哥的后脑袋油汪汪的，四条褶子板板整整排列在后脑勺上，一看就是养尊处优的大哥。

"龙哥，我来应聘。"我轻声呼唤着龙哥。

五大三粗、一身刹车印的男人抬起头看了看我。那一刻，他那头发稀疏的脑袋在灯光下闪烁着诡异的光芒。"兄弟，以前干过安保吗？"粗壮的男人斜着眼问我。

"安保吗？没干过，不过大概就是保护洗浴的客人，防止别人闹事吧，我可以干的！"我很兴奋地回应了龙哥。

龙哥满意地一笑，告诉我可以在这儿上班了，说着还递给我一盒烟。我一看，是一盒"大福"（22元一包），果然是本市著名狠人，抽的烟都这么牌面。

当晚，我在网吧兴奋得不得了，想到不用天天住网吧了，一日三餐有了着落，我就很开心。明天饭菜会是什么呢？会不会是青椒里面混着五花三层的回锅肉？还是豆角炖上一些瘦瘦的猪肉片，浓厚的汤汁配上一大碗米饭？又或者是煎得软软的茄子，配上辣酱呢？

在幻想中，我躺在凳子上睡了过去，醒来后已经是凌晨四点了，旁边的人也早都睡着了。我在凳子上又坐了一会儿，看了看时间，洗浴中心还有两个小时也该开门了，第一天工作，早点去吧！

我到了洗浴中心，等了好久才开门。过了一会儿，一辆黑色的桑塔纳开了过来，那派头一看就是龙哥的座驾。我们又站成一排，龙哥刚一下车，我喊的声音比谁都大："祝龙哥白天响当当，晚上硬邦邦！"

龙哥微微一笑，用满是文身的胳膊拍了拍我，"小伙子，有前途！"随后，龙哥给我们训话。他站在队列前，着重说了说关于处理醉酒顾客的事宜：如果以后再有醉酒顾客调戏女服务生，不许打人，直接报警处理。讲完了那些，龙哥又单独给我讲了讲，我的工作需要做什么。说完，龙哥便走了。

我的工作性质很简单，平时负责巡视巡视洗浴中心。其实在龙哥告诉我以后我才知道，我们的工作地点不仅仅是一家洗浴中心。洗浴中心附近的酒吧、网吧、歌厅、迪厅，都是我们的地盘。这附近是一个娱乐广场，这些地盘都归龙哥管理。

当天，我巡视了好久，感觉自己倍有面子。到了中午开饭了，我兴奋地冲到食堂，果然饭菜很好，三个菜，管饱。那顿饭菜我至今记忆深刻：一个土豆豆角炖肉，一个西红柿炒黄瓜鸡蛋，一个牛肉土豆。我盛了满满一大碗饭，狠狠地吃了一顿，最后铁盆里的汤都被我倒了出来，又泡了一碗饭。我饿得像一条狗。

吃饱了我就四处溜达。到了晚上，我正在大厅坐着呢，突然冲进来一群人，告诉我们歌厅那边出事了，让我们安保的人迅速过去一趟。一听这个消息，我一路小跑到了歌厅，到了以后，发现龙哥正带着一群人，跟一群手持扎枪砍刀的人对峙着。那群拿着砍刀扎枪的人，一个个五大三粗，一身的刹车印，拎的扎枪足有两米长，看起来十分凶悍。这群人正在叫骂着什么，似乎是因为一名陪酒女孩。

龙哥冷冷地看着他们，让他们进里屋去谈。一群人都走了进去，龙哥也跟了进去，我也想进去，他却一把拦住了我，轻声告诉我："兄弟，没事，我能解决。"说着，他走进了包房，进门后狠狠把门关上了。

我们想打开门冲进去，却发现门已经被龙哥反锁了，只听里面一顿叮咣乱响，伴随着杯子破碎的声音和龙哥的叫骂声。我当时以为，凭着本市第一狠人的实力，这几个人绝对不是龙哥的对手。过了一会儿，门打开了，只见那群男人一脸狰狞地走了出来，我刚想与他们厮打，龙哥在里面大喊："大陈，放他们走，以后再跟他们碰。"

那群人骂骂咧咧地离开了。龙哥又大喊："陈，进来一趟，别人不要进来，屋里都是血，对年轻人不吉利！"听到龙哥的声音，我冲了进去，却发现房间里并没有龙哥的身影。这时，突然传来了怯生生的声音，"快来扶我一把！"

这是龙哥的声音，但我却找不到他。这时我看了看桌子，一把掀开桌布，低头一看，龙哥正坐在桌子底下，满脸是血。看到我，他尴尬地笑了笑。我赶紧把龙哥拽了出来，拿着抽纸一边帮龙哥擦脸上的血，一边询问战况。

龙哥微微一笑，说在屋子里，他一开始一顿大摆拳打翻了两个人，随后一群人疯狂投掷桌子上的东西互砸。他见状就钻到了桌子底下，与敌人周旋。由于空间狭窄，那群人也奈何不得他，最后只能离去。

"这场战役大概是五五开吧，不输不赢。"他说得很好，可是我却觉得，他是打不过，被人揍了一顿才躲到了桌子底下。但没办法，为了维护龙哥的颜面，我只能把他讲述得无比英勇，力战一群手持砍刀的男人，最后却全身而退。

龙哥的故事远近闻名，许多社会小青年都对龙哥崇拜无比，经常会有一身文身的小年轻过来拜见龙哥，意思是想跟龙哥混。从那次以后，我也成了龙哥的贴身护卫。龙哥虽然长得五大三粗，一身大文身，看起来凶神恶煞，但深入了解后，我才发现他是怎样一个人。

首先，他特别怕虫子。哪怕是那种细小的飞蛾，都能把龙哥吓得嗷嗷乱叫，更别提洋辣子、毛毛虫这种了，这些虫子如果放到他身上，不夸张地说，会直接把龙哥吓晕。

其次，龙哥是一个很注重仪式感的人。龙哥很爱穿花衬衫，那种花花绿绿的衬衫，搭配着他一身的文身，总能给人一种奇怪的威慑感。他办公室的柜子里有十多件一模一样的花衬衫，属实是专一男人了。

那段日子，娱乐广场的生意很好，龙哥虽然平时看似凶狠，但他是一个很会做生意的人，把广场经营得很好。娱乐广场的老板姓王，是一个50多岁的男人，秃顶，平时为人刻薄，经常压榨员工。以前娱乐广场的工作餐只有两个菜，肉很少，龙哥来了以后才变成了三个菜。王秃顶虽然刻薄，但他很畏惧龙哥。那个年代，社会人和商人是互相利用的关系，谁也不得罪谁就好了。

王秃顶那时相中了洗浴中心的一个领班女孩，就叫她"小丽"吧。这女孩20多岁，长得很漂亮，人比较实在，没什么心机。王秃顶多次示意龙哥，让龙哥介绍介绍，龙哥清楚王秃顶的人品，拒绝了，并告知了领班，让其小心王秃顶，别被骗了。

哪知过了一段日子，王秃顶请我们吃饭，偷偷派人把小丽也接了过来。王秃顶在酒桌上当着小丽的面各种污言秽语，把女孩弄得坐立不安。龙哥跟我也不好说什么，毕竟那是老板，也没动手动脚，他也不好阻止。吃着吃着，王秃顶给女孩倒了一杯酒，小丽连连摆手，说自己不会喝酒，王秃顶却强迫小丽喝。我跟龙哥看了看那杯酒，是一杯红酒，应该没事，也就没管。最后，小丽拗不过王秃顶，只能喝光了那杯酒。喝完后，就是无聊的吹捧时间，王总吹捧龙哥的社会权威性，龙哥吹捧王总的商业头脑。这时候我突然发现小丽趴在桌子上睡着了，我觉得很不对劲。正常来说，哪怕是滴酒不沾的人，一杯红酒也不会醉过去啊。

我示意龙哥小丽睡着了，龙哥走过去扒拉了几下小丽的脑袋，发现好像死人一样。龙哥不信邪，又扒了扒小丽的眼皮，那一刻，我看到的是一片死寂、不会转动的白眼。我突然回想起以前看过的一本书，麻醉过后的人好像就是这种反应。正常来说，醉过去了，眼睛还会有一定的活动，这种眼睛一动不动的情况实在是太奇怪了。

我小声地问龙哥："她是不是被麻醉了？"龙哥不回声。这时王秃顶笑眯眯地看着我俩，冲龙哥说："这小丽我早就想死她了，一会儿咱们带她去宾馆。"说着，走了过来，没等我们反应过来，王秃顶一把抓住小丽，狠狠地亲了几口。我一把挡住王总。龙哥脸都黑了，并不出声。这时我看到他的一只手伸向了兜里，我一把按住龙哥的手，拍了他一下，示意他冷静。那双手有些颤抖，不过很快就恢复了正常。龙哥看了看王秃顶，对他说："王总，小丽来广场的时候，她妈就托付我，让我照顾好小丽。你俩的事以后我不管，今天的话不行。"说着便指着小丽示意我，我一把扛起小丽，王秃顶刚想阻拦，龙哥就走出了房间。我见他走了，我也扛着小丽离开了。到了饭店门口，我把小丽放在桑塔纳的后座，我俩开着车就走了。

我翻了翻小丽的眼皮，里面都是满满的眼白，看起来跟死人一模一样，我有点慌了，冲前排喊道："她好像死了！"龙哥一听也有点慌了，让我摸她的脖子，看还有没有脉动，我试着探了一下，还有跳动感。他告诉我："有跳动应该没事，咱们去医院。"说着就调转车头开向了医院。到了医院，我扛着小丽，龙哥去挂号。到了急诊室，医生看了看小丽，跟审犯人一样问我们她是怎么变成这样的。

我俩也不能说实话，只能说是喝多了，医生们对我俩各种翻白眼，看样子，很是鄙视我们。过了一会儿，医生质问我们是不是给女孩吃了安眠药，我们两人谁也不说话。很快，医生带着小丽去洗胃了。我们两人蹲在门口等待，谁也不说话。

想起王秃顶的嘴脸，我突然感到屈辱，为了几个工资，我曾经的脾气都被王秃顶的几张钞票碎成了粉末。龙哥也是黑着脸，默默吸着烟。沉默中，我突然看到了两双大皮鞋，抬头一看是两名保安，两人问我们是不是给女孩吃安眠药了，我们不作声。很快，我们被带回保安室，被关进了小屋里，由一名年轻的保安看管着我们。他一直在絮絮叨叨数落我们两人，说最看不起的就是我们这种人，天天在社会上当烂仔，骗女孩。一听这话，我怒了，指着他说道："我告诉你，我刚退伍没几年，别把那些我们没干过的事扣我俩脑袋上。"龙哥拍我的腿，示意我别说话。保安见我这副姿态也有些不知所措，最后呵斥了我几句，指了指墙边，让我去一边站着，又看向龙哥，大声呵斥道："去暖气旁边蹲着去！"龙哥也没吱声，蹲了过去。

过了一会儿，龙哥问道："保安同志，我能不能给我老板打个电话，让他过来一趟，这件事他清楚。酒不是我俩给那个洗胃的女孩喝的，他清楚事情的经过。"年轻的保安同意了。龙哥拨通了电话，看样子是给王秃顶讲述了来龙去脉。过了一会儿，王秃顶来了。保安们一看到王秃顶，亲热地贴了上去，一口一个王总，挨个跟王秃顶握手，那幅场面真是可笑极了。他们又搬来了凳子，给王秃顶倒上了热水。下药的人威风地坐在凳子上，跟保安们家长里短，而我跟龙哥，一个站在墙角，一个蹲在暖气片附近。从那天开始，我明白了，这个世界也许从未有过公平，或许也有，但不会发生在我跟龙哥身上。王秃顶解释了一会儿，保安笑眯眯地把龙哥扶了起来，又把我叫了过去，说这次的事是个误会，示意我们可以走了。我跟龙哥走了出去，开车回了医院。小丽已经醒了，打上了点滴。可小丽对我们两人满眼都是恐惧，她可能认为是我们给她下了药。龙哥见解释不通，我们就离开了。

当晚，我跟龙哥去买了两个菜，一个豆腐炖白菜，一个花生米，俩人喝得烂醉，其间谁也不说话。也许是"烂仔"的称呼让龙哥难过了，他喝酒很多，吃菜很少，一直在把炖豆腐里的肉夹给我，让我多吃，说年轻人要多吃肉。

第二日，小丽的妈妈来了，是一个胖胖的中年妇女。她一见到龙哥，就抓着龙哥质问为什么要让她女儿喝得烂醉，骂我们是臭流氓，龙哥的刹车印都被抓变形了。我赶忙跑过去告诉她小丽被下药的经过，中年妇女得知真相后却并没有愤怒，而是很隐晦地问我们王总有钱吗？我们告诉她："王总很有钱，几千万应该是有了。"中年女人一听这话念叨着自顾自就走了。

两天后，小丽回来了。以前她每次见到龙哥都会很热情地打招呼，而现在却变得十分冷淡。那天，我跟龙哥正在屋里聊天，小丽走了进来先是寒暄了几句，之后她告诉龙哥，希望我们以后不要管她和王总之间的事。言下之意，就是我们那天把她送医院也是我们做错了。我一听这白眼狼这么说，立刻骂上了，我质问她："你还有没有一丝良心，我们为了你在保安室蹲了两个小时，你TM现在反倒怪上我们了？"

龙哥阻止了我，告知小丽："我们以后不会管了，不过你还是得小心，另外，王总已经有老婆了。"

小丽虚伪地说了一句"谢谢"，扭头走了出去。我冲出去，在走廊里一把抓住她，让她把龙哥垫付的医药费还给我们，"有那个钱，我俩还能喝几个啤酒，吃几个肉菜，不能把钱花在你身上。"

小丽却反问："我求你们带我去医院了？你们带我去医院，我感谢你们，但是以后请不要管我跟王总的事。"

我一听这话更生气了，拽着她的衣服要跟她理论。她恐吓我，再不松手她就喊了。没办法，我只能任由她挣脱。看着她那婀娜的背影，我突然感觉到，这个女人也许跟王总是一路人。

我跑回去把这事告诉了龙哥，他却很平静。我让龙哥以后必须好好教育教育她，最起码把钱还给我们。龙哥却对我说："没必要，以后按规矩办事就行，她好好工作，你也不要理她，就这样吧。"

我们并没有针对小丽，可小丽还是辞职了。过了一个月，王秃顶开着宝马来巡视，我们前去迎接，却没想到，王秃顶下车后，车里又钻出一个女人。只见这女人穿金戴银，穿着一身开衩到大腿的旗袍，一脸瞧不起人的样子。我突然觉得这女人有点眼熟，仔细一看，是小丽。龙哥好像早就认出来了。小丽一把挎着王秃顶的胳膊，一口一个"老公"叫得无比亲热，那场景，我还以为她才是王秃顶的原配。看到我，这女人一脸恐惧的样子，指着我对王秃顶说："老公，那天就是他抓着我，不让我走。"

王秃顶恶狠狠地看着我，随后他走了过来，问我："你知道你这样做的后果是什么吗？今天龙哥在这儿，我不想说你什么，以后做事注意点，不然会有什么后果，你自己好好想想。"我见他并没有动粗，也没回应。小丽跟王秃顶在广场一顿耀武扬威之后离开了。

我真的想不明白这事，就去问龙哥："我们当初做的不对吗？为什么小丽如今翻脸就不认人了？"

龙哥默默地抽着烟，对我说："我们做得确实不对。"

"为什么？"我反问龙哥。

他告诉我，因为小丽本身就想攀高枝，如果我们那天不管，她可能早就跟王秃顶好上了，也不用等这么久，我们影响了人家赚钱，所以我们做错了。龙哥给自己倒了一杯酒，又自顾自说道："不过，从天理上来说，我们没错，如果当初不管，我会后悔一辈子。陈，记住，按照自己的内心行事，不要去伤害别人，这就是你自己的道路。"说完，龙哥便走了。

当晚，我回想着龙哥的话，突然觉得他的一身刹车印没那么刺眼了。他虽然是所谓的社会人，但是他并不坏。相反，虽然他外表凶狠，但他比大多数人更加善良。

日子有一天没一天地过着。有一天半夜，龙哥想休息休息，于是把活委托给值班经理，我俩开着车就走了，去了电脑室上网。这时龙哥的电话响了，他接了电话，好像是小丽打过来的，问我们在哪儿，龙哥跟她说我们在网吧。挂断后，龙哥告诉我："咱们再玩一会儿得回去了，王总知道咱们出来玩，不开心了，让咱们抓紧回去。"

我俩又玩了一会儿，刚准备走，这时我却发现，门边站了几个五大三粗的男人。这群人并没有做什么，而是默默地，似有似无地盯着我跟龙哥，仿佛在等待着什么。我感觉不对，示意龙哥。他似乎也发现了不对劲，低声提醒我："这群人多半是来找事的，一会儿注意了。"

低头一看，电脑下面有一根门钩子，是用来拉铁门的，我悄悄地捡了起来，龙哥也掏出了兜里的家伙。我把门钩子藏在身后，直勾勾奔着门口走了过去，由于电脑室里都是板凳，他们并不能看到我手里拿着家伙。

走到吧台处，我猛地小跑过去。那几名男人见我发难，大喊一声，忽地一下，外面又冲进来十多个男人，个个手持砍刀、短棍。我一看这是要玩命，我也犯了狠，拿着棍子就是一顿乱打，没有任何技巧，就是疯狂地抡门钩子。电脑室很狭窄，我手里的门钩子又极长，一瞬间，我甚至占了很大的优势，只感觉一顿硬物触碰，那群男人被我打得有些怕了。

"快躲开！"龙哥在我身后大声喊道，我本能地往边上一撤，一道黄色的影子飞了过去，我回头一看，龙哥开始扔凳子了。那一刻，龙哥像路飞的爷爷卡普一样，疯狂投掷凳子。他的投掷速度非常快，砸得满屋子都是凳子的木渣。最后他扔急眼了，一凳子跑偏，直接把我砸翻在地。见我被砸，龙哥想把我拽起来。

那群男人趁着间隙想继续冲进来，龙哥一看，又开始往外扔板凳。由于他已扔红了眼，我在地上被他踩得嗷嗷直叫，他也没有发觉。那群男人见我俩过于疯狂，都跑了出去。我跟龙哥在电脑室里也不敢出去，等了许久，才发现那群人好像走了，我俩才敢走出去。我望了望附近，那群人似乎都已经跑掉了。

我跟龙哥回到电脑室，只见女网管一脸恐惧地看着我俩。我们有些羞愧，打架的时候损坏了不少凳子。我们问网管凳子的价格，网管告诉我们，120元一个。最后我们赔了1000元才离开了网吧。

回到洗浴中心后，我突然发现，门口的保安、服务生们，似乎都用一种很怪异的眼神看着我和龙哥。我们回到屋里，发现王秃顶正坐在龙哥的办公室里。龙哥刚想说话，王秃顶摆了摆手，说道："龙哥，我这座庙太小了，容不下你们哥俩，你们走吧，差的工资我一会儿派人去银行给你们转过去。"

听到这话，我已经明白了，这老秃子想卸磨杀驴了。龙哥冷笑了几声，并没有过多争辩。我们两人带着行李离开了广场，路上我很沮丧，问他："龙哥，我们去哪儿啊？"龙哥似乎并不沮丧，他低着头思考了一会儿，告诉我："先租一个房子吧。"

虽然龙哥戴着大金链子，开着桑塔纳，但他并没有太多存款。他平时就爱请客，动不动给广场的服务生们加个餐。他从前就住在洗浴中心里，如今被赶走了，也没地方住了。

天已经黑了，看着黑漆漆的天空，我们不知道该去哪儿。我们直奔附近的村子，询问了半天，有一家人的平房要出租，两间屋子，一年150元。我们看了看，屋子里很乱，满是灰尘和流浪猫狗的粪便，主人还不给收拾。没办法，现在不宽裕，只能先对付住了。交了钱以后，我们决定先去吃一顿饭，找到了一家小的炖菜馆，点了两个菜，一个豆腐炖粉条，一个熘肉段，又要了两打啤酒，闷闷地喝着。

那时候还是夏天，不过那天很冷。啤酒喝光了，我们又要了一瓶白酒，正喝得头晕目眩，龙哥趴在桌子上睡了过去。这时我隐隐听到外面似乎有喧闹声，我刚想站起来，门口的门帘子被掀开，冲进来一群彪形大汉，还没等我反应过来，一名手持棍子的人照着我脑袋唰就是一棍。随着那一棍，我脑袋嗡的一下，眼前一片漆黑，加上本身就喝醉了，顺着桌子我就倒了下去。

龙哥也醒了过来，见有人发难，他想起来帮我，可是他喝得太多了，很快也被乱棍打倒在地。混乱中，我抱住了一条腿，用力一拽，把那腿的主人也拽倒在地。龙哥还在那边挨打，我想站起来去帮他，却遭到了棍棒的疯狂击打。那一刻，我被打得神志模糊，眼前什么也看不见，耳边只有刺耳的叫骂声。

过了一会儿，这群人好像走了，我在地上爬向龙哥。龙哥满身是血，正在地上喘着粗气，看到我爬了过去，他问我伤得重不重，我说没事。我跟龙哥在地上折腾了好一会儿，才一瘸一拐互相搀扶着离开了饭店。

事实证明，龙哥后背上的关羽并不能增加攻击力，肚子上的下山虎也并不能增加防御力，还有龙哥的花腿，也并不能增加移速。相反，他伤得比我还重。

我找了一家药店，进门的时候，售货员吓了一跳。我买了一些酒精绷带。在外面，我俩互相检查着伤势，我伤得不是很重，就是脑袋被打得昏昏沉沉的，很恶心，想吐。龙哥的胳膊上开了几个不大不小的口子，浑身被打得淤青，脑袋上被踹得都是破裂的小口子。我给他收拾了半天才不流血了。

这时候我才发现，我后脑袋上被开了一个很大的口子，正在缓缓地流着血。我把自己的脑袋也包上，龙哥默默缠上了自己的胳膊。我想试试他的胳膊，刚一抓住，龙哥痛得大叫。我想拽他去医院，他却说啥也不肯去，告诉我回去躺一宿就好了。

我俩只能互相搀扶着慢慢往回走。当时已经是晚上九点了，我们走到村子里的一个拐角，突然发现了一只瘦弱的流浪狗正在角落里蹲着，不停地颤抖。见到我俩，这只流浪狗颤颤巍巍走了过来，这时龙哥把自己手臂上的绷带放了下来，流浪狗似乎对绷带很感兴趣，张着嘴不停地咬垂落下来的绷带。龙哥也很开心，提溜着满是血迹的手臂，不停地晃动着绷带，狗不停地追逐着绷带，十分开心。跟狗玩了一会儿，那只流浪狗似乎注意到我，可我身上没什么可玩的。我借着月光用脑袋上的血在墙上画了一个小猪头，血迹画在灰色的水泥墙上，在夜幕下看上去只是一片深色的漆黑。一只黑色的猪头呈现在墙上。

瘦弱的狗看到猪头，兴奋地叫了起来，不停用爪子扒着水泥墙上的猪头，龙哥看到这一幕，也嘿嘿笑了起来。一路上他一直用绷带挑逗着流浪狗。

我们回到房子里，炕上很硬，连一套褥子也没有，我们捡了点破衣服当枕头。龙哥的胳膊还是很疼，我看了看，整条胳膊肿得跟萝卜一样。我又提出去医院，他却依然不肯去，告诉我睡几天养养就好了。

我俩聊了一会儿，那群打我们的人究竟是谁，似乎用脚都想得出来。不过我很奇怪，龙哥基本没得罪他们，为什么王秃顶连龙哥一起打呢？回想以前种种事情，龙哥一直很维护我，也许是因为王秃顶对我的恨，把龙哥也给连累了。

很对不起龙哥，不过也没办法了，既然都这样了，能活一天算一天吧。我跟龙哥躺在炕上，这时候肚子又饿了，我出去买了一堆吃的。吃饱后，我们两人躺在床上睡了过去。可是，龙哥的手却越来越肿，到了后来，只要轻轻一动，龙哥都会痛得满头大汗。不知为什么，龙哥的后背也开始疼，吃多了东西以后还肚子痛。这次，我没有听他的，带他去了医院，拍了片以后才发现，龙哥的手已经骨折了，虽然不是完全断裂，但也挺严重的，有几块都碎了，需要做手术取出来。我为龙哥办了住院手续，在医院的卡里存了2000多元。缴费处的工作人员是一个中年女人，她很不耐烦地说："这些钱不够做手术，快去凑钱，不然就给你停药，手术也做不了。"那一刻，我真想一拳打碎缴费处的玻璃，可想了想，人家又有什么错呢？

我跑出去凑钱，可是却怎么也凑不够做手术的钱。没办法，我回到了病房，龙哥正躺在床上，他看到我愁眉苦脸的样子，微微一笑，问我怎么了。我把缴费的事告诉了龙哥，龙哥哈哈哈笑了起来，调侃地问我："你真以为你大哥一点积蓄也没有？对，我是不存钱，可你看这个！"说着，龙哥指了指自己脖子上的大金链子。我一看，难道要卖金链子？龙哥一把拽掉自己的金链子递给我，让我拿去裁掉一截换钱。拿走金链子后，我去了一趟街里，找了一家首饰加工店。这根金链子真是让我开了眼了，沉甸甸的，揣在兜里都坠人。一上秤，足有9两重。我要没记错，那年成品金饰品一克要120元左右。龙哥这一根金链子，就值5万多元。最后首饰店老板裁掉了一截金链子，按每克105元的回收价收了去，卖了一万两千多元。

拿着那根被剪短的金链子，我回到了医院，补上了住院费。龙哥的手臂还是很肿，医生说要等消肿了才能手术。剩下3000多块钱，龙哥让我给主治医生送点礼，省得到时候不给好好做手术。我揣着钱到了主刀医生的办公室，掏出钱先给医生，他却怎么也不肯收，我只能作罢。三天后，龙哥进行了手术，手术很成功。

出院后，龙哥跟我回到了农村。他养病，我去做一些杂活赚钱。那时我找了一个活，就是去酒厂里铲酒糟，一个月500元，还给200斤酒糟。酒糟也能卖钱，算是个不错的活计。

几个月后，龙哥的胳膊已经痊愈了，也快秋收了，每家每户都忙着卖玉米。这个屯子有个恶习，就是赌博。秋收后，许多家庭的老爷们，都拿着卖苞米的钱去打牌赌博，一年的苞米钱，三五天就能输光。那时候，我跟龙哥也调查了，屯子里这些人，基本都是输钱。我俩就很奇怪，都输钱，那钱让谁赢走了？龙哥告诉我，这都是多少年玩剩下的路子了，就是设局而已。屯子里许多人家，一年就指着卖苞米那点钱过日子，还都给输了。龙哥问我敢不敢去给他们的场子端了。我问他怎么端？龙哥告诉我："等几天，咱们准备下，到了地方，进去直接把赌博的人轰走，那群看场子的要是敢龇牙，咱们就跟他干。"

"能行吗？听说他们那儿看场子的就有20多人，咱俩能打得过他们吗？"我有点不放心……

龙哥淡淡地笑了，信心十足地告诉我："没问题，到时候咱俩狠点，他们都得蒙。"

我突然觉得，眼前的龙哥很熟悉，好像我刚认识他的时候那么意气风发，一身的大哥风范，总能给人一种安心感。当天，我们去买了摩托车头盔，龙哥还找朋友要了几件避弹衣，奇重无比，两面都是钢板，穿上这个，刀肯定是伤不到我们了。

三天后，晚上九点，我跟龙哥手持镐把，兜里别着家伙来到了赌场。赌场位于屯子北边的一座小坡下，厂房里满满的都是人。我跟龙哥戴着头盔，背着手走了过去，门口的几个看守似乎很奇怪，大晚上两个骑着摩托的人过来干什么？没等他们反应过来，我跟龙哥就冲了过去，掏出棒子，一顿恐吓。门口这两人应该是小喽啰，看起来胆子小极了，被我们恐吓了一通就跑掉了。

我俩跑进厂房，这里满满的都是麻将桌、牌桌，居然还有老虎机、打鱼机，正在赌博的人似乎并没有发现我跟龙哥。我一脚踹翻了一台老虎机，大喊："不是这个场子的赶紧滚，不然误伤了别怪我们。"那些正在赌博的人还在傻傻地看着我们，这时候我发现，几个原本站在边缘的男人跑到了厂房内侧。

龙哥大喊一声："上！"我便追了过去，一通棍棒，把那几人全部打跑了。赌博的人见我们打了起来，忽地一下全跑了。屋外又冲进来十多个人，我跟龙哥手持家伙，杀气腾腾，我上去就是一顿镐把，打得两个人胳膊都直颤颤。他们逃到屋门口，合计了一下，也走了。估计都是赌场老板临时请来的烂仔，一点战斗力都没有，没开打就跑了。

这时候，我突然发现了一个十分熟悉的身影正坐在老虎机旁，背对着我们。这人穿着一身宽松的西服，提溜着一个秃了吧唧的后脑勺。我拍了拍这人的肩膀，他却一动不动，我走近一看，居然是王秃顶。可算是让我逮住了，我一镐把砸在王秃顶脑袋上，他伸手一挡，被我砸翻在地。我疯狂地用镐把锤击着他，这些天的怨气，随着棍子都砸到了王秃顶身上。

远处的龙哥发现了我正在打人，冲我大喊："大陈，差不多得了!"我哪儿听得进去，打得更狠了。龙哥冲了过来想抱住我，一看是王秃顶，也不拦了，加入了殴打的行列，一顿炮脚给王秃顶踢得嗷嗷直叫。

打了一会儿，王秃顶都快晕过去了，龙哥停手了，抓着王秃顶，质问他为什么要找人害我们。他只是一个劲儿认错，我跟龙哥也懒得跟他啰唆，直问他："这个赌场是不是你开的?"王秃顶虽然服了，但是对于赌场的事却一个字都不提。我跟龙哥拿着镐把，开始砸屋里的赌博用品。奈何镐把不够硬，龙哥去外面捡了一块石头，疯狂地砸着，随着噼里啪啦的声音，那些麻将桌、老虎机、打鱼机都被砸废了，满屋都是破碎的塑料。

王秃顶心疼得都要哭了，跪在地上冲我们大喊："别砸了，龙哥，别砸了，兄弟我以前没开眼，不该得罪你们，以后咱们好好交不行吗？"我一听他还说什么好好交，我更生气了，上去一脚踹在他脑袋上，又是一顿打。龙哥拉开了我，对我说："这种畜生不值得我们动手，走！"

龙哥很坚决，于是我们两人离开赌场，第二天收拾了行李，就离开了那个屯子，换了一个新的屯子，租了一间新屋子。两个月后，我们突然得到一个消息，王秃顶出了车祸，似乎很严重。我们都十分惊讶，王秃顶会出事？那老货比猴子都精。后续经过龙哥多方打听，王秃顶的确是出了车祸，他的宝马都被撞报废了，究竟他是怎么出的事没人知道，应该只是一场普通的车祸，又或许是得罪了谁。

经历了这么多，我们准备休息一段日子。奈何我们砸赌场的事，传遍了附近的农村，越传越邪门，最后传回我们两个人耳朵里的说法，是我俩一人一根棍子，击退了数百人，打翻了20多人，而我俩却毫发无损。一天天，那群社会小伙跟说书一样，讲述我和龙哥的经历。

那日，我也是无聊，坐在院子门口的玉米袋上，给几个小孩讲述了这段故事。一个小胖子问我："叔叔，龙哥真的有那么厉害吗？"

我哈哈一笑，告诉他："当然了，龙哥可是被称为'人形碉堡'的男人！我再给你们讲一个龙哥的故事，是他早年在娱乐广场的一个包房里，空手对抗一群人的故事，好不好？"

小胖子让我快点讲，我刚欲讲述，一个五大三粗、一身刹车印的男人走了过来，把我提溜起来，笑眯眯地告诉小胖子："这个故事，我来给你们讲。"

没想到，龙哥还挺要面子。

这段龙哥早年的故事，到这里就结束了。

两头大象

　　早些年，单位的领导派我去其他动物园考察。说是考察，其实就是瞎溜达，啥也不干。我去的动物园是一家规模很大，但很贫穷的动物园。我坐了将近一天的火车，终于在晚上到了动物园所在的城市。动物园门口一片漆黑，从偌大的弧形牌子能看出，这家动物园规模不小。

　　门口没有人，铁门也已经锁了，我拨通了提前保存的电话号码，接电话的是一个中年男人，就叫他"胖子"吧。胖子让我在原地等他，过了一会儿，他一脸酒气地走了过来，打开了铁门。我问他："咱们动物园怎么这么破了？早些年规模挺大啊。"

　　胖子看了看我，没说话，领着我来到了一座老旧的两层小楼，告诉我："今晚在这儿睡一宿，明天再来找我。"说完，他头也不回地走了。

　　我走进了这座破旧的二层楼，楼房里充斥着腐败的气息。不知道为什么，我总能闻到一股浓厚的鲜血气味。那股腥味异常刺鼻，我寻找了半天气味的来源，却找不到是哪里发出来的味道。我只能走进小屋，床上已经铺好了被子，我躺了下去，很快，我睡着了。恍惚中，我突然听到一声巨大的嘶吼，震得我耳朵生疼。我一屁股坐了起来，声音似乎是从窗外传过来的，我仔细地听着，又是一声哀号，声音中带着孤寂与痛苦。

这次，我听清了声音的来源。我快步跑了出去，这只动物还在叫。我顺着声音的方位寻找，最后确认了声音的来源是在一座巨大的空场处。空场边缘用手臂粗的几道铁杠围着，深处有一间巨大的平房，声音是从平房里传出来的。

我缓缓地走了过去，到了门前，似乎听到一个男人正在叫骂。我轻轻扒开了巨大的铁门，一股极其浓郁的臊臭味，伴随着男人的脏话，还有撞击铁笼的声音扑面而来。

地上满满都是杂草。我走了进去，看到一个男人拿着一根带钩的棒子，正在殴打一个巨大的东西。屋子里太黑，一开始我还没看清是什么。看了半天才发现，那是一头身材庞大的大象，浑身沾满了污垢，被困在巨大的象夹里（一种用手臂粗的钢管制作成的大象笼子）。男人一直在用尖锐的钩子用力击打着大象耳朵附近的皮肤，一边打一边骂着："狗东西，让你乱霍霍人，让你不吃干草，居然把我调过来伺候你这个牲口，你咋不早点死了呢？"

那头大象被困在手臂粗的笼子里，焦躁地转来转去。它不停地喘着粗气，用鼻子死死地勾住铁笼的边缘，愤怒地看着那个男人，耳朵附近的血已经干涸了一部分，应该是被那男人打了很长时间。

看到这一幕，我直接开骂了，"你TM干啥呢？为啥打大象？"说着，我一把抓住了那个男人，他很瘦小，我一下就控制住了他。

他看着我，有些不服，问："你是谁？凭啥管咱们单位的事？"

他那副嘴脸让我十分火大，我一把抓住他的领子，俩人推搡起来。其间，我抢过了那根棒子，狠狠地打了两下他的腿。不过，最后我冷静了下来，打人不是解决问题的方式。我松开他，男人骂骂咧咧的，我掏出手机给胖子打了电话，让他过来评评理。

胖子很快就来了，我指着那根带有钩子的棒子让胖子看。胖子也很生气，质问他："为什么还要打大象，动物园里就这一头大象了，冬天本身就难过，为什么还要打它？"

最后，我们赶走了那个中年男人。胖子告诉我，那个打大象的中年男人，别人都叫他"长白山"，因为整天落落个脸，没点笑脸。我无心听这些，这时我仔细地看了看那头大象。它的身上布满了污垢，后背上有一个巨大的坑，凹陷严重，应该是早些年被游客骑行导致的脊椎凹陷。后背上的皮肤颜色很浅，多半是常年戴象鞍的副作用。

这头大象满眼的仇恨，正在盯着我和胖子，阴暗的毒火在两个瞳孔里燃烧着。我感觉它十分焦虑，在笼子里不停地转来转去，时不时用鼻子拉扯着笼子，总是昂着头，用嘴对着我们，显得十分阴暴。地上是一排干枯的草包。大象馆的外围有一间草房，里面堆着几米高的草包，一排又一排。那草枯黄中带着一丝腐败，谁会爱吃呢？

看着这头大象，我问胖子："冬天没点好东西给它吃吗？"

胖子挠了挠头，说："明天我自费去给它买20斤胡萝卜。"来这儿前，我其实听别人说过，胖子条件并不好，他一个月只有不到3000元的工资，还带着一个儿子。我不忍让他花钱。

当时已经七点多，天都亮了。我出去找到了一家水果店，让老板给我装了五斤山竹、五斤香蕉，还有一些梨子。这些食物看起来可能很多，但对大象来说就是塞牙缝的。买到水果以后，我先把香蕉递给大象，它迟疑了一下，很快就吃光了香蕉。我再递给大象一个山竹，大象用鼻子卷住，送进嘴里嚼了两下，突然，大象把鼻子再一次伸进嘴里，把破损的山竹拿了出来，不可思议地盯着这个山竹。它好像从来没吃过山竹，眼睛紧紧地盯着鼻子上的山竹，仿佛这不是一个山竹。它像一个少女细细地端详一颗纯净的红宝石，眼神里充满了疑惑。它盯了一会儿山竹，又慢慢把山竹送到嘴里。我仔细地看了看，这头大象眼里的怨气怒火消失得无影无踪。

它是一头很善良帅气的大象。许多人养过的动物少，养得多了你们就会明白，一只动物的善与恶，人可以感受得一清二楚。有些动物天性善良，绝不会伤害人。最简单的就是看眼睛，动物的眼睛不会骗人。看眼神，这头大象一定是很温柔的。

随后它开始吃山竹，一个又一个，渣都不吐。最后还剩五六个山竹。大象用鼻子拿起一个山竹，刚想送到嘴里，突然停住了，它想了想，把山竹递给了我。我拒绝了，没有接，看我不接，它自己默默吃掉了放在我面前的山竹。

过后，它又拿起一个山竹，递给我，眼神热烈地看着我。我接了过去，吃掉了山竹。旁边的胖子很惊讶，说这头大象基本不跟外人互动，不知道为什么还给我递吃的。吃到只剩最后一个山竹，大象先把山竹放到嘴里，想了想，定住了。它又把山竹从嘴里掏了出来。

那是一个被嚼得干瘪的山竹，它用鼻子递给我，宝石一样的眸子望向我，透明如同红褐色的晶石，柔美、无瑕又热烈，满怀期待。我盯着它，扒开山竹皮，吃掉了几瓣山竹，又摸了摸它的鼻子，用破布轻轻擦干了它耳朵边的血迹，随后转身离开了这个让人痛苦的地方。

第二日，胖子喊我去一趟大象馆。他对我说，珍珍的鼻子上有点伤，需要我帮忙处理一下。那头焦虑的大象，原来叫"珍珍"。我得到消息后赶了过去。胖子正在给珍珍喂胡萝卜，一边喂一边骂长白山。珍珍的食物，很多都被长白山拿去卖了，钱也都被长白山拿去玩老虎机了，要是赢了钱，就继续赌，直到彻底输光，然后就继续卖珍珍的蔬菜、水果换钱，买了币子还是输。

胖子还告诉我，其实一开始长白山还挺喜欢珍珍的，但大象这种动物比较皮，吃得多，拉得也多。就说珍珍，一天拉屎就将近上百斤，如果吃的粗青料多，拉得更多。正常养只老虎，顶多也就是个铲屎官，长白山直接晋升为推屎官。长白山不爱推屎，加上珍珍比较顽皮，爱霍霍人，渐渐就不喜欢珍珍了。大象还聪明，一看这人对自己不好，也明白了，发展到最后，长白山没事就打珍珍一顿。

听胖子讲完，我有点烦躁。那头大象看到我，没有昨天那么焦虑了，反而不停地伸出粗糙的鼻子，在我面前晃来晃去，似乎想用鼻子触碰我。我问胖子这是什么意思，胖子挠了挠头，告诉我："珍珍好像对你很感兴趣。"

我看了看那灵活的大鼻子，头脑一热，就直接把脑袋贴了过去。珍珍用鼻子绕着我的脖子，不停地嗅来嗅去。各位可能理解不了，大象那鼻子十分的粗糙，力气太大了，虽然它没有伤害我的意思，可是太狂热了，这一顿鼻子给我卷得是死去活来，脖子都要断了。最后我疯狂挠它鼻子边上的痒痒肉，大象吃痒，总算是松开了。它随后又用鼻子死死吸住了我的脸，顿时我能感觉到自己的脸都被吸变形了，那种感觉可能跟被吸尘器吸住脸的感觉差不多，甚至吸力比吸尘器更大。

我赶忙呼喊胖子："快让它撒开，这小子吸我脸！"由于我的脸已经变形了，胖子根本听不清我在说什么。他也不管我，就在那儿嘎嘎大笑。

过了一会儿，大象把我放开了。胖子告诉我："珍珍只有对喜欢的人，才会用鼻子去吸，你看它为啥不吸长白山？"其实胖子说得有道理，但我总感觉有些怪怪的。

这时候，我看了看大象，它好像一点都不焦虑了，一双眼睛里满满的都是顽皮，似乎还带着一丝开心。我问胖子它的鼻子怎么了，胖子冲珍珍伸手，大象把鼻子凑了过来。胖子指了指珍珍鼻子的上半端，告诉我："那里有些发炎，起了一个脓包，咱们给它抹点药。"

一听抹药，我不愿意了，"为什么胖子你不去抹？"胖子告诉我自己个子矮，够不到，我这大体格一伸手就够到了。我观察了一下，胖子明明能够到。我对胖子说："你不想得罪大象，我也不想得罪，这辈子我就认识这一头大象，坏事还都让我做了。"

最后，我俩一顿撕咬，决定用石头剪子布的形式来决定谁给珍珍抹药，谁输了谁抹。第一次我赢了，结果胖子耍赖，非得三局两胜。最后，我输了。我也想耍赖，但想了想，胖子也是个厚道人，经常用自己微薄的工资去给珍珍买吃的，那副药都是他自己掏腰包买的，还是我上吧。

胖子端来了一个塑料袋，里面装着黑乎乎的东西，像是泥巴。胖子指着珍珍鼻子上的脓包告诉我，那个位置要涂满。我抓起一把药，直接糊在手掌上，对珍珍伸伸手，它立刻伸出鼻子回应我，趁它没反应过来，我一下就糊了上去，涂抹均匀。漆黑的药膏看起来与大象鼻子非常不和谐。抹完药以后，我指着胖子告诉珍珍："是他让我抹的，跟我没关系。"

看着胖子还在打扫卫生，我问胖子："我出去买点吃的，顺便给珍珍买点水果，你吃啥？"

胖子告诉我："买点包子就行。动物园靠左边一直走，有一家早餐铺，小包子一元钱四个（跟超小的橘子差不多大，还是肉馅的），买15块钱的，咱俩吃点。"

我披上衣服准备出去买东西，没想到，珍珍见我穿衣服要走，立刻嘶吼着尖叫起来。象舍本身就是封闭的，大象的叫声还特别刺耳，一瞬间，我跟胖子都被巨大的叫声震得捂住了耳朵。珍珍看着我，用鼻子使劲拍打着铁栅栏，疯狂尖叫着。各位可能理解不了，如果是大象平时普通的叫声还能接受，但是大象着急的时候，会尖叫，类似刮黑板、划玻璃那种感觉。

我问胖子："这是咋了？？？"

胖子说："它好像不想让你走。"

我赶忙跑回去，隔着笼子，珍珍用鼻子死死勾着我，完全把我锁住了，一脸焦急地看着我。没办法，最后只能让胖子去。我让胖子从我兜里掏钱，胖子拒绝了。我告诉胖子："多买点苹果，再买十个大素馅包子给珍珍吃。"

过了一会儿，胖子回来了，买了十斤苹果，那年代，我印象中苹果也就一块多一斤。我跟胖子先美美吃了一顿，等最后一个包子被我塞进嘴里后，我看了看珍珍，它正在好奇地看着我们。我拿起那十个大头菜包子让它张嘴，珍珍不解其意，我直接用手扒它的嘴，珍珍似乎明白了，张大了嘴，我把包子放了进去。突然，我觉得有点不对，我问胖子："珍珍嘴里怎么看不到牙齿？"

胖子告诉我，大象除了门牙（大象的门牙就是露在外面的长长的牙齿），只有四颗咀嚼食物用的磨牙。这些磨牙如果损坏了，后面完好的牙齿就会顶上来，替换那些磨损的牙齿。当时我听到这个说法惊讶坏了，在那个信息闭塞的年代，这听起来简直跟童话故事一样，太神奇了。

我看了看珍珍，它却没吃。包子在嘴里含了一会儿，随后它用鼻子伸进嘴里，拿出来看了看，才放到嘴里开始吃。很快，十个包子都被珍珍吃光了。它还张着大嘴等我喂它，可是已经没包子了，看了看珍珍的嘴，我又开始往里投掷苹果。大象吃东西的速度太恐怖了，一个拳头大小的苹果，嘎巴嘎巴几口就下肚了，几下子，十斤苹果都没了。这大象的胃都快赶上下水道了。

我问胖子："珍珍一天能吃多少？"

胖子思索了一会儿，告诉我："现在是冬天，没青草。珍珍一天能吃近百斤干草，还得吃许多胡萝卜、包菜、地瓜、煮熟的土豆20斤，还得吃点其他的青菜。对了，还有甘蔗！还要吃特制的大窝头，用玉米面蒸出来的，一天要吃二三十个，一个大概六两重。要是夏天的话，珍珍比较皮，吃草经常浪费，一天估摸得几百斤青料（各种象草，大象爱吃的植物，树枝夹带嫩叶，有时候还给一些桑叶），各种乱七八糟的水果，什么苹果、香蕉、胡萝卜，都得给，一天还得吃20斤西瓜。算下来一天得好几百斤食物。"

胖子说完，突然有点烦躁的样子。我忙问他怎么了，他说："每天的甘蔗还有一些别的水果，都被长白山拿去卖钱了，长白山家里是开水果店的。不然珍珍也不会一天天吃不好。现在我跟长白山一起管象舍，我也不太好管他。"

想起了长白山的那副嘴脸，我突然有点恼火，当时应该狠狠打他一顿。我问胖子："他贪污珍珍的食物，你们领导不管？"

胖子告诉我，他们单位的园长纯粹是个老好人，"况且这玩意儿拿点动物们的食物，都成了惯例，也没人管啊。"我没说话。胖子话头一转，说："一会儿给珍珍洗个澡。等下接上水管，把它放出来，好好给它开开皮。好久没给它搓澡了，一会儿好好给它搓搓。"

胖子去接水管，我直接打开了象笼，把珍珍引到了水管附近。这头大象跟一条狗一样，我走到哪儿，它就跟到哪儿，一路上用鼻子死死缠着我，生怕我跑掉了。

到了水管附近，胖子拍了拍珍珍的腿，示意它躺下。珍珍很听话，直接侧卧在地上。这时胖子递给我一把巨大的鞋刷子，告诉我："一会儿好好给珍珍搓搓身上。"胖子打开了水管，珍珍躺在地上，鼻子时不时地吸一点水，往墙上喷来喷去，玩得非常开心。

胖子让我站在珍珍肚子上，好好给它搓搓。我问胖子："这能行吗？我都快190斤了，别给珍珍踩吐了。"胖子告诉我没事，他260多斤，踩上去，珍珍一点不当回事。于是我小心翼翼站了上去，我怕伤到珍珍，一只脚先踩了上去，发现它没什么反应，我才蹲了上去，开始拿鞋刷子给珍珍搓澡。我正搓呢，胖子催道："用力点，你在那儿给它挠痒痒呢？"

我于是用力刷了起来，大象舒服得直哼哼，最后搓得我手都麻了还没搓完。我喊胖子帮我搓一会儿，胖子站在珍珍肚子上也开始搓了起来。说真的，给大象洗澡太累了，那就不是人能干的活。我突然有点心疼胖子，顶着一身囊囊膪，还得干这种体力活。

洗了一个小时，我们给珍珍搓得白白净净。我抬头一看，外面下雪了。我问胖子："要不要带着珍珍去外场走一圈，溜达溜达，总困在象舍里，心情肯定不好。"

胖子有点担忧，"这外面都零下了，大象很怕冷吧？"

我笑了，告诉他："冷了的话，珍珍也不是傻子。它要是真冷了，自己知道回去的。"

胖子答应了。我牵着大象的鼻子，胖子走在珍珍屁股后面。他提醒我，以后如果接触大象，绝对不要站在大象身旁两侧，最好是站在大象的屁股后面或者面前。以前国外有的饲养员，就是因为站在大象身体侧面，大象脚滑摔倒，直接被压死了。那头大象根本没有伤害人的意图，咱们还是得自己注意安全。

珍珍一路上用鼻子死死地缠着我，一双眼睛都不肯离开我。胖子有点生气了，骂道："这个白眼狼，老子给你推了几年的屎了，如今被人家一点苹果、包子、山竹就给收买了。"

珍珍那一刻好像感受到了胖子的不满，转而又去用鼻子死死缠着胖子，不理我了。真是一只会溜须拍马的大象。胖子告诉我，珍珍早就熟悉了一些词语，是能听懂人说话的。它感知人类情绪的能力非常强。

到了外面，珍珍望着天上，用鼻子不停地试图拍打雪花，却什么也打不到。过了一会儿，珍珍向我走了过来，大概离我四五米远，一下趴在了地上。我之前从没见过珍珍趴着。

我问胖子："这是啥意思？"

胖子猜测道："是不是它让你骑它啊？"

看着珍珍后背深深的凹坑，我摸了摸那个坑，很深，它一定很疼。我拒绝了珍珍，示意它起来。珍珍站起来后，又抬起一条腿，示意我踩着上去。我不忍去骑它，它后背上的坑让我感到痛苦。胖子告诉我，他也从来不骑珍珍。他自己本身就胖，况且他也不忍心骑。倒是长白山，一开始总骑着珍珍各种装犊子。

我跟胖子坐在那儿抽烟聊天，突然，我感觉到了地面轻微的震颤。我一看，大象又躺在地上，开始疯狂打滚。胖子一看，直拍大腿，"完了，白洗了！"由于外面本身就不太冷，大象自身的皮肤还带有温度，很快，地面上的雪花融化了，夹杂着泥土，珍珍变成了一头乌黑锃亮的泥汤大象。我跟胖子一看，反正也脏了，玩吧。它在外面一会儿小跑，一会儿打滚，玩了一个多小时，我跟胖子才把它牵了回去。

当晚，我本打算回房，却在路上看到了长白山。我远远跟着他，他偷偷地走向象房，我悄悄跟了上去。象房附近停着一辆皮卡车，长白山走了进去，抱着许多甘蔗放在了皮卡的后厢里，我见状赶忙抄近路，跑出了动物园，拦了一辆出租车。上车后，我让司机在路口等着。没一会儿，长白山开着皮卡就出来了，我让司机紧紧跟着皮卡车。过了一会儿，长白山把车停在了一家水果杂货店门口。我悄悄下了车，给司机扔了30块钱（打表22元）。结果这司机也是个江湖中人，听我说要抓小偷，就把车停下了，跟我一起下了车。

我在远处盯着，看着长白山抱着一大捆甘蔗走进店里。我快步冲了过去，一把抓住长白山，一个大别子（武术招式，就是用腿绊对方腿，使其摔倒），顿时，甘蔗撒了一地。我指着长白山，掏出手机要报警。我骂他："今天让警察看看，你是怎么偷公家财产的，大象吃的甘蔗你都偷，非得拘你几天。"

旁边的司机也说："对，你偷东西，我看见了。老弟，报警。"司机掏出手机也要报警。

长白山一下尿了，赶忙笑着对我说："哥（这小子都快50岁了管我叫哥），有啥事不好说，别报警。"

我抬眼看了看长白山，问他："以后还偷不偷珍珍的食物了？"

长白山赶忙说不偷了。我问他以前偷的怎么算？我指着店里的苹果、香蕉、橙子、葡萄，还有五六个榴莲、一大袋核桃，我对长白山说："把这些都抬上车，你以前偷了珍珍那么多食物，这些拿回去补偿大象。"

长白山一下蒙了，赶忙求我，告诉我这些是卖钱的，苹果、香蕉、橙子随便拿，那几个榴莲真的不行。我一听这话，夹着他的脖子就要去派出所。长白山只能妥协。

最后，我喊来了胖子。胖子开着面包车过来，我们拿了两大筐苹果、一筐橙子、六个榴莲、十多串大葡萄、半袋子核桃，回到了象房。

看了看时间，都半夜11点了。司机陪我们折腾了两个多小时，我觉得有点对不住人家，出租车司机一天就靠拉点活养家糊口。我跟胖子拉着司机去吃饭，到了一家烧烤店，我们讲述了经过，司机听得很认真。我掏出200块钱给司机，司机说啥也不要。胖子跟司机一顿撕扯，最后司机说："兄弟，认识一场，钱咱就不要了。"我想了想，走了出去，从胖子车里拿起一个榴莲递给司机，他收下了，随后开着车离开了。

当晚，我跟胖子把那些水果投喂了一大圈，熊、猴子们、猩猩、长颈鹿，都吃到了一些水果。我俩喝了一顿，醉醺醺回去睡了。

第二天一早，胖子告诉我，之前有个事忘记跟我说了，他们动物园又要接收一头大象，下午就到。我跟胖子打扫了一上午象舍，下午，一辆卡车开进了动物园。这辆卡车的后厢用挡板围了一大圈，啥也看不到。卡车开到附近，结果象房外围车开不进去。

当天园长和许多职工都到了，刚要打开挡板，我问他们："这大象要是出来了，发狂了，谁能控制得了？"

胖子告诉我："没事，大象原来的饲养员也来了，到时候一点一点引导大象进去。"其间的过程太过繁琐，差点把钩机都给调来了，才把大象挪了进去。

这头新大象叫潘潘，是一头母大象，八岁，从大象的年龄来看，就是一个小孩子。珍珍是公象，珍珍的年龄没有准确的数字，因为珍珍是动物园半路接手的。

饲养员把潘潘引到象笼里，我跟胖子凑过去看潘潘，我刚想拿起一个苹果喂潘潘，这时旁边象笼里的珍珍疯狂哀号了起来，使劲用脑袋撞铁杠，给新来的大象吓得一激灵。我跟胖子一看，赶忙跑了过去，这是怎么了？结果珍珍一鼻子抱住我，又松开了我，抱住了胖子，用鼻子使劲够我的手，又张开了嘴。我似乎明白了，珍珍应该是吃醋了，看到我跟胖子喂别的大象，觉得我们不爱它了。我赶忙拿了五六个苹果扔进珍珍嘴里，它才不叫了。

那旁新来的小母象，看到我跟胖子喂珍珍，也疯狂地叫了起来，我赶忙让胖子快去喂母象。珍珍还在用鼻子抱着我，可眼神却死死盯着胖子，胖子给潘潘吃了几个苹果，珍珍并没有什么反应。胖子拿起一根切断的甘蔗刚想喂，珍珍又开始哀号起来。我冲胖子喊："它又不满意了，赶紧扔过来，两头大象一人一根。"

胖子扔过甘蔗，我一把接住，喂给了珍珍。珍珍吃甘蔗的时候却不看我，眼睛一直在滴溜溜盯着胖子，生怕胖子偷偷给小母象喂好吃的。

忙活了半天，我跟胖子开始处理昨天剩下的水果。我俩坐在板凳上闲聊，我问胖子："大象嫉妒心怎么这么强啊？我感觉猩猩嫉妒心都没这么强。"

胖子笑了，告诉我："日后有得折磨了，这俩玩意儿太能霍霍人了，尤其是珍珍，太聪明了。"

我们把昨日从长白山店里缴获的剩余水果分成了两大份，分别放在了两个铁槽里，分量都差不多。我拖着两盆水果到珍珍面前，告诉它："你先挑吧，别找事。"珍珍仿佛听懂了我在说什么，用鼻子闻来闻去，最后挑了一槽开始吃，速度快极了，我感觉那几十秒，它最少吃了十斤水果。各位，我就这么说，亚洲象一嘴能吃掉大半串香蕉，单纯比嘴大，它肯定比不过河马，河马那嘴都能扔一整只西瓜进去，但是比总食量，河马就是个弟弟。

我刚想把那盆没动过的拖给小母象，没想到珍珍却一鼻子死死拽住那盆没动过的水果，不让我拖走，意思是它要那盆没吃过的。我抢了几下，大象鼻子力气多大啊，根本拖不走。见我拖那盆没吃过的水果，珍珍还哀号上了，意思是它就要这盆。我也有点生气了，指着它说："你凭啥抢别人的食物？你是个坏大象，欺负母象，以后没老婆。"那盆食物被我强行拖走了。

最后，我当着珍珍的面，在那盆被吃过的食物里，又加了十多斤水果，拖到了小母象的笼子前面。珍珍这次没有嫉妒，两头大象吃得饱饱的。

当晚，我拿出了那五个榴莲，我跟胖子有些发蒙。我们挣钱并不多，以前从没买过。那个年代，普通的榴莲都要30元一斤。这种东西闻起来太臭了，我跟胖子十分怀疑，这东西能不能吃？

最后我们敲开了榴莲，里面藏着一瓣又一瓣肉。我把这些榴莲拿去给两头大象分了，它们特别爱吃，几鼻子就卷走了榴莲，吃得干干净净。

我跟胖子并不是大公无私，我们还藏了两个半榴莲：其中两个打算还是留给珍珍和潘潘吃；剩余半个，被我们掠夺了，准备土狗进城，今天也见见世面。我打开榴莲，有两瓣还是三瓣肉已经记不清了，我俩就记得当年那榴莲，臭得跟马桶一样，恶臭扑鼻的那种。我吃了一口，就记得果肉奇甜无比，带着严重的恶臭，里面还有一块巨大的果核，真不知道大象为什么吃榴莲竟然不吐核（大象吃甘蔗也不吐渣）。

那段日子，两只大象各种争风吃醋，最后发展到什么程度，睡觉的时候都得我们拍拍才肯睡。各位可能不理解啥叫拍拍，就是大象在地上翻壳躺着，眯眯着眼睛在睡觉，我得过去轻轻地有节奏地拍着珍珍的大脑瓜子，要不它不睡。胖子比我运气好很多，他负责拍母象睡觉。动物睡觉没人类那么死，睡一会儿，眯眯着眼睛，看我们不拍了，会用鼻子勾着人，示意继续拍。总之，这两头败家大象，把我跟胖子玩惨了，纯纯祖宗牌位了。

有一天，我跟胖子领着两头大象在外场玩，珍珍用鼻子不停地蹭我的上衣兜，我掏了掏兜，里面有半袋老虎丁（一种小食品，很硬），我也没多想，就倒在手里，灌进珍珍嘴里了。我正抽烟呢，胖子突然大喊："快跑，老陈。"我还没反应过来，他又喊："快跳沟里去，快!"

我立刻一路小跑，跑到了沟里。抬头一看，两头大象打起来了。

小母象正在用脑袋使劲拱珍珍的肚子，珍珍体型大，小母象推不动它。渐渐地，两头大象打成一团。我跟胖子冲了过去，还不敢离得太近，只能疯狂用铁盆在地上击打，试图吓退它们。可是两头大象打得死去活来，很快，潘潘被推倒在地上，珍珍也就没继续打它了。我跟胖子赶忙前后安抚着珍珍，把亲爹哄了进去。

小母象在外面，我们赶忙去检查，生怕它受了什么伤。最后还好，并没有什么明显的伤痕。当天，我跟胖子轮流围着小母象，它趴在地上，胖子时不时给它嘴里塞半根香蕉，我则给小母象扇风、拍拍。它一直横眼看着珍珍，一副挑衅的表情。其实这事珍珍挺冤枉的，它属于受害者反击。

当晚，我们把剩下的两个榴莲分给了两头大象。一开始我跟胖子把整个榴莲递给大象，没想到，它们居然接得住。我正好奇它们会不会向我们求助，却没想到，珍珍用脚把榴莲踩成几瓣以后，直接用鼻子连果肉带榴莲锋利的外壳全部放到了嘴里，嘎巴嘎巴几下都吃掉了。当时我俩都看呆了，原来大象还有这种操作？

待了一段日子，珍珍和潘潘的关系越来越好。潘潘本身长得眉清目秀，珍珍估计是把小母象当成好朋友，两头大象争风吃醋的事情也少了很多。时不时地，两头大象就在那儿蹭来蹭去，看起来十分友爱。

到了离开的日子，我拿出了一颗自己买的大榴莲递给胖子，告诉他："省着点吃。"胖子看着我，给我拿了一大包吃的，嘱咐我："在火车上注意安全，到了告诉我一声。"

我给两头大象也买了一些水果，它们吃得很开心。

我告别了胖子，离开了这座城市。

事后我得到消息，长白山由于身体问题，办了病退，一直在家里休养，不去上班了。珍珍和潘潘过了很多年也没有后代，不过没关系，它们一直活得很快乐。胖子和新饲养员对它们非常好。

而胖子，不仅饲养员的工作干得很好，后来又做了点不费时间的生意，赚了很多钱。至于我，继续日复一日地活着。

多年来，每当想起这段经历，我总觉得像是一场梦，可它确确实实发生了。我给我的侄子讲述了这段故事。

"大象吃榴莲，嘴巴不会痛吗？"小侄子疑惑地看着我。

"应该不会吧，大象的牙齿可是非常坚硬的！"

我侄子听我讲完，一脸兴奋地问我能不能再讲一个。我看了看他，说："小伙，你好好睡上一觉吧！以后我再给你讲一头棕熊的故事！"

文景

社 科 新 知　文 艺 新 潮

Horizon

我曾是一名饲养员：流浪东北的日与夜

苍 海 著

出 品 人：姚映然
策划编辑：章颖莹
责任编辑：章颖莹
营销编辑：高晓倩
封面设计：廖 韡
美术编辑：安克晨

出　　品：北京世纪文景文化传播有限责任公司
　　　　　（北京朝阳区东土城路8号林达大厦A座4A　100013）
出版发行：上海人民出版社
印　　刷：山东临沂新华印刷物流集团有限责任公司
制　　版：南京展望文化发展有限公司

开 本：850mm×1168mm　1/32
印 张：9　　字 数：150,000　插 页：2
2024年3月第1版　　2025年5月第5次印刷
定 价：59.00元
ISBN：978-7-208-18623-1 / I · 2118

　图书在版编目（CIP）数据
　我曾是一名饲养员：流浪东北的日与夜 / 苍海著
.—上海：上海人民出版社，2023
　ISBN 978-7-208-18623-1

　Ⅰ.①我… Ⅱ.①苍… Ⅲ.①纪实小说—小说集—中
国—当代 Ⅳ.①I247.7
　中国国家版本馆CIP数据核字（2023）第202804号

本书如有印装错误，请致电本社更换 010-52187586